感谢生命的美意

我的爱与勇气之书

廖智 著

华中科技大学出版社
http://press.hust.edu.cn
中国·武汉

图书在版编目(CIP)数据

感谢生命的美意：我的爱与勇气之书/廖智著.—武汉：华中科技大学出版社，2023.8（2024.6 重印）

ISBN 978-7-5680-9740-6

Ⅰ.①感… Ⅱ.①廖… Ⅲ.①纪实文学－中国－当代 Ⅳ.①I25

中国国家版本馆CIP数据核字（2023）第118844号

感谢生命的美意：我的爱与勇气之书　　　　　　　　　　　　　廖智 著
Ganxie Shengming de Meiyi : Wo de Ai yu Yongqi zhi Shu

策划编辑：饶　静
责任编辑：康　艳
封面设计：琥珀视觉
责任校对：刘　竣
责任监印：朱　玢

出版发行：华中科技大学出版社（中国•武汉）　　电话：(027)81321913
　　　　　武汉市东湖新技术开发区华工科技园　　邮编：430223

录　排：孙雅丽
印　刷：湖北新华印务有限公司
开　本：880mm×1230mm　1/32
印　张：10.375
字　数：242千字
版　次：2024年6月第1版第7次印刷
定　价：68.00元

本书若有印装质量问题,请向出版社营销中心调换
全国免费服务热线:400-6679-118　　竭诚为您服务
版权所有　侵权必究

无论环境让我的眼睛看到的是怎样的暗夜无光、狂风暴雨，我的心都只单单朝向光明。

喜欢坐在自家门槛前高歌

从小热爱奔跑着"行走"

希望成为优秀的舞者

生活在山脚下的小镇里

刚刚成为一个孩子的妈妈

大地震一夜间改写命运

埋在废墟里接近30个小时

失去女儿

失去双腿

失去婚姻

……

如果一个人瞬间失去一切,还能靠什么撑过明天

23岁
截肢两个月
咽下伤痛，扎着绷带，穿上假肢
为重返舞台而咬牙苦练
生命并非因为悲伤才有意义
若命运定要借患难锤炼一个人的生命
我选择笑着迎接这个使命
在一无所有的境地
唯一还能做的，就是跳舞
站不起来，就跪起来
绽放《鼓舞》——没有腿，跪也要跪出人的尊贵
相信，没有一个生命不是造物主的光荣

大地震五年以后,雅安强震

第一时间参与救援

苦难不是活下去的理由

哪怕只能做很小的一件事,也可以做到最好

突然被人们称为"最美志愿者"

生命没有最美

尽心、尽性、尽意、尽力地热爱每一天

这,就是对命运的主宰最衷心的回应

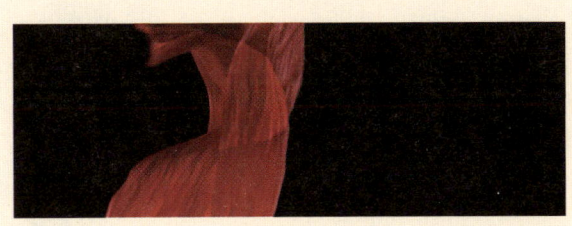

收拾行囊重新出发
《舞出我人生》就是生活的舞台
不做舞台上的提线木偶
不做舞台上的催泪弹
不做不忠诚于内心的事
不假意讨好人或是命运
只选择遵循内心的声音

台上翩然,台下遇见真命天子
他是专业的假肢工程师
他懂我的坚强,也懂我的软弱
量身定制的不仅仅是假肢,更是爱情
婚礼上他为我"洗脚"
替我穿上他亲手做的假肢
共同的使命将我们紧紧连在一起
成立晨星之家截肢者康复工作室
他的专业,我的经历
帮我们把梦想照进现实
生儿育女,把爱与使命传承下去

感恩生命的美意
如果一切重来,我不祈求任何改变
世事没有偶然,一切都是最好的安排

献给永不放弃的你

目录
Contents

001 Chapter 1
废墟求生，挺住就是一切

汶川地震，灾难发生在一瞬间 … 002
女儿没了，撑不下去了 … 005
为了父母，赌一把 … 007
凿开了一个洞，有戏！ … 010
生生拽出来的幸存者 … 012

016 Chapter 2
截肢，割舍过去才有明天

自己签署的手术同意书 … 017
八个多小时的漫长截肢 … 019
换药是煎熬，也是考验 … 021
爱是互相给予的那一点暖 … 023
写给朋友的信 … 026

030 Chapter 3
总有一天，感情的伤痛会痊愈

他没有陪我到最后 … 031
转院重庆，笑容是最好的行囊 … 033
儿童节，给女儿虫虫的礼物 … 036
我的医院，是一座移动的游乐场 … 039

043

Chapter 4
鼓舞，没有腿也要跳出梦想

想跳舞，却惨遭打击　　044
彻夜练习，学会跪立　　046
鼓舞，从零开始　　047
梦想面前没有特殊待遇　　049
只要没有谢幕，就一定要挺住　　051

055

Chapter 5
假肢，再疼也要通往自由

第一次行走，是被逼出来的　　056
面对真相：我不会走路　　059
不经历疼痛，就走不出自由　　061
没有人能替你走出那一步　　064
穿假肢，也可以很漂亮　　068

072

Chapter 6
适应新假肢，找到新的自己

美梦成真，新假肢从天而降　　073
换上新假肢，一切从头开始　　077
摔就摔吧，只要站起来就是好的　　080
与20斤的假肢共度每一天　　083
穿假肢，也没什么大不了　　087

Chapter 7
痛是一种提醒，也是一剂良药
092

- 摔倒是一门人生必修课   093
- 你可以适应疼痛的感觉   095
- 珍惜疼痛带来的敏锐   097

Chapter 8
雅安，忽然成了最美志愿者
101

- 再遇地震，我不能只是坐在这里   102
- 永远不要忘了为什么而出发   107
- 就算只能做一件事，也要把它做到最好   113
- 无意中成了"最美志愿者"   118
- 成为队长，迎难而上   122
- 最后一站，告别雅安   126

Chapter 9
谢谢你离开我
133

- 无法回头的感情   134
- 我不能再这样等下去了   137
- 关系彻底破碎   139

Chapter 10
爱是恒久忍耐，又有恩慈
146

- 爱是平等与尊重   147
- 爱是谦和与忍耐   151

爱是镇定与坚守　　　　　　　155

爱是隐瞒与包容　　　　　　　159

爱是守护与依赖　　　　　　　162

爱是直面内心的伤痕　　　　　167

爱是尝试与不退缩　　　　　　169

爱是救赎与治愈　　　　　　　175

179　Chapter 11
放声笑吧，就像从未受过伤一样

就算是世界末日，也要笑得像个傻瓜　　180

做好自己，不屈从、不自傲　　184

不惧怕对这个世界示弱　　　　188

爱，就是在一起　　　　　　　193

200　Chapter 12
为真爱预备自己的心

在爱情的路上蓄势待发　　　　201

我想恋爱了　　　　　　　　　211

218　Chapter 13
是你吗？是你来了吗？

你好，终于见面了！　　　　　219

天哪，你居然看我的屁股！　　222

原来是冤家　　　　　　　　　225

好一个命中注定 228
发芽路上的挫折 231
亲爱的，等他自己情愿 234

242 Chapter 14
如果是为了遇见你，等多久都值得

拥有性感胸肌的表白 243
他的口极其甘甜，他全然可爱 248
亲密关系中的领导力 250
突破柏拉图式的爱情 262
感情在情义中升温 266
当我们遇见挑战 270
爱情之树结出果实 274

279 Chapter 15
婚姻，是两个50分的人，把日子过成100分

婚礼 281
婚姻成就了爱情 287
孩子们 299

315 尾声
让爱和希望尽情生长

Chapter 1
废墟求生，挺住就是一切

家没有了，女儿不在了，婆婆也不在了……
那时候我就想，还挣扎什么呢？
没有希望了，不用救了，也不想活着出去了。
过了很久，突然听到废墟外面有人在吼我爸。
余震很强烈，我爸不肯走，好像摔倒了，
吼他的人命令他立即离开。
我爸小声地坚持着，底气不足的样子，却一直说：
你们不救她出来，我是不会走的……
我们廖智是不会死的……
那一瞬间，我整个心，拧成了一团，眼泪哗啦就流下来了。

汶川地震，灾难发生在一瞬间

  曾经很多人问过我，倘若时光能够倒流，倘若我还有选择，我的人生，会有不同吗？
  我相信，会有不同。
  但我从来不问自己这个问题，因为我已经接受：命运给我的，就是现在我所知道的样子。在命运的巨轮面前，渺小如我，无力抵抗；但我从巨轮下滚过，找到了比抵抗更坚强的力量。
  2008年的初夏，我所生活的绵竹市汉旺镇，除了连续几天的闷热天气，一切都似乎平静如常。街上时不时传来不知道哪家的孩子的大笑和叫嚷。午饭后，保姆阿姨回到卧室午睡去了。虫虫，我的女儿，那时候还不到十一个月，和她的奶奶待在一起，时不时被逗得笑个不停，我躺在沙发上一边看着港剧一边欣赏着虫虫在学步车里冲撞来冲撞去，忍俊不禁。
  尽管当时的我正在婚姻中经历着痛苦的撕扯，一边为另一半时不时的"消失"和背叛感到忧伤无助，一边为未来的事业努力谋划拼搏，又脆弱又坚强的我常常感到人生没有方向。但虫虫一天天长大，愈加可爱乖巧，她的生命力感染着我，也使我变得愈加勇敢振作。这个午间饭后的小憩，看着已经开始牙牙学语，渴望站立行走的女儿，我暂时抛却了婚姻里的烦恼，感受到难得的安宁和舒心。
  谁也不知道，一场即将吞噬我们所有人的巨变正在酝酿。
  灾难突如其来。

一开始，房子只是摇了两下，我还以为是自己的幻觉。可接着，房子就晃动得更厉害了。婆婆的眼里都是惊恐，她第一个喊出声来：地震了，快去开门！一切都发生在一瞬间，我下意识地冲到门口，却怎么都拉不开门。再下一秒，半栋楼就忽然在我面前垮掉了。我站在自己的家里，刹那就看到了天空。

那是一个很难形容的画面。

整幢楼本来一共有四层，上面还有半层的楼顶，我们家在三层，而我就站在坍塌的边缘。我眼睁睁地看着房子在面前塌下去，就像是一个醒不过来的噩梦。一刹那，一半的楼就没了。我甚至能看到塌落的房子里还有人，甚至还记得她穿的衣服的颜色，可那么一瞬间，什么都没有了。

脚底下成了深渊。我的脑子一片空白。

嗓子里涌上无限恐惧，我张嘴却发不出任何声音。回过头，我看见婆婆抱着虫虫站在那里，她看上去快要摔倒的样子，其实我也已经站不稳了。两个人的眼睛都看着我，一个老人，一个孩子，我是她们唯一可以指望和信任的人了。

我扑过去，哑着嗓子喊："蹲下！"婆婆抱着虫虫，我抱着她们俩，我们三人紧紧地抱在一起，浑身发抖，闭着眼睛，不敢睁开。

"轰——"

特别快，特别响。就像是世界在耳边毁灭的声音。

我感觉到脚底一空，本能地喊了一声"虫虫"，但也只发出了那么一点声响。灰尘和泥土劈头砸过来，堵住了我的眼睛，也塞住了我的嘴巴、鼻孔和耳朵……炸雷般的声音一直在耳边轰响，我根本说不出一句话，只是感觉整个人像是堕入了看不见的深渊，一直在晃，在晃……

过了很久,我终于能睁开眼睛的时候,看到的,还是一片漆黑。

鼻子里窜进来很大一股子酒味,大概是家里的酒瓶在某个地方碎了。我想动一下身体,却感到一阵钻心的疼,右脚的脚底板被什么东西刺穿了,一直穿到小腿肚子里面。我不知道发生了什么,护在怀里的婆婆和虫虫都变了位置。

后来我才知道,我们家的整个地板都翻转了过来,竖在了我的侧面,和横在头顶的预制板一起,构成了一个三角形的空间。我还活着,就是因为整个上半身都在这个空间里。我的腿被断裂的地板压在某处,无法动弹。婆婆挤在我的身前,她的腿也被压住了。那虫虫呢?

我清醒过来的那一刹,就伸手去摸虫虫。

婆婆说你别动,别动,你一动,我这里就特别难受。

可虫虫在哪里?她怎么样啊?

婆婆虚弱地说,虫虫啊,她在我怀里,她睡着了。

这不可能,她怎么睡得着?虫虫她明明是被保护在最下面的,应该是最安全的,怎么会变成这个样子?她是被压住了吗?……

婆婆只是说,我不知道,我看不见……

我再也问不下去了。

女儿没了,撑不下去了

黑暗中,我们俩很久都没有说话。

不知过了多久,外面渐渐传来了声音。我先听见了我爸爸的声音,又听见了街坊邻居们的声音。有了声音就好像有了光,外面的脚步声和说话声让我变得很亢奋。我扯着嗓子大喊,我们在这里,在这里!

他们听到了我们的声音,但救援依然进展缓慢。因为废墟里还有其他人,层层叠叠,呻吟声陆陆续续传来。我们的声音如此微弱。

我也听到了前夫的声音,当然,那时候他还不是前夫。他在外面喊我们的名字,问女儿怎么样了。婆婆说虫虫睡着了,他哭,他不信。我不许他再问下去了。我其实已经很清楚,但我不愿意去想,就好像没有听到答案之前,事情就不会变坏,我就可以假装自己不难过。我不知道他是怎么想的,过了一阵子听到他求救援的人救我们出来,然后他就走了。只剩下我爸爸还在外面等着。

我想出去,很想出去。我要离开这个地方,立刻,马上。

我和婆婆想靠自己的力量往外爬,可是我们的腿都被压得太紧,就算咬牙一起扯也扯不出来。我们一直求救,但救援的人来了一批又一批,我们依然被压在那里。他们说,我们上面也有人,旁边也有人,那些人都还没被救出来,被压在正中间的我们根本没法救。

一个小时过去了,又一个小时过去了。

困在无边的黑暗之中,听着四周的呻吟声渐渐变得微不可闻,我们的心也跟着一寸一寸地暗下去。大概过了十个多小时，一直紧贴着我的婆婆忽然开始打起了嗝儿。我觉得不对劲，心里很慌，不停地跟她说话。可婆婆除了打嗝儿，什么话也说不出来。忽然间，打嗝儿声停止了。什么声音都没了。

我伸手凑近她的鼻子，没有呼吸。我整个人愣在那里，不敢相信她居然就这么去了。仿佛前一秒，她还在我身边激烈地大声呼救，可瞬间就只剩下我一个人了。我怔了一会儿，下意识地探出手去找虫虫。四处都是粗糙的沙砾和坚硬的水泥，忽然间，我的指尖在空隙里触到一片柔软，那是虫虫滚圆的小胳膊。

虽然我已经有了心理准备，可摸到虫虫之前，我还是抱着自欺欺人的可笑幻想，侥幸地想着她可能还活着，或许真的只是睡着了。可是那一刻，我抓到虫虫那软软的小小的身体的那一刻，就再也没有任何余地可以欺骗自己了，我的心一下子凉透了。

我忽然笑了。

自言自语地说没事，没事，虫虫不怕，奶奶都去陪你了，妈妈很快也会来，我们三个，一个都不少，没有什么好遗憾的……我就那么喃喃地跟虫虫说话，心中死一般的平静。

从那一刻起，我没有再呼救，一点儿声音都没有发出来。我听到我爸一直在外面吼，一直在吼，我不理他。我听见他在外面喊了好几次，廖智你还在不在，一会儿又喊我婆婆，张阿姨你还在不在，你们怎么没声音了……我爸一直喊，一直喊，可我没有理他。

我想，还挣扎什么呢？不要救了，不用再救了，救了也没有用，女儿都不在了，我不想活着出去了。那一刻，我真的觉得，没希望了。

就这样，我一言不发。沉默了有一两个小时，余震来了。外面很多人在劝我爸走，他们说你快走吧，你的女儿肯定已经不在了，你要是想见她，就等外面的人来了，用推土机把这里推开，你就见到她了。我爸说怎么能用推土机呢，我女儿还在里面，你们要想办法救她出来啊。人家又劝他，你女儿肯定不在了，不然不会这么久一点儿声音都没有，你赶紧走吧，余震太危险了。我爸坚持说，我女儿肯定没有死，她只是累了，睡着了，她只是想休息一下……

我真的好累。这些话都没有办法打动我死去的心。我拉着虫虫的手，一句话也不想说。我想，睡吧，睡着了，一切就结束了。就这样结束吧。黑暗中，余震果然凶猛地来了。我清晰地感觉到压在上面的预制板往下沉了一沉，我闭上眼，心想，来吧，时候到了。

为了父母，赌一把

就在那一刻，外面忽然吵起来了。

我听见有个声音粗暴地吼着："你这个老人家，怎么这么固执啊！你不知道这上面很危险啊？快下去，快下去！你再待在这里，待会儿我们还得来救你！"我爸小声地坚持着："我不走，我们廖智还在里面……你们不救她出来，我是不会走的……我们廖智是不会死的……"

我听得出来，吼他的人吼得太大声了，他一定是被吓到了，声音很轻，一副底气不足的样子。很明显，在刚刚的余震里，他摔倒了，我不知道他摔伤了哪里，救援的人也急了，强制命令他离开。他却一直小声地坚持着，说什么都不肯走。

那一瞬间，我整个心，拧成了一团，眼泪哗啦就流下来了。我哭得稀里哗啦的，大声喊："爸，我在呢，你快点下去吧！不要站在外面了！"

我爸的声音突然就变得很急很激动，他说："廖智，你怎么不回答我，叫了你这么久，你怎么都不回答我？"我说刚刚睡着了。他就说你不能睡，这个时候千万不能睡啊！我听得很明白，刚刚那漫长的听不见我任何声音的一两个小时里，他自己也觉得我可能已经死了，但就是不愿意相信。所以听见我声音的那一刻，他好激动，激动得连说话的声音都是飘着的。我说，爸，你放心，我没事，我一定不会死的！

就这样，地震发生这么久之后，我在漆黑的废墟底下，终于哭了出来。

之前经历这么多事，我的眼睛一直是干的。婆婆的死、虫虫的死，都像是一场无边的噩梦，我的心里像是死了一样的寂静，就是哭不出来。可是，这一刻，我崩溃地哭了。命运啊，你真的是对我太残酷了！虫虫的死带给我太大的打击，我以为死了会比活着更好，可我爸还在外面，妈妈还在外地没回来，我要是就这么死了，家里就我一个女儿，他们以后该怎么办？

老天爷啊，求求你，让我活着出去吧！我不能就这么死了，我还没有来得及出去跟我爸说一声谢谢……我真是个自私的人啊，死到临头还只关心自己的痛苦，我死了，爸妈怎么办呢……原谅我吧，我知道错了……如果有幸能够活下去，我一定会用全部的生命来回报上天赐予的新生命……

重新燃起了生的念头,时间就变得更加难熬了。

我不知道什么时候才会得救,几个小时后?还是需要一天、两天、三四天?

我开始变得理智起来,前所未有地冷静。我仔细地观察了自己的处境,盘算着怎么储存精力和体力,因为很有可能会在这里待很久。然后,我把我四周的情况一一告诉了外面的救援队伍,我说,现在这么挖是挖不出来的,你们需要的,是吊车。

吊车来了。是我爸哭着跪着求来的。

司机吊走了压在最上面的几块预制板之后,却不敢继续了。经历了地震,这些预制板都变得很脆,很有可能吊到半空中就会碎裂,砸下来。我爸把这些情况都告诉我,我说,那就赌一把吧。继续吊,要是出事了,我自己来负责。

那是生死攸关的一刻。我虽然不在外面,但后来听我爸说,当时所有的人都死死地盯着吊车的吊臂,谁都不敢大声呼吸,好像一呼吸就会让脆弱的预制板断裂,如果它坠下来,我就没命了。第一块板子慢慢被吊高,刚刚移到一旁,哗啦一声就裂开了。可这只是第一块,还有第二块,还是要赌命!

我爸当时有多紧张我不知道,只听到又是哗啦一声,特别刺耳,第二块板子也是在移开没多远的时候就碎裂了,如果砸在我头上,我就死定了。两块板子一吊走,我觉得松了一大口气。

我的命真的是捡回来的,是上天额外赐予的。

到了这时候,我所在那片废墟里的人,都已经走了,没了。

凿开了一个洞，有戏！

这个时候，已经是地震发生后的第二天了。

最初的救援没有用吊车，是因为我上面的废墟里还有人。渐渐地，其他人都没了，吊车才一层一层地把废墟挖开，我才有了得救的希望。眼看还剩下两三层预制板，却不能再继续用吊车了，因为那几层板子早已经碎开，再往下挖就要靠人工打洞了。

救援队从我前方大概一两米远的地方开始打洞，那个地方比较薄，但能打出来的空间还是很狭窄，他们怎么都钻不进来。最后，来了一个个子很小的男生，他不是战士，就是来帮忙的一个普通的老百姓，他瘦瘦的，拿了一个手电筒钻进来，用手电筒的光照到了我的脸。

我好激动，在这里待了这么久，终于看见外面的人了！我抓住他的手，舍不得他出去，只想让他留下来陪我。他说没事的，我就是来救你出去的。他带了一堆工具，可是，铁锹之类的工具在这么小的空间里都用不了，于是他就掏出一个铁凿子，在我头顶附近一点点地敲。

敲来敲去，成效不大。我说那就从左腿的方向打洞吧，先把压在上面的脚挖出来。因为我是斜在他面前的，他进不来，我就接过他的凿子来敲。就这样，我先一小块一小块地把面前的这些东西敲走，等他可以往里面爬一点点的时候，我们俩就轮换着凿。我当时觉得希望很渺茫，用这么小的一个凿子，这么一点点地敲，要敲到猴年马月啊!

好在外面也有人配合着往里凿,两边一起努力,一个小时以后,终于破了一个洞,我看见外面的天空。天已经亮了。

在我们的敲凿之下,我的左腿总算被挪出来了,但右腿还是插在里面,怎么都弄不出来。

于是我找他们要刀。

他们吓了一跳,以为我想自杀。我说到了这个时候了,我怎么会自杀,我一定要活着出去,可是腿被压得太紧了,我想把被压住的那段切掉,再爬出来。我爸真跑去借刀子和麻药,医生当然不肯借,要这么切下来,我肯定会大出血,只会死得更快。

那能怎么办?我忍着痛,强迫自己冷静地去思考这个问题。

那时候的痛,其实已经不再是腿被压住的痛了。被压的时间久了,我的整条腿已经麻木了,痛的是腿里的韧带。刚被埋在废墟里的时候,地板翻转导致我的两条腿被分开拉向两个方向,左腿在上面,右腿在下面,被强行拉成一字马的姿势,整条韧带被外力往外拉抻,那是真的痛,那种痛才是彻心彻骨的。痛到什么地步?为了忍住痛,我甚至把右手的食指放在嘴里咬住,韧带最痛的时候,我咬得满嘴都是血,血一直在流,我都感觉不到手的痛。那是一种拉扯着神经的痛,外面的人稍微动一下,我就痛得受不了。

后来我想,上天让我活下来真的是一种幸运,如果我没有学过舞蹈,如果我没有拉过韧带,那种痛我根本承受不下来。那时候我才觉得,人真的是可以痛死的。可我不能死,我要活下来。一晃,又是好几个小时。

生生拽出来的幸存者

救援的过程中,余震又来了。所有人都往外跑,等到震得不那么强烈了,又都马上跑回来。之前钻进来救我的那个男孩子,他一上来就哭了,他说你一定不能死在里面,我们救了你这么久,你一定要活着出来。

可我右腿的情况太复杂了,它埋得太深,根本就没那么容易凿出来。那时候,谁也不知道还会有多少次余震,因为挖出的空间不稳固,我还陷在里头,任何一次余震都有可能要了我的命。

没有别的办法了,只能当机立断。救援的战士跟我商量,让我塞个东西在嘴里咬着,然后把我的右腿硬拽出来。我没有任何意见,也不想考虑别的方案了,就这么做吧。

他们往我嘴里塞了一团衣服,然后就拉住我的膝盖,一边数一二三,一边狠劲儿往外扯,"砰"的一声,我的右腿就扯了出来。说实话,我之前已经想象过会很痛,但那一刻,真正的疼痛仍让我措手不及——人右腿内侧的肌肉全部被瞬间拉掉有多疼?我整个人被拔出来的那一瞬间,嘴里咬的衣服都快被咬烂了,整个下巴就像是掉了一样。我面如死灰,一下子居然看不见了。周围都是黑蒙蒙的,我浑身冒着冷汗,说不出一句话,心跳像是忽然卡在那里了。深深吸进去的一口气,怎么都吐不出来。

我眼前一片漆黑,只听见大家七嘴八舌地叫着:

"她要死了,她要死了!"

"快点儿来人啊!"

"掐她的人中！快拍她的背！"

……

大家都吓坏了，掐人中的掐人中，掐手的掐手，拍背的拍背，人们都在大声地喊着我的名字。

最后，我终于咳了一下，那口气才吐出来。回过神来的那一刻，我的呼吸也变得很虚弱，看着身边手忙脚乱的人，轻声说，谢谢谢谢，能不能把我女儿也救出来，我要抱她。

他们都摇头，说你这个样子，不能再等了，必须先把你送医院。

这时候，又有个人跑出来，扑在我身上，一直拉我的手，他的劲儿好大，我感觉我的肉都要被拉掉了，他一边号啕大哭，一边说："廖智啊，我们家的人一个都没有被救出来啊，你知道吗？咱们这一栋楼，就你一个人活着给抬出来了啊！你可一定得好好活下去啊！"

后来我才知道，我们那片被埋了几十个人，我是唯一的幸存者。

那一刻，我觉得真的是太幸运了，被压在整座废墟的中间，有无数的可能会让我死在里面，我还是被救出来了，活下来了。我忽然觉得上天这么眷顾我，一定有它的深意。

在我被送往医院之前，我抓住救我出来的一个战士问他叫什么名字，可他只是摇头，一直在哭，哭得好大声。其他的战士也哭了。之后我再也没见过他们，也记不清他们的长相，唯一记得的，就是那天那张离我很近的漆黑的脸，眼泪流过的两道泪痕是白的，其他地方全是黑色。

在我的眼中，这些人就像天使。

被救出来的时候已经是5月13日的傍晚，我在废墟里熬了一天一夜，将近30个小时。

　　生命似乎是离我们最近、最习以为常的存在，我们常常因为生命太过于平常而忽视了它的珍贵和难得。在生命看上去似乎永远都不会消逝的时光里，我们眼里只有自己。我们仿佛就是自己的君王，只要受了点伤，稍稍被辜负，就会嗷嗷大叫，就像整个世界都亏欠了自己。

　　可是当生命真的在自己面前渐行渐远的那一刻，我才恍然，原来历经所有的时光，最终留在脑海里的，不是谁负了谁，谁更爱谁，而是那些想爱却来不及好好去爱的人，那些曾经伤害过却来不及说的一句"对不起"，那些日渐陌生却来不及紧紧拥抱的渴望——在生死的边缘，我唯一在乎的，是这些。

　　原来，爱里没有对错，爱是以涂抹一切的过错；爱里没有计较，爱本身就是满足地得到；爱里没有惧怕，爱是寒冷中的温暖；爱是那束纵然令人看到自己的影子黑暗无比，却永远在阴影另一边屹立不倒的光。

　　爱是甘愿恒久忍耐，爱是永不止息。

　　能够放弃的，那不是爱。

——廖智手记

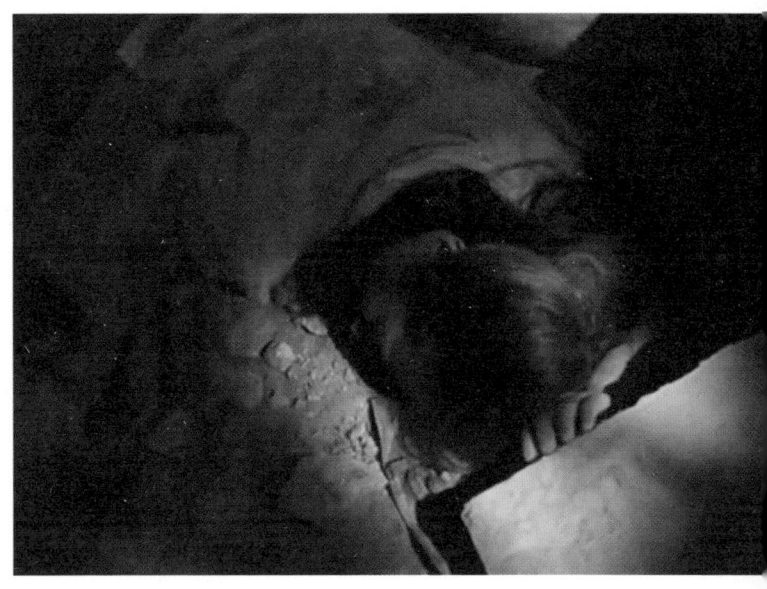

Chapter 2
截肢，割舍过去才有明天

其实，那个时候我很害怕，想睡，可又睡不着。
整个手术的过程中我都很清醒，能听见他们所有动作发出的声响。
直到听见电锯的声音，心里已经极度紧张。
我问，你们是在用锯子吗？他们说，是啊。
我说，这是要锯我的腿吗？他们说，是啊！
没有手术室，没有手术床，没有全麻，只有一个帘子挡在我肚子上方。
隔着那个帘子，我就要永远地告别我的双腿了。
电锯的声音清晰地传来。
我，害怕极了。

自己签署的手术同意书

被送到医院之后，我被放在了地上。

那时候余震还在持续，医院内外都挤满了人。躺在地上的人什么样的都有，手脚不全的，浑身是血的，活人死人都靠在一起。

医生和护士跑过来选人，挑出还活着的再转移到医院大厅——我就是从死人堆里被选出来的。

进了大厅，还是没有床位，医护人员临时把我搁在了一堆棉絮上，又连忙从伤员堆里挑出伤势重的先做手术。那些缺了一只耳朵，少了一半脸，甚至没了手的，都算是轻伤，排不上手术。我被埋了将近30个小时，身上的压力一旦松开，所有的瘀血回流，极可能导致肾衰竭和败血症，对于当时的我来说，死亡只是一瞬间的事。我被埋在下面的时候，虽然还能保持体力跟外面的人对话，但一被救出来，整个人就虚脱了，话都说不出来。医生看了之后就觉得太危险了，必须马上做手术。

其实，在去医院的路上，我就跟陪我一起的一个小兄弟说，我的腿肯定保不住了。

小兄弟安慰我说不会的。而对我来说，失去腿与保住生命相比，已经不重要了。果然，到了医院，做了检查，医生发现我的双腿已经萎缩变形，惨不忍睹。当时我已经完全没有痛觉，整个人都麻木了。

医生说，双腿坏死，只能截肢。

没有家属签字，是不能做这么危险的手术的。我说，那就我自己来签吧。医生很疑惑地问我,小姑娘,你明白什么是截肢手术吗?我说我知道,就是把腿锯掉。他们又问我,你确定你能做主签这个手术同意书?我说你们不要犹豫了,再犹豫,我就死了。

当时,我不停地冒汗,呼吸已经很急促,这和我婆婆死之前的征兆很相似。我必须赶快做手术。有没有腿不重要,重要的是,我必须活下去。

签完字的那一刻,一旁的小兄弟突然大哭起来,他拽着医生和担架边哭边吼:"不许你们把姐姐推进去!不许你们把她的腿拿掉……"

他声嘶力竭的样子,让我的心也被牵扯得阵阵发酸。这个看起来不善于表达感情的男生,竟这样地爱护着我这个大姐姐,我的眼泪也跟着滚落下来。我抓住他的手,问他:"姐姐要是没了腿,还是姐姐吗?"他拼命点头。我安慰他说:"那就别拦着医生了,让姐姐有机会活下去。"

接着,我便很迅速地被推进手术室。所谓手术室,不过是一个临时搭起来的帐篷。帐篷里有三台手术在同时进行。我做的截肢手术,按常规操作是要打全麻的,但在那时候,条件不允许,没有药,没有专业的麻醉师,就只能接受半麻处理。

在接受半麻时,我一直全身发抖,又冷又怕。好几个医生过来按住我说,你不能抖啊,抖成这样,我们没法给你顺利推麻药。他们费了半天劲儿,才把麻药推进去,注射完毕之后,问我有没有感觉。我说好了,没有感觉了。

其实,那个时候我很害怕,想睡,可又睡不着。整个手术过程中我都很清醒,能听见他们所有动作发出的声响。直到开始听见电锯的声音,心里已极度紧张。

我问，你们是在用锯子吗？他们说，是啊。

我说，这是要锯我的腿吗？他们说，是啊！

没有手术室，没有手术床，没有全麻，只有一个帘子挡在我肚子上方。

隔着那个帘子，我就要永远地告别我的双腿了。

电锯的声音清晰地传来。

我，害怕极了。

八个多小时的漫长截肢

手术的时间比我想象的漫长。

如果在手术的过程里，我能一直睡着该多好，可越想睡就越睡不着。有一段时间，好不容易睡着了，再醒来，以为手术肯定做完了，却没想到还在继续。截右腿的时候，医生问我，膝盖你还要保留吗？你的右腿伤得太严重了，如果保留就有可能造成感染，一旦感染，就更难保住了。我说，不管怎么说，现在还没感染，请先留住我的膝盖吧。

就这样，我一边做着截肢手术，一边跟医生们聊天。地震之后，经历了太多的抢救和手术，他们每个人看上去都已精力透支。最初，我鼓起勇气和他们聊天，只是不想让他们因为过度疲劳而在手术过程中睡着。聊着聊着，我自己竟然也轻松起来了。地震之后，我没有太多时间去回想这一切，当我再把这些经历拿出来聊的时候，我选择的都是那些荒诞的可笑的段落，比如我一开始以为是谁家的天然气爆炸，后来被埋下去的时候又以为是世界末日来了，脑海里居然还想着要怎么抢救我们家的电视机……听着听着他们也乐了，也开始跟我聊，手术的确很漫长，整整进行了八个多小时，如果没有这漫无边际的聊天，我真不知道要怎么撑下来。

手术做完了，我却更痛了。那已被切掉一段的肢体，仿佛依然有钢筋贯穿其中。与被压在废墟中相比，钻心的疼痛一点儿也没减轻。

我被抬回到棉絮上，吸着氧气，全身插满了各种管子，又看见外面那成堆的伤者。这时，爸爸和前夫终于赶来陪我了。因为疼痛难忍，我只有通过不停地翻身、变换身体姿势来分散一些痛苦。但那个时候，我一个人根本无法独立完成翻身这个再简单不过的动作。于是，他们就抬着我，帮我反复地翻来翻去，大概每隔一分钟，我就要翻动一下，因为实在太痛了，痛得无法忍受。

除了腿上的伤，腰部、腹部、后背、脸上、手上……全身都布满了伤口，贴遍了胶布。爸爸和前夫几乎是闭着眼睛在帮我翻身，因为我实在是太疼了，一刻不翻动身体都疼痛难忍。而此时，他们已有三十多个小时没睡觉了。可能是太累了，前夫对我说："你不能光想着自己，想想其他人也很辛苦。"

看着他们疲惫的样子，瞬间，我的鼻子一酸，觉得他们好可怜啊！尤其是爸爸，从地震发生以来，他一刻都没有合过眼，救我出来之后，他又继续和营救人员挖出虫虫和婆婆的身体，现在又马不停蹄地赶到我身边。我感到心痛，真的不想再拖累他们了。我说，我没事，你们都睡吧，就在这里，就地睡一会儿吧。他们实在没有精神了，就躺在我身边睡着了。

之后，我开始自己练习翻身，反正痛得根本睡不着。翻不动的时候，我就拽着床单一点点地移动，就这样一直苦练了几个小时，终于成功地学会了翻身。那一刻，我好开心啊！我激动地说："我可以翻身了！"这时，旁边一个吸着氧气也被截肢的大男孩听到后，赶忙摘下了氧气罩，兴奋地问我："姐姐，你可以自己翻身啦？"我说，嗯！

接下来，我和男孩开始交流。我问他，"你还翻不动吗？"他说："我翻不动，好疼，腿像灌了铅一样，好重。"我说："我也是，但我们还是要学着自己翻身，免得总拖累身边的人。"为了让他也尽快学会翻身，我拉着床单给他做示范。突然，他说："姐姐，你的腿流血了，好恐怖啊！"我仔细看了一下我的腿（截肢以后，我一直没敢真正看过我的腿），发现纱布前段已经被血染红了，天哪，太恐怖了！我不敢再看下去。

换药是煎熬，也是考验

疗伤的过程中，换药是最恐怖的。记忆中除了痛，没有别的。可怕的感染终究还是没有放过我，腿上除了截掉肢体的那一部分受了感染，整个膝盖也未能幸免。术后没两天，大雨整整下了一夜。第二天早上，在帐篷中醒来，发现床都被雨水浸湿了。当晚，我的伤口便大面积感染，连新生的皮肉也开始腐坏。医生为我换药时，先一点点地刮掉已经腐烂的肉，然后，再用棉球塞进伤口一点点补药，以防感染继续恶化。

一到换药的时候，出于恐惧和疼痛，我总会流很多汗，每次都将衣服全部浸透。我从不敢正眼去看换药的过程，太恐怖了！只要听到换药车推过来的声音，我都会忍不住汗毛直竖。但每一天，换药就是我的必修课，往往一换就是一个多小时。我无法逃避，只能煎熬。

其实，恐惧换药的不只是我一个人，整个区域的伤员都一样。一听到换药车的声音，许多人便先吓得哭了起来。每天到换药的时间段，就能听到周围一片哀号声。奇怪的是，我却哭不出来，也叫不出来，换药时只是不停地冒汗，紧闭双眼，咬住嘴唇，不想再看见这恐怖的情景。

其实，每天面对这样的巨大压力，人不可能不压抑。即使换完药，心情也不会好。因为这只是今天的折磨，明天还要继续重复。这时候，唯一能让我振作起来的，就是笑话。每天换完药，我就马不停蹄地开始跟周围的人聊天、讲笑话，讲各种各样的笑话。很多朋友和志愿者来探望我，问我需要什么。我说我只要搞笑的片子，其余的什么都不要。我需要搞笑，需要讲笑话，必须转移注意力，不然精神真的会崩溃。周星驰在电影《国产凌凌漆》里那个疗伤的经典画面，又搞笑又感人，在我饱受煎熬的时候，总是浮现在我面前，一想到这个，我就觉得有力量再坚持坚持。

在那个时期，我就开始为恢复而努力了。身边的人总是要帮我做这个做那个，我对他们说，我能做的事情都让我自己来做，我一时做不了的事，你们再来帮我。在床上，我开始挪动屁股，尝试着用屁股来行走，争取学着做一些事情。在那种奇特的行进中，两根短短的断腿包好像棒槌一样，很怪异甚至显得很有趣。我索性摆出各种姿势，让朋友们拿手机给我拍照。对我来说，这样做，一是打发时间，二是能够转移注意力，能让我暂时忘了伤口的痛。还有一种方式也会起到同样的作用，那就是看看朋友们在我身旁玩"斗地主"，每天我都用这些方式来转移自己的注意力，逐渐平复对换药的恐惧。

爱是互相给予的那一点暖

时间久了，医院的医生和护士都很喜欢来我的帐篷，因为只有这里有笑声。

这场残酷的地震，已经夺走了太多太多的生命。每一天都要面临无数的生离死别，对负责救治伤员的医护人员来说，也是一种难以承受的心理伤痛。当时的灾区，医疗资源非常紧缺，所有的医生和护士经常几天都不能睡觉，更别说回家了，他们早已劳累过度，却还是坚守着自己的岗位，非常不容易。

医护人员说，每天工作中唯一盼望的，就是到我的帐篷来，因为其他的帐篷里有太多撕心裂肺的哭泣和尖叫，太难受了，太压抑了，只有这里，还有笑声，可贵的笑声。听他们这么说，我完全感同身受，在伤痛面前，谁能只靠自我安慰来坦然面对呢？我们需要彼此打气。

医护人员是可敬的救援者，但他们也同样需要鼓舞和安慰。所以，我很欢迎医生和护士们的到来，我们会一起"斗地主"、讲笑话，气氛变得很轻松、很开心。

我甚至还用很搞笑的口气给他们讲述自己被截肢的过程,大家听了都哈哈大笑。

也许就是从那个时候开始,我学会了用幽默的方式去面对生活。

当时我的身边,还有三个非常好的闺蜜。一个是舞蹈学校的同事;另一个是我的初中同学;还有一个是大学在校生,她也是我的初中同学,从北京赶回来的。每天晚上,她们仨都会形影不离地陪着我,直到我睡着了才离开。

一天晚上,我听见帐篷外面有人在哭,仔细分辨,终于听出了是她们三人在交谈。她们说,廖智以后怎么办啊?她现在成了这个样子,她老公竟然都不来陪她……看她整天笑呵呵的,好心疼,好难过……她们接着又讨论自己能为我做些什么,尽力想些能帮我的办法。说着说着就啜泣起来,一边哭一边继续轻声讨论,既为我心疼,也替我不平。

每一句话,我都听得清清楚楚。我一边听,一边悄无声息地流着眼泪。其实这些天来,她们走的时候,我都没有真正地睡着,只是不想让她们担心,我才假装睡过去。她们吐露的心声,让我觉得好幸运,在我失去一切、一无所有的时候,还能有这样三个朋友,这样爱我、照顾我。她们能抛开自己的生活,到这里来陪我,我已经很感动了。我知道,为了陪我,她们三个人,一个推迟了婚期,一个抛开了学业,另一个辞掉了工作。拥有这样的友情,此生何求?

白天,闺蜜们来的时候就像没事儿人一样,给我讲笑话、开玩笑。谁又想到,晚上,她们会躲到外面偷偷地为我哭。后来,她们对我说,每次看到你换药,我们都忍不住要哭出来,但心里又告诫自己：别哭，别哭！廖智那么坚强，她都不哭。我们如果哭了，就会让她更难过。我们不要她难过，我们要忍住，每天都要忍住。

她们给予了我很大的安慰和力量，让我觉得无论面对什么，我不是一个人，还有很好、很爱我的朋友和我在一起。因为有很浓的爱陪伴着，所以那些缺失的部分就变得微不足道，比起埋怨失去，我更感恩拥有。拥有她们，我很幸运。

或许因为我是独生女，没有兄弟姊妹的陪伴，从小到大我都很珍惜身边的朋友，珍视我们之间的友情。发生地震之前，朋友们如果遇到什么困难，我都会尽力相助，所以灾难发生之后，这些朋友们也不遗余力地赶回来帮助我。

我曾经为她们所做的，根本就算不上什么，但上天眷顾我、怜爱我，知道我所失去的太多，怕我承受不了，就将这些朋友派来我身边，像天使一样照顾我、安慰我。我很感恩。

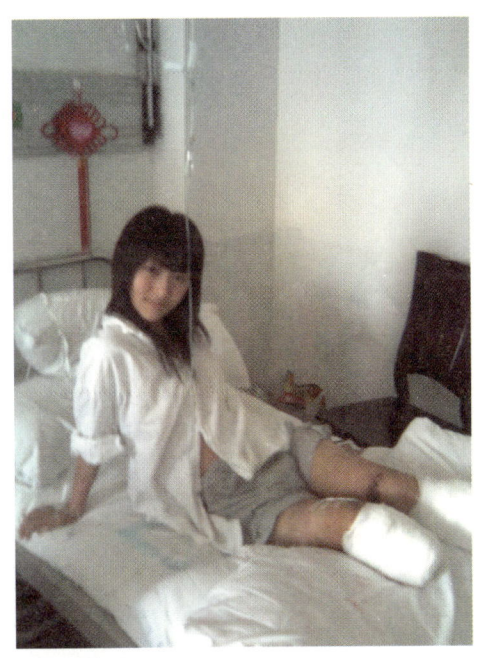

写给朋友的信

朋友，我知道有时候我看上去大大咧咧、没心没肺。

朋友，我感激你每一次的心疼和信任。

朋友，知道我为什么那么爱笑吗？因为我在用自己每一次的笑容，去铭记曾经看到过的世间难忘美好的一刻——你发自内心、天真无邪的笑。虽然这样的笑容那么少。

我不停地笑、不停地笑，其实就像是一个照镜子的人，她有多渴望看见镜子里面那个人的笑，她就会多努力地让自己笑。记住了吗？可不可以，以后每当你看见我笑容的那一刻，就还给我同样的快乐？你心疼我的每一次遭遇，而我心疼你的只有一点——你笑得那么少。

朋友，是的，我不能百分之百地相信你。因为我也不能百分之百地相信我自己。但是，这又何妨呢？这并不能阻碍我以真诚、宽容、关切待你，也不能阻碍我对你所付出的的确是那种叫作"爱"的感情。我不会选择背离你，在每一个你需要帮助的时刻，我愿意对你伸出我的手。只要你伸过来，我就一定握住。

朋友。是的，你不能百分之百地温暖我，我也做不到百分之百地温暖你。因为我知道每一个人的每一种情绪之下都暗藏着许多不为人知的秘密，我不知道的，或许连你自己都不知道……没有人可以把自己每一刻所思考的，都化作语言，真实地摊开来告诉别人，如果有人愿意那样做，世人就会看见"人"的内里肮脏污秽的那一面。

可是，这又何妨呢？我认为上帝所做的最美好的事情之一就是：

即使他可以知晓阳光下的全部罪恶，显露的或是暗藏的一切阴暗，但仍然愿意将部分原本你我拼命隐藏起来的肮脏污秽永远隐藏起来。正如他对待我们的方式——宽恕和怜悯。

既然是这样，你是我所爱的，是我的朋友，如同我的手足。上帝亲手替你抹去了不能启齿的部分，我又如何能不豁达地选择全然地接纳呢？全然地理解才会有全然地接纳，理解你如同理解自己一样，我们所有的软弱和瑕疵才可以真正被宽恕。但即使互相宽恕，也不能假装那一切从未存在过，就如同我的软弱，我自己都不能敌得过，拿什么来百分之百地温暖你？

可是，这又何妨呢？起码我会选择用自己所能做到的最好的行动，来回报你给我的这一次彼此温暖的机会。我们之间没有世人渴望的那种百分之百的满足和交换，我们也不去求，好吗？因为毕竟我们互相想要的全部，彼此并不全都知道。然而我们却都在自己的良知范围内付出了最真的情谊，没有百分之百又何妨呢？人与人之间苦苦所求的百分之百的信任和温暖，往往到最后才是最伤人的。从一开始就盲目地、过度地期待一个人的能力和圣洁度，失望之后就轻易地否定和放弃，这样的感情岂不更是一种悲剧？我们之间没有百分之百，但是我会尽可能做到你心中的及格，尽可能做到不松手，尽可能做到在每一次失落与伤心之后，仍然来到你的身边问一句："今天过得好吗？"

我亲爱的朋友，你应该如我一样地明白，世间真的没有多少是喜剧。

很多喜剧都只是那些愿意包容和接纳的人用自己的委屈和隐忍换来的。

我亲爱的朋友，我和你一样，不能做到绝对的完美，接纳你作为我的朋友，便是接纳了你一切可能出现的背叛和伤害，无论你是有心或是无意的。我的爱不是完美的爱，却是完整的。从我决定爱你那一刻，无论贫、富、贵、贱、健康、残缺、美好、丑陋、伤心、快乐、上升、下沉……这一路，我都在自己的身边留着那个永恒的属于你的位置。只要你来，我就在。所以，如果我只能做到你感觉合格的地步，也请全然宽恕我，好吗？如同我对你一样。因为，我爱你，无法爱到让你绝对满足的地步，但起码这份感情自它掏出来那一刻开始，便是至真的。

我亲爱的朋友，无论你睡在哪个城市的哪张床上，无论你离我多近或是多远，无论这封信你看到或是永远看不到，愿你每晚都有好梦。

当世界渐渐被冷漠、自私、欺骗占据,当我们变得越来越不愿意先去付出什么,真挚而纯洁的情感和关系就变成了奢侈的东西,我们往往对友谊抱以超过友谊本色的期待,想要索求的太多,愿意给予的太少。而更多时候,我们关上心门,自怨自艾,自怜自惜。

然而当我们越过那些浪漫的文学作品、电影电视对友谊言过其实的渲染,回到友谊本真的样子,无须太多甜腻的话语和恳切的证明,它不过就是——在你无助的时候,伸来的一双手和满眼的疼惜。

——廖智手记

Chapter 3
总有一天,感情的伤痛会痊愈

后来,他们一个个真的都来到我的病房。

那小小的房间,开始有一辆轮椅、两辆轮椅、三辆轮椅……

终于,我的病房塞满了轮椅,都没地方了。

房间里坐不下,我们就到医院的大厅里围成圈交流。

每天下午六点准时在那里聚会,一直玩到晚上八九点钟。

我们讲故事、跳舞、唱歌、"开火车",尝试各种游戏,参加的人也越来越多。

最后,连大厅都挤不下了。

他没有陪我到最后

5月21日,院长忽然跑来找我。他说现在有一批可以转院的名额,希望我能借这个机会,转院到重庆。现在我的伤口已经感染得很厉害了,德阳的医院目前药品欠缺,已经没有什么更有效的药物可以使用了。

我不想走,害怕在异地的孤单和陌生。比起去一个完全陌生、没有亲人和朋友的城市,我宁可待在这边继续感染。院长坚持劝我,他说名额是有限的,不是每个人都有转院的机会,他一知道消息就来找我,是真心想帮我,因为大家都很喜欢我,也很心疼我,如果再拖下去,我的膝盖可能就保不住了。

院长如此真切的话,让我非常感动,我便接受了医院的安排。转院那天,很多医生和护士都来为我送行,他们很舍不得我走,一起把我从担架上抬到了车里。

前夫也来了。

在我住院的这段时间里,他断断续续地也来看过我,但都只待一会儿工夫,说两句话就走了。他一看见我就开始哭,我也会忍不住一起哭。但转院的那天,面对他,我没有哭,反而变得很平静。

我说,我要走了,去重庆,你要陪我一起去吗?

他没有答话,我已经明白了他的意思。

我说,在问这个问题之前,其实我已经想好了。我不用你陪我一起去,我的朋友可以陪我。你去了可能也帮不上什么忙,因为你一直没有照料我,不知道该怎么照料我。你不如去旅行吧,找个地方玩一下,散散心,不要跟我在一起,可能你看到我就会想哭,这个时候,你看不到我或许会更好一点儿。

我一边说,他一边流泪。隔了一会儿,他终于问我,那你想让我陪你去吗?

怎么可能不想呢?一个女人,在这种时候,怎么会不希望自己的丈夫陪在身边?我看着他,平静地说,你不会照顾病人,就留在这儿吧。

其实两天前,我跟他就已经吵过一架了。

我很难过,别的帐篷里的女人都有丈夫陪伴,为什么他不能来陪我?他说他一看见我就会想起死去的女儿和妈妈,他心里承受不了。两个人只要一见面,就会开始哭,他不想这样,他想去寻找快乐,不想再让我的情绪受影响。

的确,在别人面前一直都能开玩笑的我,一看到他,就总是控制不住自己哭出声来。但以这样的理由,就可以忽略我的感受吗?我知道他很难过,但现在情况更糟糕的人是我啊,至少他还可以自由地行走,我却只能躺在这里,动也动不了,为什么他只看得见自己的痛苦呢?

这样的争吵最后也没能得到任何结果。虽然有争吵,但矛盾的是,我还总想着:他也失去了母亲和女儿啊,他有悲伤的权利。

这是他的选择。只是,我的选择不一样而已。比起自己的悲伤,对我来说更重要的是:我要让爱我的人安心。因为人活着,是为活着的人活着。

现在,真的要走了。我突然之间就释怀了。

何必呢，如果两个人在一起都这么不开心，最后就是相互煎熬。也许，这个时候，彼此都该静一静。他去找他的快乐，可能会更好。

那天，我真的好平静。原来当人越想要握紧，就越会让自己和对方都觉得痛，与其徒劳紧握，不如松开手掌，才有空间安放彼此的伤痛。

转院重庆，笑容是最好的行囊

那段时间一直照顾我的，还有两个小兄弟，其中一个就是拉住医生不准他们帮我做截肢手术的人。转院的那一天，他俩和我的三个朋友都争着想陪我去重庆。两个男孩子说，姐姐，我们一定要跟你去重庆，我们来陪你，不跟你分开。听他们这样讲，我不知道这是为什么，但真的很惊讶。他们又说，姐姐，你要是自己走了，我们留下来都不知道做什么好，跟你在一起，我们才知道该干什么。我说，好，我现在就教你们留下来该做什么。我走了，这里还有很多很多人需要帮助，照顾他们和照顾我是一样的。按规定，这次转院的病人，每人只能跟一个随行护理，你们是男生，照顾我也不方便，我不能带你们。你们更适合在这边找一个没人照顾的伤员，去照顾他。这就是你们现在可以做的事。

临别的时候，他们一直拉着我的手，一直在哭，久久不愿意放手。就这样，我在一片哭声中，离开了德阳，来到了重庆。

一到重庆，看到那么多的高楼大厦，我心里立即不安起来。天哪,这个地方如果发生了地震,我还能逃脱吗?当时真有一种深入虎穴的感觉,甚至有点后悔来到这里。一路上,我都在问同行的人,重庆会不会地震?这里的楼那么高,好恐怖啊!他们安慰我说,放心,重庆地震也不怕,地基很稳的,没事。

来到重庆医院,进入病房,完全陌生的环境和氛围,让我和朋友都无所适从。病房里的病患都躺在床上唉声叹气。一个护士过来给我量血压,但一时遗忘了某样东西,便赶紧回去拿。等她再进来时,刚才还坐在床头的我,已经坐到了床尾。护士吓了一跳,问我是怎么过来的,我说,我是用屁股走过来的。她惊讶地说,你太厉害了!当时,与我同期受伤的人,多数还躺在床上不能动,而我身上除了感染的部分,其余的伤势都恢复得很快,这可能跟我的心态积极及常年跳舞、运动有关。

没多久,在重庆医院,我又再度成为病区的焦点,引起了不少医生和护士的关注。但这不是天分,是我有意地整理自己的外形,即使在住院期间,也会认真洗脸护肤,请妈妈帮忙换洗干净的衣服;再加上愿意和人嘻嘻哈哈说笑,对医护人员的指令也都积极配合,还常尽量主动去做一些事,所以才令人刮目相看。

或许因为中华文化的"低调论",使很多人不敢或不愿意展示自己的优势,虽然我也认为没有必要刻意炫耀,但仍然有必要积极地表达自己的优势,因为人们只能从我们愿意展示出来的部分来了解我们的内心。如果封闭自己的内心,或许也会错过让他人真正了解自身优势的机会。我经常观察周围的人,发现那些有意防备和封闭内心的人,也影响整体精神面貌,他们看起来是蜷缩着的,使人望而生畏;而那些舒展内心,平和地展示自己优势的人,会吸引到许多恰好需要这些优势滋养的人。所以，我虽然不认为自己有任何可夸之处，却也十分乐意主动展现自己的能力及优势，深深地期盼这些优势惠及自身的同时，也能惠及他人。

人与人之间的互动需要一种先入为主的信任。敞开内心，平和地将自身的优势与人共享，就是主动打开信任大门的有效途径。

或许因为我的心如此敞开，于是就像在德阳的医院一样，这里的医生护士们也都很喜欢到我房里找我聊天，他们说我的笑容有一种莫名的吸引力。有时候，他们甚至还会带来记者。一次，有个记者问我，你的笑是真的还是假的？你或许可以笑一天两天，但你能一直笑下去吗？

对这个提问，我没有正面回答。因为当时整个人还处在完全弱势的位置，对所有质疑的声音，通通只能一笑带过。我就笑了笑说，也许吧。

那一刻，我不想反驳什么，事实上，眼前的一切都需要我重新探索，这对我而言都是新的，我也是带着对未知的敬畏去摸着石头过河。我不喜欢过多地去为自己辩解，说多了，令人生厌。我觉得人活着要有骨气，但骨气不是表现在辩论中，而是体现在坚持和隐忍中。

我要和所有的质疑比拼耐力，直到有一天，让对方心服口服，无话可说。如果你遇到了质疑，那么唯一战胜质疑的行为就是：要坚持得比那些质疑的声音更久。只要坚持下去，直到质疑声已经坚持不下去，人们自然就会知道事实真相是如何的了。

那时候，我就像婴儿一样顺从，无论谁说什么，都不予置评。怎么样说我，怎么样对我，都可以，我都听着，都接受，是非对错在一个婴儿面前是毫无用武之地的。我知道，目前最重要的事只有康复，这些质疑的声音对身心的康复来说，算什么？

有一次，一位老婆婆的到来，让我终生难忘。

我清楚地记得，老婆婆来到我的病床前看了许久，哆哆嗦嗦掏出一把零钱，把钱扔到我床上，转身就走。那是一把零碎的纸币，有一块的、五毛的，甚至还有一毛、两毛的，总共十七块钱。我让朋友赶紧追出去，追了半个医院才追上，朋友坚决不收这钱，要还给她，老婆婆就哭了，说你们不要嫌弃我的钱少。朋友回来的时候，已哭得稀里哗啦，她替我收下了老婆婆的钱，并告诉了我经过，我也在床上哭了。

很奇怪，地震之后，我所流的眼泪几乎都是因为感动，而不是因为悲伤。

这也是我万分感恩的缘由之一，仿佛上天透过一场大地震，震醒了我潜伏起来的那颗更柔软、更洁净的心。

儿童节，给女儿虫虫的礼物

6月1日是儿童节。那天，太阳光耀眼。

与我熟识的医生和护士们过来找我，说，廖智，我们为医院的小朋友搞了个庆祝会，希望你也来参加。我欣然接受了这个邀请。于是，已从成都赶回来的妈妈推着我进了活动现场。我们在台下有说有笑地看孩子们表演节目，看着看着，虽然，我还是一脸笑容，但突然感觉脸上开始有泪珠在向下滑落，用手擦了一下，滚滚的泪水反而停不住了。这无声的眼泪,旁人刚开始丝毫没有察觉,直到我忍不住抽泣,才被妈妈和好友发现。她们瞬间就明白过来,也跟着哭了。我竭力想忍住,在心里大声地对自己说:在这个场合,千万不要哭,不要哭,不要哭!但眼泪止不住一直在流,越想忍,越是哭得厉害。

如果虫虫还在,这应该是她生命中的第一个六一儿童节啊。

那些在台上表演节目的、接受礼物的小朋友,有的失去了手,有的没了脚,但对我来说,这都不要紧,只要虫虫还在,即使她没有手没有脚,我还是一样爱她。但她连在六一儿童节接受礼物的机会都没有了。我心里的悲伤翻江倒海。

我要妈妈和好友推着我上台,我说,我想送一个礼物给我的女儿。来到台前,我跟医院组织活动的人说,我求你们允许我到台上唱一首歌,我想把它送给我的女儿,她现在正在天上看着我呢,我看得见,她就在天上,这首歌就当是给她的六一儿童节的礼物。

上台后,我对着下面的小观众说:"我知道今天是小孩子的节日,不该大人上台,但我很感谢医院给我这个机会。有一个孩子,现在你们看不见她,但我知道她就在这里,她还没过过六一儿童节,我觉得她应该过的。你们收到了很多礼物,她也应该有自己的礼物,所以,我要唱一首歌给她听。"

我稳住情绪,开始唱歌:"我有一个美丽的愿望,长大以后能播种太阳……"歌词还没唱完,眼泪又开始滚落下来,我泣不成声。其实这时候,台上台下没有人不在抹泪。我努力笑着,却又不停落泪,一句一句唱到最后,心里说:"虫虫,我很感谢今天能送给你这样一个礼物,完成了我的心愿。"

从儿童节那天开始,每天中午,我都瞒着妈妈,悄悄让朋友推着轮椅带我去二楼的产房看新生儿洗澡。我隔着玻璃，一看到那些小婴儿在洗澡，心里就非常高兴，不由自主地夸他们这个可爱那个可爱。其实，这都是源于我对女儿的思念。以前，睡觉的时候，她总紧紧挨着我。现在，我的怀里突然没人了，我没法适应。病友们说我晚上喜欢抱着洋娃娃睡，就像个小孩子。其实，那是因为我很想虫虫。

一天中午，朋友又推我去看新生儿洗澡，我觉得不满足，就偷偷溜进产妇病房，看见一位妈妈睡着了，就滑着轮椅过去抱她的宝宝。我把宝宝抱进怀里，抱了很久都舍不得放下。朋友见状赶紧催我，要我快点走，免得待会儿人家醒来被吓着。可我一直舍不得放下孩子，就那样一直抱着，直到她妈妈醒了。这位妈妈真的被我吓到了，质问我们想干什么。瞬间，我也有点儿惊慌。

朋友赶紧向她道歉，说我是从灾区来的，在地震时失去了女儿，现在很想念孩子……那位妈妈听完朋友的讲述，被感动得哭了。她对我说，你抱吧，你就一直抱着她。

后来，这位妈妈知道我住在三楼，便常抱着孩子来看我，让我去抱她的孩子，我非常感动。那段日子，她们治愈着我的心，让我感受到了人与人之间的美好，让我知道，许多人都愿意真心地帮助我，满足我的心愿。

慢慢地，我的心态越来越放松，渐渐敞开自己，开始想着如何去帮助别人。听说有个小孩子截肢了，心情很不好，我就带上礼物去看他，和他交朋友，帮他缓解内心的压力。当孩子们一个个探望完了，我决定开始探望大人。

我的医院，是一座移动的游乐场

一开始，这种造访并不顺利。很多病人或伤员内心很封闭，即使我和他们主动聊天，说了一大堆话，他们也就简单回应一两句，然后便沉闷地睡去。那段时期，地震对人们身体和心理的伤害是莫大的，多数幸存的伤者脸上，都很难再见到笑容，相比之下，小孩子倒简单多了。

可我并不想放弃，觉得大家此刻更需要拧成一股力量，彼此安慰，彼此温暖。虽然，伤员病患们来自灾区的各个城镇，之前彼此互不相识，但大家需要互相交朋友，需要一些来自真正的朋友给予的抚慰。我不断地努力尝试，渐渐地，他们封闭的心就一点点被打开了。他们有人对我说，廖智，等我也能像你一样坐轮椅下床，我一定去你的病房看你。

后来，他们一个个真的都来到我的病房。

那小小的房间，开始有一辆轮椅、两辆轮椅、三辆轮椅……终于，我的病房塞满了轮椅，都没地方了。房间里坐不下，我们就到医院的大厅里围成圈交流。每天下午六点准时在那里聚会，一直玩到晚上八九点钟。我们讲故事、跳舞、唱歌、"开火车"，尝试各种游戏，参加的人也越来越多。最后，连大厅都挤不下了。

那个时候，我们组织的这些活动成了医院中独特的一景。很多重庆当地人来看望别的病人，看到我们这群坐轮椅的病人嘻嘻哈哈在那里讲笑话、做游戏、表演节目，有男有女，有老有少，都感到很不可思议。好多人都问我们,你们是从地震灾区过来的吗?我说是啊!他们便说,你们四川人太乐观了吧?这个时候还能笑得这么开心。我说,我们四川人,天性就乐观,就是这样子!

渐渐地,我们再度被媒体关注,很多媒体到医院来拍摄,拍我们坐在轮椅上做游戏。路边的行人看到了,也会拿着手机跟着一起拍。那时候感受到的快乐给我留下了深刻的印象。我觉得,当快乐来临的时候,不要嫌快乐来得不够或没有力量。有快乐,就好。

很多人质疑说,廖智,你做的这些事,真的有意义吗?就算这一刻,你让他们感到快乐了,那又能怎么样?一天有24个小时,你们聚在一起也就两三个小时,就算这两三个小时里你们很开心,可当你们回到病房,可能还会想起各种不快乐的事,还会黯然神伤。所以,你这么做,真的有意义吗?

是的,我不能保证我所做的事情有多伟大的意义,可以马上改变谁的心境,让他立即变成另外一个人,哪怕只是变成像我一样的心态。这些事可以达到什么效果,我从来没有指望过。我自己有时候也会忧伤,但是,至少我们在一起的那一刻,大家是快乐的。如果,我不为大家做这件事,一天24个小时,我们都不会快乐。每天如果有两三个小时,我们能够快乐,这件事就是有意义的,不是枉费,不是徒劳无功。

现在,再回想那时候的经历,我觉得,人每做一件事,去陪伴别人也好,去帮助别人也好,永远不要想自己为别人做的事有没有意义,有没有用,做了就很好。至少,在行动的那一刻,你是有影响力的。为什么一定要选择做一件貌似很长久、能永远持续下去的事?不可能的,既然是人做的事,就不可能永远保持一个状态,世事多变,而我们做的事，即使只收获了一刻的喜乐，在那一刻，生命也是丰富的。

医院轮椅队的经历让我发现，很多事做之前最好不要去问结果，更不要问这件事会有什么深远的影响，只要那一刻，我们做了，就是对的。只要那一刻，我们是开心的、幸福的、满足的，我们的生命在那时就没有白费。那一刻，它是饱满的，那一刻在生命里就是饱满的；那一刻，它是有意义的，它就有存在的意义。

以后，我做很多事情，都是按照这样的理念去做的，这样可以让我不畏惧周围的流言蜚语。人一生要做的事情太多，也会有许多人出来阻挡。可是拥有不被他人干扰，始终遵循内心前行的勇气，会让我们感到更深的幸福。

人一生可能拥有很多天很多分很多秒,可是每个人能真正把握得住的只有当下那一秒。有些人喜欢一直盯着过去,有些人喜欢一直看着未来,于是他们往往在过于重视过去和未来的途中,不经意就丢失了现在。

我从一无所有、如同婴儿般从头开始生活的过程中,学会珍惜正在经历的每一秒,这不仅有助于人生的重建,也能够使周围的人的生命变得更加真实可触摸。我发现,人每时每刻都在做着一道选择题:影响别人或是被人影响。新的生命让我时刻保持警醒——要做一个去影响别人的人。

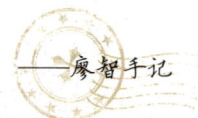

——廖智手记

Chapter 4
鼓舞，没有腿也要跳出梦想

一连倒了三次之后，我彻底蒙了，
整个人愣在那里，脑子嗡的一声。
天哪，太可怕了。我跪不起来了。
对一个人来说，跪不起来，这是多么可怕的事！
直到那一刻，我才发现，没有了小腿，没有了脚底板的支撑，
光靠两个膝盖，是跪不住的。
我当时只是下意识地想，不能让他们知道我跪不起来，
如果是这样，他们可能就放弃我了，不让我跳舞了。

想跳舞,却惨遭打击

截肢两个月后,我迎来人生中第一次鼓舞。

当时正值第58届世界小姐重庆赛区的选拔赛,组委会带着他们的选手来病房探望我。他们的负责人后来跟我说,第一眼就觉得很惊讶,看到的是一张很干净的脸。我问他,什么叫干净的脸?他说,就是脸上没有阴霾,没有原本想象的灾区出来的样子,没有从你脸上看到废墟的画面,反而看到的是一片洁净的土地,好像从来都没有什么悲惨的事情发生一样。

当时,组委会的人都看着我,我没有说任何话,静静地看着他们笑。其中一个人,看了我一眼,忽然就跑出去了。等他回来的时候,眼睛是哭过的样子。他说他也不知道为什么,一看到我的眼神就控制不住了,又不想在我面前哭,只能跑出门去。也就是在这一刻,他确信他想找的人就是我,他希望我上台去演出。他说廖智,我知道你喜欢跳舞,我们给你提供舞台,让你完成心愿,你去吗?我当然很乐意,一口就答应了下来。

第二天,他就找来了三位老师过来帮我编舞。

第三天,他们为我设计了一个舞蹈,但是希望我不是坐着跳而是跪着跳,这样会更有精神一些。我打算试一试。第一次尝试跪立却倒下来之后,我完全没反应过来,还以为是自己没摆好姿势。等到第二次跪起来,我又倒了,就有些紧张,觉得哪里不对劲儿,但又不敢相信。这样一连倒了三次之后,我彻底蒙了,整个人愣在那里,脑子嗡的一声。

天哪，太可怕了。我跪不起来了。

对一个人来说，跪不起来，这是多么可怕的事！我之前坐在轮椅上，可以动来动去，根本不知道我是跪不起来的。直到那一刻，我才发现，没有了小腿，没有了脚底板的支撑，光靠两个膝盖，是跪不住的。

我的心里还在翻江倒海，身边的人也看出了一些异样，愣在那里，问我怎么了。我掩饰着内心的不安，说我今天状态可能有点儿不好，你们给我一点儿时间，让我练一下，我好久没有起来运动了，给我三天时间吧，你们到时候再来。

他们疑惑地走了。我当时只是下意识地想，不能让他们知道我跪不起来，如果是这样，他们可能就放弃我，不让我跳舞了。

等他们一走，妈妈因为还不太清楚怎么回事，就说，来，廖智，我们练习吧，到时候老师来了咱们就能表现好一点。我回答她，为什么要练？然后就躺在床上，拉着被子蒙头大睡。我根本无法接受这个事实，觉得好恐怖。我反反复复地想，我不能跪，我怎么会不能跪？我把自己蒙在被子里，其实根本睡不着，只是不停地翻来覆去。妈妈和陪我的朋友看我这个状态，大气都不敢出，话也不敢说，却不知道究竟发生了什么事。

彻夜练习，学会跪立

那一天，我午饭没有吃，晚饭也没有吃，身边的人不敢跟我说话，就任我躺在床上。其实我也没有真的睡着，迷迷糊糊的，就是不想去面对这件事，这是我第一次真实地面对残障，也是第一次意识到：我的身体不一样了。一直到了晚上，我自己都受不了那种气氛。

因为我一直在妈妈和朋友面前表现出很有信心的样子，但是那一天，我明显感觉到，我吓着她们了，她们在我面前战战兢兢，不知道干什么、说什么才好。一直以来，我努力地讲笑话、开玩笑，就是不想有这种氛围。我觉得很愧疚，是自己没有做好，让周围的人担心了。我想我一定要迈过这道坎儿。

可是我该怎么办？我跪不起来，也不敢去面对这个事实，又不想让妈妈和朋友担心，我该怎么办？心里很矛盾。最后，实在是无法忍受，就想，管他呢，死就死吧。就算再难，还会难过被长时间埋在废墟里面吗？

在废墟里面，我被压了那么久，想动都动不了，现在至少能动了，至少身体还是自由的。那时候，就连翻一个身，对我来说都是奢望，我现在不仅能翻身，能坐，还能从床头挪到床尾，这已经是很大的进步了。是的，要有信心，跪不起来，可以想别的办法去完成这支舞蹈，不管怎么样，我要先练习。

夜深了，妈妈和朋友都准备睡觉了，我突然把被子掀开，说，好吧，我现在开始练习。那一整天，她们一直都紧绷着。我们整个病房，就连隔壁床的阿姨，都好像话变得很少，没有人敢开玩笑。平常都是欢声笑语的病房一下子"冷掉"了。我故作轻松地说，好了好了，我们来练习吧。她们像是吓了一跳，然后马上就懂了，我是迈过这个坎儿了。妈妈立刻高兴地说，好啊，来练习！到了这个时候妈妈才说，你今天下午心情不好，我们都不敢说话。我说，我知道，对不起，让你们担心了。

我们开始练习。我扶着妈妈和朋友，坦诚地跟她们说，我跪不起来了，跪在那边就会倒，我不知道该怎么跪起来。她们两个人就一人扶一边，扶着我起来，因为太快松手我会倒，她们只能慢慢地松手，一点点地放开我。后来她们都累了先睡了，我自己扶着床两边的栏杆和挂输液瓶的铁杆子练习。

那天晚上，我一直练，直到第二天清晨，天空隐约发亮的时候，妈妈和朋友又起来接着帮助我练习，就在一瞬间，我终于能跪住了。

鼓舞，从零开始

那一瞬间！松开手，我跪住了。

跪住之后，身体还稍微晃了一下，但我没有倒。病房爆发出了欢呼声。那时候整个医院都很安静，就听见我们病房突然传出欢呼声。护士跑进来就问，什么事儿啊？！什么事儿啊？！妈妈喜滋滋地告诉护士说，看，我们廖智跪起来了。连隔壁床的阿姨，也从床上爬起来，高兴地说，啊，跪起来啦，真好！

大家都为这个事情而开心，跑过来拥抱我，和我击掌，就像中了福利彩票一样。很难想象，只是因为我跪起来了，做成了一件这么小的事情，大家就这么开心。那个时候真的很容易满足，幸福是如此简单。

跪起来之后，接下来的那三天，我进步非常快。不仅跪起来了，还练了下一字马，又练了涮腰的动作。而且，自从我跪起来了以后，整个身体的恢复就变得很快。三天以后，老师和组委会的人再来时，他们都很惊讶。那天我一边展示一边说，我可以做这个，可以做那个。他们一边看一边赞叹，觉得简直不可思议。

一开始，编舞的老师根本不知道我的身体状况，可以跳什么，不能跳什么。现在看到我能做的这些动作，他们就把所有的动作组合起来，编成了一支舞蹈。

他们说，我们想让你在大鼓上面跳，你觉得怎么样？在这之前，我以为会安排我在轮椅上跳舞，或是跪在舞台上跳。但他们觉得这些方式的表演气场都不够强大，如果在鼓上跳，就会显得很有力量。我一想象那个画面，就觉得好美，就该这么跳。他们问我想要给这支舞起什么名，我说那就叫《鼓舞》吧。在鼓上跳的舞，又能鼓舞人心，这个名字最好了。他们还想取一个类似于《太阳照常升起》之类的名字，我坚持觉得《鼓舞》才是最合适的。后来，组委会的人也说，没错，就是《鼓舞》了！

之后就开始了正式的排练，每天三个小时。第一天在床上练，第二天开始，他们把我抬去医院里一个幼儿用的练习厅里面，在地上铺了一些棉絮，我就跪在棉絮上练舞。那时是6月中旬，我还要做第二次手术，医院不同意我练这支舞蹈，我就跟医生说，请一定把手术推到7月14日以后，等我跳完舞再做第二次手术。我一直去和医生护士沟通，妈妈也去请求医生，说，你让廖智完成这个心愿吧。她很想跳这支舞，不然她一定不会安心的。最后，医生终于松了口，说，好吧，那就帮你完成这个愿望，但是你要保证自己的安全。他们说，我们每天派一个护士来检查你的伤口，不能让你的伤势变得更严重。当时，我膝盖的感染还没有完全好，只是感染的面积缩小了。

梦想面前没有特殊待遇

就是在这种情况下，我开始了《鼓舞》的排练。练了三天之后，我就开始吃不消，膝盖从早痛到晚。头两天还好，第三天到排练厅，一跪在地上，就感觉自己整个身体差点儿要从原地弹起来。因为要很用力才能靠膝盖头跪住，膝盖跪久了的那种痛，经过两天的折腾，已经到了无法形容的地步。

第三天晚上，我回到病房，妈妈给我搭睡觉盖的那一层薄薄的被子，结果搭到我的腿上，我痛得整个人都缩紧了。没有小腿，没有脚背，全身就靠膝盖那个点支撑着，膝盖皮肤很薄，就靠那一点点皮肉，却要把全身的力量压在那里，还要跳舞，动来动去，所以两个膝盖就变得非常痛，晚上仅仅盖着被子的重量都痛。

妈妈看到我这样后很不忍心，开始劝我放弃，让我别去跳这个舞了。我其实也有想过，太疼了，这样练下去，还要练十几天才能上台呢，再这样下去我要痛死了，何必呢？这个事情明明是可以选择的，它又不像伤口的痛没得选,这个痛是可以选择的,也是可以规避的,为什么一定要承受呢?

可是心里有个声音在说,如果放弃,我会对自己很失望。可以被命运淘汰,但不能被自己的恐惧打败。所以就必须要练,一直练,持续练下去。

于是,我想了很多办法解决膝盖痛的问题,比如买护膝戴,用热水敷,请志愿者帮忙去找中药包来敷,消瘀,尽可能消肿。下午去排练,上午就去康复中心做各种各样的理疗,用物理疗法来减轻膝盖的痛。虽然效果不明显,但还是可以稍微舒缓转移一下。练舞的时候,老师说,廖智,你有很多表情没有释放出来,比如这个表情你应该是笑的,这里的舞蹈表达的是升华,表情要放开才行。我说我在笑啊。老师说,有吗?你整个眉头都锁在一起,嘴角一直在发抖,这个表情太狰狞了,哪儿是在笑啊!我说,我真的是在笑。但是太疼了,笑起来竟然会这么难看。

在排练的过程中,舞蹈老师给了我很深的影响。即使我截了肢,他们也没有对我放低要求。我很感谢他们可以用对一个舞者的要求来要求我,他们不像别人那样,说算了算了,你做不了就算了,反而对我严格要求,这激发了我的斗志和好胜心。其中一位舞蹈老师说,廖智,别人可以这样对你,我不会这样对你,你知道吗?你是一个舞者,舞者就是要尊重舞台,尊重你的舞蹈,舞者受伤是很正常的,舞者痛也是很正常的,我不会因为你没有了腿就对你放松要求,我还是会继续像对待一个舞者那样对你。

我说,老师我不怕痛,也不怕累,我不怕辛苦,也不怕吃苦,你严格地要求我就好。

所以，我跟舞蹈老师之间达成了共识，我们就是要把这件事做好。要么就不上台，上台就要尽全力把它做好。我完全赞同老师的观点，于是专注地投入到练习中。每次练舞的时候，妈妈都会在一旁偷偷落泪，后来练功厅外面汇集了一些和妈妈年龄差不多的阿姨们，妈妈一边和她们讲述着我的经历一边哭，阿姨们也就跟着妈妈一起落泪。

经过十几天的练习，我最后上台了，虽然表演的《鼓舞》未必完美，但对于当时的我来说，那绝对已经是最好的表现了。

只要没有谢幕，就一定要挺住

在表演的日子到来之前，网上已经开始宣传，说我截肢两个月就要登台跳舞了。那时网上有很多评论，很多人觉得这不可能，绝对是个噱头，是炒作。

伤筋动骨一百天，这么短的时间里怎么可能上得了台呢？但事实的确如此。我在5月14日做完截肢手术，7月14日就要登台。

上台前，我很忐忑，不知道自己会跳成什么样子，我怕台下的观众不喜欢，怕他们会嘘我下台。上台前，栏目组先播了一段视频，我都不知道那段视频是什么时候录的。当时他们跟我在医院聊天，旁边架着机器，我以为他们在拍照，并不知道他们把这个过程都录了下来，后来他们把录好的内容进行了剪辑，加上音乐制作成一条短视频。在那段一两分钟的视频里，我每说完一句话，台下就一阵鼓掌。

我被现场的氛围感动了。忽然发现，或许观众们是期待看到这支舞蹈的，他们的掌声就是最好的鼓励。

于是表演开始，当我把鼓槌举起来的那一刻，我真的觉得有一种豪迈的情绪充满了我的心。我举着鼓槌，心里说，廖智，为了下面的掌声，你要跪稳了，跪住了，不能辜负大家对你的期望！因为之前排练时，我一直很容易倒，跳很多动作时都会倒，就连彩排的时候也是这样，所以心里难免会担忧。但是，那天在现场，我从头到尾都跪住了，没有倒下来，一直跪到最后一个动作。

舞蹈一结束，我就倒了。倒下的时候，我突然想到老师说，如果你在台上倒了，只要没有闭幕，你都要跪起来。于是刚倒下来的我立刻又把鼓槌举过头顶再次跪了起来。舞蹈老师后来对我说，你太可爱了，都谢幕了，你还跪起来。我说，是啊，你说的，只要没有谢幕，就一定要跪住了。

那天我在整个跳舞的过程中，听到很多很多掌声，感受到一种前所未有的来自他人的鼓舞，感受到人和人之间温暖友善的感情，他们不因为我的舞蹈不够好看而嫌弃，也不因为我没有腿而觉得这个舞蹈是不完美的。我完全相信那些掌声都是鼓励和支持，是满满的善意。我清楚地看见，台下很多人在流眼泪。我相信，除了同情和可怜，更多的感情来自人们心中的善意和爱意，他们爱台上的这个人，虽然这个人跟他们素昧平生，但在这一刻，我们有着强烈的情感上的共鸣，这份共鸣使陌生人之间产生了爱。因为这超越的爱，那一刻，我很感动。

那一天，那一个舞台，那一场表演，重新把我送回舞台。

我没有想到，没了腿的我又重新跳起舞来。

很多人在做事时喜欢说：我不行，我力量不够做不了。我却不认可这个说法。有谁生来就很强壮呢？无论是身体还是心灵，哪一种强壮不是在历练的过程中磨砺而成的呢？

练习《鼓舞》之初，我整个人虚弱无比，有时候甩着鼓槌都会连人带槌甩出去，可正是在一次次的练习中，我变得更有力、更强壮，更能控制自己的身体。

所以纵然很多人说：有力气才能做事。我仍然要说：做事就会变得有力气。

——廖智手记

Chapter 5
假肢，再疼也要通往自由

她居然跑到别人的病房，敲开所有病房的门，
挨个儿告诉他们，我们廖智可以走路了，快起来看我们廖智走路！
所有的伤员都很兴奋，都出来看热闹。
有一个躺在病床上完全不能动的，连人带床都被推了出来，坚持要到走廊上来看我。
那个时候，只要有一个人可以走，就是所有人的希望。
大家很好奇，也很紧张。
我站在病房走廊里想，完了，六步肯定是交不了差的，
照这种情形来看，他们甚至做好了我能跑能跳的心理准备。
妈妈说，好了，廖智，你走给他们看吧！

第一次行走,是被逼出来的

跳完《鼓舞》,我做了第二次截肢手术,两个星期之后拆线,接着准备装假肢。那个时候状态还非常差,因为我太瘦、太虚弱了。装假肢那一天,我的体重才50斤,可我的假肢重达20斤,我需要用50斤的身体,去指挥一个超过身体三分之一重量的东西。当时,我整条腿根本抬不起来,站在那儿都很费力,更不要说走了。

前三天去医院的康复中心,由于无法抬腿,我都只能站和坐,站一会儿,坐一会儿,就这样,都已经浑身大汗淋漓,哪怕空调对着我吹,还是不停地流汗。我的腿实在太痛了,两个星期前,我腿部的伤口刚刚拆线,还没有消肿。

我开始觉得,装假肢是一个很糟糕的过程。之前很多人吓唬我,说装完假肢我的肉一定会磨掉一层又一层,直到长茧。我听着就觉得好恐惧,情愿不要知道这些。果然,到了练习假肢的时候,我的恐惧心理很严重,如果说疼痛占了三成,恐惧就有七成。说实话,我很害怕,觉得往前走几步,我的腿又会受伤。

听说有一个小腿截肢的女孩,装假肢七年来,做了五六次手术,就是因为伤口磨破导致了反复感染。这件事情极大地向我暗示了最负面的可能性,加深了我内心的恐惧,我想尽可能保护好自己,不敢做太多的练习。因为我花了几个月之久来养伤,才终于可以站起来,我真的不想再受伤了。

我真正能松手走路,是因为一件戏剧性的事情。从我第一天站起来，妈妈就特别开心，拿手机给我拍照，她很希望我能回到以前的样子。在她的想象中，我应该是装上假肢就能走路了，至少可以走几步。但是我不能，大多数时候，我只是呆站着，最多的一次走了三步，之后就又坐下了。我从妈妈的眼神里看到了失落。

第四天中午，趁妈妈睡午觉，我让朋友陪我练习走路，因为妈妈在场会让我感到有压力。我觉得，她是母亲，她心疼我会多过我心疼自己，我完全能体会她的心情。我对朋友说，今天我只要走六步，不要人扶，自己走六步，然后走给妈妈看，这就是我的目标。

于是，从三步到六步，我练习了两个小时，终于达成目标了！我十分开心，让朋友推着我回病房。妈妈早就醒了，看到我抱着假肢回来，就问我们去了哪儿。我说，妈，你知道吗？我可以松开手自己走路了，不信我走给你看！

我刚开始装假肢，妈妈说了句"等一下"，就突然跑出去了。

我不知道她跑出去干什么，等我装好假肢，朋友便推着我出病房找她。我才知道她居然跑到别人的病房，敲开所有病房的门，挨个儿告诉他们，我们廖智可以走路了，快起来看我们廖智走路！

当时，医院三楼是骨科，住院的都是截肢的，包括单腿截肢的，我们都在陆陆续续接受假肢康复了，但是没有一个人可以独立行走。因此，所有的伤员都很兴奋，都出来看热闹。有一个躺在病床上完全不能动的，连人带床都被推了出来，坚持要到走廊上来看我。连护士站的人都被妈妈叫出来了。

那个时候，只要有一个人可以走，就是所有人的希望。大家很好奇，也很紧张，因为都没装过假肢走路，都想知道装假肢走路到底是怎么回事儿。

我站在病房走廊里想，完了，六步肯定是交不了差的，照这种情形来看，他们甚至做好了我能跑能跳的心理准备。

妈妈面对着"浩浩荡荡"的观众，很得意地说："好了，廖智，你走给他们看吧！"

我只好低声对朋友说："你在旁边扶着点儿，如果我走不了，你就随便找一个借口把我拉下来坐轮椅。"她点头说好。然后我就开始朝前走。一步、两步、三步、四步、五步、六步……不知不觉中，我已经远远超过了六步，我沿着走廊一直走，走了好长一段距离。

我回过头来，对大家说："好了，差不多了吧？把轮椅推过来让我坐下吧！"

我的朋友马上去推轮椅。可是前面有一位母亲，她的儿子一条腿截肢了。

她说，等一下廖智，你先不要忙，等我一分钟。她飞快地跑到病房里，拿出一个手机对准我说，你再走几步，我给你录段视频，我儿子坐轮椅出去了，等他回来，我就拿视频给他看，我要告诉他廖智姐姐可以走路了。

听完她的话，我愣了好一会儿，因为我真的已经走不动了。受伤的腿很痛，而且我很害怕，因为已经走了很远，而轮椅还停在出发点，如果我坚持不住摔倒了怎么办？但是我不能说，因为所有的人都很期待，大家都面带笑容，眼睛闪闪发光地看着我。

我只好硬着头皮继续朝前走。

其他人也纷纷说，等等廖智，我也拿手机来拍一个。

我一直朝前走。那几乎是我生命中最长的走廊，我不需要人扶，也没有摔倒。就一直走，直到走廊的尽头。我长舒一口气，对朋友说，快点把轮椅推过来吧。

正是那一天，在极富戏剧性的情况下，我第一次学会用假肢走路。那一整天我和妈妈、朋友都很兴奋。到了当天晚上，轮椅队聚会的时候，大家都在谈论这件事情。

病友们都说，廖智可以走路了，她就是我们的福音，因为她可以走了，而且走得很好。他们鼓励我说，你以后可以经常在医院走，走给我们看。

就这样，我学会了：人生就是如此，有时候，即便是硬着头皮，也要朝前走。

面对真相：我不会走路

那天以后，我经常在医院里扶着轮椅走来走去，直到出院。

可是出院以后，我的情绪变得低落。因为我知道，那种走法是不正常的，那不是真的会走路，是被逼出来的，我没有底气。

其实，我只要扶着东西，就可以把大部分力量转移到手臂上。他们不知道，虽然我可以扶着轮椅在医院走来走去，看上去走得很好，其实根本就是用手臂的力量在撑着，有的时候，脚甚至是悬空的。所以那段时间，我变得很壮实，手臂也开始变粗。

我没有跟别人讲，除了朋友知道，其他人都以为我真的能走得那么好了。其实这是一个假象。真相是，我心里很苦闷，因为不可能一直这样下去，我迟早要面对事实。

一直到9月8日出院，我整个人就泄下气来，因为在医院里还好，有吃有住，有医院的人负责。出了医院，我将面临很残酷的现实——我是家里唯一的孩子，我要面对整个家庭的经济压力，我必须要快点儿恢复到能够正常生活，才可以去工作。做什么工作都好，我要赚钱养家。压力很快就把我压垮了，连路都走不好，还怎么去生活呢？

在诸多顾虑和压力下，我产生了排斥心理，甚至有一段时间都不愿意装假肢了。我解释说，不舒服。妈妈说，你都已经走得很好了。我说，可就是不舒服，腿肿了。那段时间，我找了很多理由帮助自己逃避现实。每天睡到中午甚至下午才起床，整个人变得很颓废，就只想睡觉，觉得睡着了就可以远离这糟糕的一切了。

爸妈每天推着轮椅带我出去逛逛，我也干脆赖在轮椅上不动，大小便都需要父母来协助，根本不想再去驾驭假肢，因为这对我来说实在太痛苦了。每次一装上假肢，我就全身难受。一个人哪怕只是戴一枚稍微粗一点儿的戒指，时间久了，手指的皮肤都会难受，更何况我那一大截的肢体都要被封锁在一个硬邦邦的、一点儿都不舒服的壳子里。那种难受不仅仅是痛，更是因为身体根本就不喜欢被束缚。

康复时节恰逢天气炎热，汗被捂在里面，又热又痛。我双腿的康复情况一直反复，一段时间好，一段时间肿，身体的反反复复令我的心情也反反复复。我觉得还是坐轮椅比较好，很舒服，腿能露出来，又不需要承受什么疼痛。

有好一阵子，我都没有再装假肢，爸妈也拿我没办法。有时候他们也会说，要不然你今天练练假肢，你都这么久没练了。我就说，练什么练。很是心烦气躁。

有一天，我很晚才起床，想去厕所，就一直叫，却没有人理我。

那时候，我已经出院，在医院附近租了套房子。我叫了好一会儿没人回应，猜爸妈可能出去了，又等了很久也没有人回来，后来实在没办法，就从床上爬下来，跪在地上往前爬，出去找我的假肢。因为如果没有假肢，我根本坐不到坐便器上，那一刻，我才发现假肢对我而言多么重要，我必须要用假肢。

我爬出去，沿着屋子找，终于在沙发的背后找到假肢，便赶紧穿上，然后跌跌撞撞地走到洗手间里。打开门，我看见地上有水，心里隐约觉得有一点儿不对劲，但是没有细想，果不其然，我左腿刚迈进去，一步都还没有走完，就滑倒了。

不经历疼痛，就走不出自由

装假肢的人对光滑有水的洗手间地面，根本无法感知。所以，我一下子就摔倒了，跌倒的时候，甚至都不知道是怎么倒下的，就那么直挺挺地摔下去，头"砰"的一声就磕到了坐便器的边缘。

我当时就半晕过去了，头发散到坐便器里。洗过脏衣服的水倒在坐便器里，看上去一团漆黑，全是泡泡，我的头发上也全是泡泡。地上全是水。我使劲挣扎，却站不起来。假肢的脚底板不能活动，因此不可能像正常人一样有灵活的脚踝，再加上我没有练习，找不到准确的发力点，所以很久都站不起来。

好不容易才勉强站起来，我双手扶着洗手台，突然看到镜子里面的自己，顿时被吓了一跳。镜子里面的人，左边额头上鼓起来一个很大的包；头发湿淋淋的，全是水；衣服湿透了；眼睑因为睡太久肿得像包子一样。

站在镜子前，我简直不敢相信镜子里的人会是我，怎么那么丑？我哭了，一边哭一边狠拍洗手台。我觉得有一肚子怨气想爆发，却不知道该怎么爆发，因为不知道去怪谁。我找不到一个可以埋怨的人。我哭了很久，好像要把身体里另外一个自己哭出来，随着眼泪冲走。

哭完以后，我用水冲洗了头发，再回到卧室，把门反锁了，担心爸妈看见我摔坏的样子。我一整天都没吃饭，爸妈来敲门，我就说我想睡觉，让他们把饭放在门口，待会儿出来吃。

我一直在想，我该怎么办？可能我真的完了，人生没有希望了。因为对我来说，要想把假肢练习得很好，看起来遥遥无期。有一些装假肢多年的人，走路依然很糟糕，要靠人帮助。我要练到何年何月，承受多久的疼痛，才可以走路呢？无助和恐惧的感觉压倒了我，一整天都很消极。晚上我也睡不着，翻来覆去，无所适从。

于是，我只好起来打开电脑看电视。看到有一个频道正在播放《西游记》，孙悟空因为紧箍咒头痛得不行。我突然觉得太理解他了，坐在床上，看着悟空，我想了很久。嗯，必须做个决定，这样下去不行。我已经到了情绪崩溃的边缘，再这样下去就要疯了。

我必须做一个决定，要么练习假肢，要么坐轮椅。

练习假肢有什么好处呢？练习假肢，可以让我变得自由，如果有一天成功了，就可以像以前一样自由地来来去去，这个过程会很痛，而且不知道要多久。

当然，我也可以不练假肢，坐在轮椅上投入新生活。坐轮椅可以做什么工作呢？也许可以去当一名化妆师，也不是不能接受。但生活会不方便，上厕所、洗澡，都需要别人帮忙。万一身边没人，我该怎么办？

练习假肢和坐轮椅，我究竟该如何选择？

分析利弊后发现，练习假肢的有利因素更多。

我想到了生活的方方面面，如果将来遇到一个好男人可以共度余生，装着假肢可以更多地参与他的生活，肯定比坐在轮椅上一直被他照顾要好得多。甚至想到，坐轮椅久了，也许我的腰会变粗，整个人会变胖，身体健康会不佳，但是装假肢，就可以做很多运动，维持良好的身体状态。

无论如何，装假肢的有利因素更多。我想，身体的疼痛和失去自由的束缚，我必须二选一。但我情愿承受身体的痛。再说，再痛又能怎样，会超过废墟里面将近30个小时的痛吗？那个时候，整条韧带被拉开，真是生不如死。那么漫长的时间都熬过去了，现在这种走路的痛，我可以忍受。

在进行详细分析之后，我选择了练假肢。去挑战身体的痛，换得行动的自由，还包括尊严的自由、灵魂的自由。因为这不是没得选的选项，如果没得选，我也认了；但如果有得选，我亲手选了次的，会一辈子瞧不起自己的。

做完这个决定，我就安心睡去了。睡前，我终于可以不再痛恨自己，温柔地对自己说，好了，廖智，你现在只要好好睡觉，别的都已经想清楚了，你可以的。

那一刻，我突然找回了在医院康复时的状态，变得很理智。心乱，生活就乱；心里理顺了，再大的挑战也不足为惧了。我打算第二天就开始练习。为了练习时有足够的体力，我决定好好吃饭，好好睡觉。

第二天早上我很早就起来，把电脑打开，播放自己喜欢的音乐。我想，在我的房间外练习是不行的，因为我受不了爸妈心疼的眼神。他们会说，你不要这么练，这样练会受伤的。他们是出于好意，但实际上会把我的勇气吓跑。

我想避开这些声音，还要避开脑子里面那些威胁我练习假肢有多困难的声音。于是，我把音乐声开到最大。这样，所有的注意力都集中到音乐上，我可以忘记一切，不理会别人和自己多余的想法。

我必须全神贯注地练习。

卧室很小，我一手扶着穿衣镜，一手扶着门把手开始练习。这样练习了20天之后，门把手松掉了，穿衣镜的底座也几乎断掉了。就这样每天练习，什么都不想，除了出去吃饭、上厕所，别的时间全部用来练习。额头上在洗手间摔倒时留下的大包还没有消退，于是我就用头发挡住，吃饭时候戴个帽子。爸妈看到觉得奇怪，问我怎么在家还戴帽子。

我说因为我就是喜欢漂亮的帽子。

我不想被干扰，也不愿意让父母担心。我相信，只要专注就能做好事情。事实证明，这样做是有用的。

没有人能替你走出那一步

有一天，家里正烧着水，水开之后，开水壶响了很久都没有人管。我听着很着急，赶紧出去，到厨房拎起开水壶，又走到另外一个房间,把水倒进了热水瓶。做完这一系列的动作,我抬头看见爸爸站在面前,他的眼眶红了,像是快要哭出来的样子。

我问他:"怎么了?出什么事了吗?"

爸爸看着我,眼睛红红的,说:"你是怎么做到的?你怎么会跑出来,还能把水倒进热水瓶?"

我才反应过来,20天之前,我根本做不了这些事。那时我走路一定要扶着东西,只要松开手,哪怕拿一个杯子、一本书,都会随时失去平衡。假如我站着,只要有人拿手指轻轻一碰,我就会倒。截肢以后,我从未试过松手走路,更别提还提着什么东西,现在我居然可以拎着热水壶倒水了。

对啊,我是怎么做到的?太神奇了!

这时,妈妈也从房间跑出来,她也很兴奋,说,快点快点,再把水壶拿起来,再倒一次热水看看。

于是,我走过去又倒了一次。我发现自己已经学会了灵活弯腰。在这之前,我根本不敢弯腰,因为一弯腰我就会失去平衡倒下。但现在完全不一样了。我弯下腰,把水倒进水壶,爸妈就在一旁激动地给我拍照。

我发现,困难并没有想象中那么大,练好假肢也不像我想象的那么遥遥无期。很多人都告诉我,练假肢,七八年未必能练好,十年二十年也不一定能行。现在,我明白了,别人的经验未必可以套用在自己身上,每个人的情况都不一样。

我不能太依赖这些过来人的经验,因为我是独一无二的。这个世界上,每个人都可以发出不同的声音去影响他人,但我的信心,必须是源自自己亲自验证过的真理。

从那以后，我就开始在重庆的街上到处走了。一开始还是要扶着轮椅走，但是我的心完全敞开了，我让妈妈坐在轮椅上，我推她走十几分钟，感到累了，就换妈妈推我走。

渐渐地，我的胆子也变得越来越大。之前医生跟我说，不要练太多，出了汗伤口会感染。但是，我发现自己没有那么容易感染，只要保证腿部皮肤的清洁，感到异常及时脱下假肢进行检查，就算是走很多路，也不会感染。

对假肢的了解也开始慢慢变得更多，甚至懂得去调整它。我发现大多数装假肢的人，都很依赖假肢医师，一定要让医师去调、去指导。但我认为也不一定非得这样，也许有些问题需要非常专业的手段才能得到良好的干预，但也有一些小问题可以自行解决，因为假肢装在自己身上，当身体感到不适的时候，可以通过一些简单的方式先自行处理，而不是被动地等到了康复中心才能解决。

我到医院去要了一大堆工具，也会主动询问假肢上的配件都分别有什么作用，每颗螺丝的调整会带来什么影响，后来真的可以自己解决一些小问题，就省去了常常跑康复中心的麻烦。

比如说，我可以调假肢的脚跟高度。假肢包裹住残肢的部分叫接受腔，这个是自己没办法调整的，但接受腔和钢管之间有一个连接处，钢管和脚板之间也有一个连接处，这两处都有很多螺丝，只要经过认真的学习了解，就可以适度地调整这些螺丝。经过研究学习，我可以通过自行调螺丝来更换不同跟高的鞋子，由于几乎每双鞋的鞋底高度都多少有一点差异，经过灵活调整，假肢的舒适度就不会因为更换了鞋子而受到影响了。

当然，现在我的假肢已经不需要这么烦琐的调整了，因为现在已

经有了可以灵活调跟高的脚板，这带给我很多换鞋的便利。

在当时，我的假肢需要套很多层袜套，因为腿还在康复的过程中，粗细常常不稳定。可能今天肿得厉害，第二天起来又消肿了，第三天又肿起来，总之变来变去反复无常。所以，我要根据腿的粗细，准备很多袜套。医院提供的袜套很有限，我就到街上去买，买普通生活中会穿的各种各样的袜套，这样可以让我在各种身体情况下较为舒服地使用假肢。假肢是一门需要我一直去对付的功课，要让它变得更适合自己，要下很多的功夫。绝对不是医师给我一对假肢装上就行了，自己必须付出努力去琢磨它。

在刚开始使用假肢时，我还需要更换一些更合适的鞋子，不是每一双鞋都适用于假肢，尤其是康复初期，鞋底的不同材质和回弹力也会影响假肢带给我的感觉，有时候可能逛很多店铺，才能选到一双能穿的鞋。这些都是要花精力、花工夫、花心思的。

在这个过程中，我对假肢越来越了解。从陌生到熟悉，也算是"久病成医"，终于，我也让自己的假肢穿得更舒适、更舒心了。

穿假肢，也可以很漂亮

在渐渐适应假肢之后，我走路也不太疼了，这是一条非常需要耐心和毅力的道路，只有坚持下去的人，才能获得最后的自由。到现在，假肢已经不再对我有任何束缚，每次跟朋友出去玩，对方累了的时候，差不多我也就累了。

但还是会有一些麻烦,比如我不能长胖,长胖了,腿就会很不舒服,接受腔是坚硬的材质做成的,它不会变形,我胖起来之后残肢挤压感就会很强。胖的人装假肢的效果没有瘦的人好,因为关节负重会更大,灵活性会相较差一些。这也逼迫我必须要保持一个很好的身体状态,要在食物上有所节制,保持运动,体重不能超过一个范围,否则就会很难受。在我眼里,这倒也是一种积极的约束。

慢慢地,我对假肢的要求也越来越高。之前假肢医师说我不能再穿靴子和短裙了,假肢的脚板不能活动,一般人穿靴子都会绷直脚尖来蹬入长靴。而要让假肢蹬入长靴的唯一办法就是找到一双靴筒可以打开的靴子。

因此,为了买到适配假肢的靴子,我断断续续找空余时间拉着妈妈一起陪我跑了三个月的地下商场,挑那些侧面有拉链的靴子试穿,最后终于选到了一双合适的。

我第一次穿上靴子,换了短裙,戴了一顶帽子,敲开了假肢医师办公室的门,他一开始没认出我来,我把帽子摘下来,他才恍然大悟,说,是廖智啊!怎么打扮得这么时尚?我说是啊,我是来告诉你,永远不要剥夺一个女人爱美的权利,穿假肢照样可以活出自己的美丽。

听了这话,他哈哈大笑,说廖智你真是太执着了。我说对啊,我就是想告诉你,以后再有截肢者问你能不能穿裙子的时候,你一定要告诉她没问题。

从那个时候起,假肢就成了我的朋友,我越来越了解它。

第一次正式穿着假肢跳舞是2008年10月,在江苏南通。那时候我连走路都还走不太好,大概走20分钟左右就要坐一会儿,但还是上台跳舞了，对我而言似乎跳舞比走路容易。那次表演是一支双人舞，舞蹈有一定难度，有很多翻转的动作，需要在舞伴的身上翻来翻去，还有踢腿和劈叉的动作。

当表演到一半的时候，有一个需要我从舞伴脖子上翻转一圈然后跳下去劈叉的动作，可是，当我从舞伴肩膀翻转下去的一瞬间，"咚"的一声，右腿的假肢竟然飞出去了，直接飞进了观众席，右腿太短了，在惯性之下就飞落了。

幸好那天是一场户外表演，人不太多，并没有砸到人。但我被吓坏了，因为假肢很重，如果砸到人真的很危险。当时所有人都没反应过来突然飞行掉落的是什么东西，主持人也愣了，看清楚发生什么事之后，他赶紧从侧台跑过来打圆场说，廖智的表演好惊险，这真的是我见过的最厉害的暗器，如果我有一个敌人，就安排他坐在这个位置，然后请廖智跳一支舞就把他解决了。他开了一个玩笑，大家哈哈一笑，也就把这件事情带过去了。

造物主赐予万物生命,生命本是自由的恩赐。自由不等于盲目的放纵,自由不等于避免一切逆境,自由不等于不做不想做的事,自由源于人的信心——相信,凡是发生的事,没有"幸"与"不幸"之分,只有"发生"与"未发生";相信,让你痛苦的不是事,而是你不愿意相信那事本就应该发生;相信,凡是上帝允许发生在自己生命中的,就一定是自己能够承受的;相信,一切临到自己身上的事,不管看上去状况如何,都是好事。

——廖智手记

Chapter 6
适应新假肢，找到新的自己

假肢改变了我对待生活的态度，
它让我时常警醒，哪怕生活开始变得自由了，
可能某一天我被很多人赞美和诋毁，也无须慌乱。
每天早上，我睁开眼睛要做的第一件事，
就是穿上这20斤重的辅具，跟它共度这一天。
它陪伴我度过每一天。
这不是一种折磨，更像一种启发，
它时时刻在提醒我：廖智，你的人生是来之不易的，
你有20斤的负重，你每一步都走得比别人更重，
你要珍惜每一天。

美梦成真，新假肢从天而降

要找到一双能够跳舞的时候也不会掉落的假肢，大概需要的是奇迹降临吧。我一边做着《鼓舞》的义演，一边偶尔这样幻想。在这样的奢望里，我遇见了一群基督徒，他们给我带来了深刻的影响。

这场奇迹般的偶遇发生在德阳的一家酒店楼下。当天我刚从重庆坐车到德阳，天色已暗，而说好接我的人没有出现，我便就近找了一家酒店准备暂住一晚，就在这里，遇到了也因为找不到路而不得不暂时找个酒店住下的他们。

那是一群看上去再普通不过的人，但当我经过他们旁边的时候，听到了他们的对话，口音很奇怪，一听就是从国外过来的。我从小出生在四川的小镇上，对外面的世界一直充满好奇。当时也没多想，就推着轮椅靠了过去，和离我最近的那位男性长辈打了个招呼，他大概跟我父母差不多的年纪，但我觉得他脸上有一种无法描述的光芒，可能是喜乐，可能是平安，也可能是爱。无论怎样，我被这张脸上的光芒吸引了，因为在我从小生活的环境中，那些和他同龄的人脸上，我没有见过这样平和舒展的神情。看我上前打招呼，那位男士显然有些猝不及防，他当时并没有和我交流太多，我也完全没有想到未来某一天，他会为我的婚姻祈祷，并且成为我婚礼上的证婚人。

他只是和善简单地跟我说了几句话，就介绍了另一位女士和我交流。那位女士过来问我需不需要帮忙。就这样，我们聊了起来。

原来，他们是从温哥华来的华人，带了一些物资来灾区支援。对任何来帮助四川的人，我都是心存感激的。巧的是，他们第二天要去的地方就是我的家乡汉旺，我一想，正好顺路，于是就自告奋勇要当他们的导游。我们互相留了电话，算是认识了。

第二天醒来眼睛一睁开，就感到很开心，因为可以见到我的新朋友了。虽然外面下着大雨，但丝毫不影响我激动的心情，我自己都不明白为什么会那么期待再见他们。

当时我在德阳，找了一个朋友帮忙开车送我，朋友看外面下着大雨，劝我别去了，一个坐轮椅的人，大雨天的在外面也不方便。但我想既然是答应了人家的事，就一定要做到。

结果那天特别不顺利，从一开始，那些基督徒的电话就是暂时无法接通的状态。陪我同去的友人看电话一直打不通，就觉得我们应该回家，反正也联系不上，又不是我们失约。可我还是很坚持，有一种答应了就必须做到的决心。

就这样，我们一路从德阳开到汉旺，可电话一直没有接通。我们在汉旺转了一大圈，也没有看见他们。我等了又等，电话还是打不通。最后，我想那就走吧。走之前，我还想拍张照片留念，至少下次再遇到他们，我也可以安心地说，我来过了，答应了的事我做到了。

可就在那个时候，电话突然响了！

不知道什么原因，他们的一个手机一直开不了机，而他们正好把我的号码存了那个手机里，其他人根本不知道我的号码。在最后的一刻，我终于等到了他们。见面之后，他们感叹说，你真是一个坚持的女孩子，要是换成别人，可能早就走了。

但是，对于我来说，站在家乡的土地上对他们说一声谢谢，这是我唯一能够表示感谢的方式，如果连这么简单的事都做不到的话，我会瞧不起自己。

也许就是这件事让这群人觉得我很特别,他们开始关心关于我的一切,让我感受到十分被尊重、被接纳、被爱,我喜欢和他们在一起。一次聊天中无意间谈起我现在的假肢并不方便,跳舞的时候很容易甩出去。他们说他们的基金会里正好有人认识一个做假肢的人,或许可以联络一下,送给我一双能更方便跳舞的假肢。

听到这些话,我并没有抱太大的希望。地震之后,有太多人给予我各式的承诺,可很多承诺到最后都不了了之。更重要的是,我从来没有想要依靠任何人的帮助的念头,对我而言,我更在乎和人的关系,而不是他们可以给予我什么。

但不管怎样,他们有这样的心意,我也觉得被关怀,很感激。

一天天过去,他们在震区做了很多关怀探访捐赠的工作,我一路陪伴,也见证了这群人诚恳帮助他人的爱心。日子到了,他们即将离开,临走的时候,送给我几本《圣经》,我把它们背回了重庆。那位笑容很有吸引力的男性长辈留下了他的电子邮箱给我,虽然很难见面,但我们断断续续一直保持联系。

过了半年,忽然有一天,他们发给我一封电子邮件,问我要现在的电话号码。原来他们又要来中国了,要帮我办理护照,带我出国装一双更适合跳舞的假肢。

那一刻,我感觉就像做梦一样!

在我的小镇上,对大多数人而言,出国是那么遥不可及的事。这些基督徒的回信一来,我就兴奋地拿给亲戚朋友们看。但不少人都泼我冷水,甚至有人跟我父母说也许这些人是要把我带去国外当乞丐;也有人说认识这些陌生人对我的人生也不会有什么意义,他们可能只是利用我，最后我还是竹篮打水一场空。

这些话都叫我很生气，就跟他们辩论说，没有什么事情是毫无意义的，我也没有期盼要得到任何好处，我只是喜欢这群朋友，对我而言最重要的不是能不能得到什么，而是我可以再见到这些朋友。更何况，有时候上天可能会超出人的意料，赐下更多惊喜。就像初次遇见这群人的时候，虽然那天为了坚守承诺去见他们，我等了将近三个小时，还淋了雨，但上天的回报是多么丰厚啊！我可以出国，甚至可以拥有一双更好的假肢，这都是我人生中不可思议的第一次啊！上帝要帮助一个人，也要这个人愿意敞开心扉接受帮助并积极回应才行。并且，我才不害怕他们会把我带去国外当乞丐，因为从他们的眼中我看得到，他们是值得我无条件信任的人，我也相信他们绝不会利用我，我并没有任何可被利用的价值。

有时候会听见很负面悲观的声音，但是我相信一个诚挚的人，必定拥有分辨是非对错的能力。对于心思复杂的人而言，由于看待事情思虑过多，反而更容易陷入命运的罗网；可是对于一个诚挚的人而言，只有同样诚挚的人才能吸引他靠近，所以只需要简单地做出遵循内心感受的决定就好。

2009年5月，我出国了，拥有了我的第二双假肢——那是一双不管我怎么跳，都不会飞出去的假肢。

换上新假肢，一切从头开始

这一双假肢还帮我完成了我一直以来的一个心愿——长高。我一直都想长高，因为个头不够高，我才没有考上心仪的舞校，这成为我青春期最大的遗憾。我的要求也不高，就想长到一米六。所以去装假肢的时候，我就跟假肢工程师说你帮我调一下身高吧，我想长到一米六。

加拿大的假肢工程师是位高高壮壮的荷兰人，他的名字叫Tony，听了我的要求一直在笑，边笑边说，你是我见过的装假肢的人里面最可爱的一个，提出的第一个要求居然是长高。我说因为我一直想长高，现在上天给我机会，我可不能轻易放过。

第一双假肢做好的时候，我的双腿还没有完全恢复，一直反反复复有变化，所以只能按最粗的时候来做，于是外形很粗壮。到2009年5月，我的双腿已经恢复得差不多了，肿胀基本上消除，假肢就可以做得更秀气、更纤细。

新假肢是硅胶套的，适应的过程比第一双假肢更难受，因为我用惯了旧假肢，一时半会竟然无法适应新假肢。

穿第一双假肢的时候，我起码还能站起来，但换了硅胶套的假肢之后，每次不到三分钟，我就想把它们取下来，因为硅胶很紧地套在皮肤上，它会整个儿把皮肉紧紧抓住，不到一会儿，腿就又胀又麻，难受得没有办法走路。但也是因为这样，它才不会飞出去（现在的产品和技术都超过了当时，硅胶套也不会带给身体那么多不适的感受了)。

然而,真正让我适应生活的,还是这双假肢。其实装假肢的人,每换一次假肢,都会面临一次挑战。因为假肢跟人有一个磨合的过程,并不是一装上就很舒服,每一次更换,都需要花上一段时间去适应。尤其是从传统假肢换成硅胶套假肢,身体需要一个循序渐进的适应过程,这个过程很需要信心和耐心。

在加拿大待了将近一个月,我回国了,由于被照顾得太好,竟一下子胖了20斤。

现在,一切又要从头开始。为了适应新的假肢,我又什么都做不了了,重新坐回轮椅。因为身体和心理的双重挫折,我经常无端端发火,那段时间感觉糟糕极了。有时候我很想放弃使用新假肢,再穿回老假肢,但有一次我尝试了一下,发现穿久了新假肢的我,穿旧假肢也找不回当初的感觉了,于是只能继续适应新假肢。

无论做什么事,最怕给自己留退路,因为留了退路就会左也做不好,右也做不好,到最后就是蹉跎时光。为了意念不会动摇来动摇去,我干脆叫爸妈把旧假肢带回老家放着,这样我就可以专心地使用新假肢。我下定决心要用好新假肢。

差不多花了三个月时间,我终于可以穿着新假肢在外面行走一个小时以上。很多装假肢的人情愿装差一点儿的假肢,都不愿意装硅胶套的假肢,就是因为硅胶套的假肢适应起来太难了!但这个适应的过程确实是值得的,因为硅胶套的假肢再也不需要我套一层又一层的袜套,走路跳舞都不会再掉下来,比传统假肢不知道方便多少倍。

当我适应了新假肢后就体会出它的好来,我在外行走、处理日常琐事,甚至跳舞都完全没问题。硅胶套的假肢为我的生活带来了更多便利，硅胶帮我和假肢之间做了很好的缓冲。甚至，新假肢也将梦想带到了我的面前。

三个月以后，我终于能连续行走好几个小时了。我跃跃欲试，开始穿上新假肢爬山、跑步、攀岩，迎接各种挑战。

印象比较深刻的是我第一次独自一人过红绿灯。

过红绿灯，在正常人生活中是一件非常容易的事，但是对于已经太久不曾独自过马路的我而言，却是很恐怖的事。我害怕走到一半的时候绿灯突然变红灯，而初期使用假肢行走的我根本没有办法跑起来，这就很危险。

那天，我在路口站了很久都不敢动，看着前方的灯红了绿、绿了红，等了很久。终于，我看见身边出现一个壮汉，忽然有了主意，我慢慢地走到离他近一点的地方，装出若无其事样子，一边安慰自己不要怕，一边悄悄往他身边靠。

终于，那一次绿灯亮了的时候我跟着壮汉的步伐一起朝前走，可是我太紧张了，越紧张就越往他那边靠，壮汉感受到了这股力量，也许担心我是小偷，他斜眼看了我一下，把手插兜里开始躲。可能我潜意识里怕这个壮汉跑掉，所以最后忍不住用手去抓住了他！因为他越走越快，我跟不上了！

壮汉吓了一跳，用手推了我一下，说，你干什么？我看着他竟一时口拙，我当时的表情应该是尴尬又无助的，我想解释，可话还没说出来，他便带着惊讶的表情飞快走掉了。所幸，我很快就到马路对面了。我站在街头，整个人很茫然，心想，以后每次过红绿灯都要这样吗？心里有点儿打退堂鼓。

可是想要独立生活的欲望一直支撑着我，我强迫自己不断去探索,但这种茫然的感觉随时会袭击我。有时候一个人去逛商店,走着走着,本来好好的,突然之间,不知道踩到什么,整个人瞬间就倾斜了,猝不及防就摔倒在地。

所以,刚开始一个人生活的时候是比较困难的,我必须面对很多意料之外的"惊喜"。

摔就摔吧,只要站起来就是好的

2009年到2011年间,有将近两年的时间,我没有跟父母住在一起,自己一个人在外面工作和生活。那段时间,对我既有磨炼,也有挑战。

我想和其他同龄人一样简简单单地生活,但生活中的困难层出不穷,心灵的孤独更是无暇去思考。不知道从什么时候开始,对大多数人来说很简单的事,到我这儿就成了挑战。

比如,一个人坐车。

有一次,我带着行李箱和一大堆东西,从成都火车站赶往重庆。那时候的火车站还没有成熟的无障碍通道,有很多需要上坡下坡的楼梯。那天下着雨,我拖着一大堆行李路过一个垃圾箱,因为路面上有乘客们带进来的雨水,或许地上还沾了什么水果类的垃圾,我一脚踩滑了,"啪"地就跌倒了。垃圾箱也被带翻了,我整个人躺在一堆垃圾里。最糟糕的是,很多人路过,没有一个人来扶我。

多么希望有人来扶我一把,我大声喊"帮帮忙扶我一把",但是,没人敢拉我。因为大家看不出来我为什么会摔倒，穿着长裙，假肢包裹得完好的我，看起来不像是需要帮助的样子。可能他们在想：这个人好好的，干吗不自己爬起来？也许大家觉得我是个疯子，要不然就是有什么骗局。我就这么跌倒在那里，直到有个列车员过来伸手相助。

我在火车站摔倒过三次，每次都是不同的情况，那次摔得最狼狈。

还有一次，是在重庆的一个公交车站，那个公交车站有个很陡的坡，我拉着行李箱准备回老家。在我慢慢下坡时，行李箱突然就不受控制，"嗖"一声从身后滑到我前面去了，它的惯性拖着我向前冲。我立刻大声向周围的人呼喊："拉住我，拉住我，我要摔倒了！"箱子拖着我，刹不住车似的往前跑。没有人来拉我，大家都很惊讶地看着。结果，我和箱子一路冲到坡下，"啪"一声摔倒在地，下巴摔出一个很圆的洞，像是用圆规画过的一样。

在生活中，普通人都有可能遇见很多意外情况，更何况装了假肢的我呢？在练习假肢的过程当中，有很多不可预测的事情发生，我根本不知道下一刻会发生什么。所以每到下雨天，我走起路来就像老人一样，缓慢而小心。下楼梯也都会用脚试一试，看看滑不滑，然后再走。因为假肢带来的一些不可抗拒的因素，我变得越来越谨慎，走每一步都小心翼翼。

在康复的过程中，我发现面子是个很无所谓的东西。每次摔倒之后，面对围观者的眼光，我都会下意识地在心中进行转化，将它变成积极的暗示。比起消极的解读，我更愿意这样想：人们并不知道我经历过什么，现在正经历着什么，如果他们知道，一定会很努力地来帮助我。事实也是如此。

因为发生意外的事件较多，经常被围观，而且场面也各有各的尴尬，所以我对来自外界的审视，态度越来越淡定，越来越平和，甚至学会了如何用幽默去化解尴尬。

有一次，我和妈妈一起追公交车，司机催促我们跑快点儿，但我只能跑成当时最快的样子，不可能再跑得更快。妈妈就在前面跟司机说，她的腿不方便，麻烦多等等。上车之后，司机打量着我，有些生气地说，她的腿不方便吗，我看比谁都方便。于是我坐在座位上取下假肢，高举起来说，嘿，师傅，你看，我的确比谁都方便，想取下来就取下来。司机又惊又不好意思，但看我哈哈大笑晃着假肢，他也只好挠头一笑了事。

这类的乌龙事件还有很多。

坐公交车或者搭轻轨的时候，有时候正好有个座位我坐下了，忽然上来一位老人或孕妇站在我面前，就让我无比纠结。因为穿着假肢走了很久之后，我的腿也很累，很想休息。我虽然有自己的难处，可周围的人完全看不出我的难处。我很期待身边的人能给老人或孕妇让个座，可我看着别人的时候，别人也看着我。如果当时我还能忍受双腿的酸痛，就会站起来让座，但有时候，我实在很累了，就只好直接说，不好意思，我的腿是假的。

有朋友曾经对我说，你的假肢伪装得真好，没有人看得出来呢。

可是对我来说，假肢不是拿来伪装自己本相的，而是为了让生活更便利，让我也能和其他人一样享受到更高的生活质量。我是失去了双腿，残障就是我真实的样子。我可以打扮它，更好地使用它，但我并不希望用它来取代自己真实的样子。

站在假肢上我可以笑得很坦然，取掉假肢后，我依然可以笑得没有一丝阴霾，我可以善用这个道具，却不能假借它隐藏真实的自己，一个连自己最真实的样子都不能真心喜爱的人，有什么资格要求别人喜欢自己。

与20斤的假肢共度每一天

装假肢后，发生了很多稀奇古怪的事情，这些事让我变得更豁达、平和，但也让我对整个人生的态度变得更警醒。

每天早上，我睁开眼睛要做的第一件事，就是穿起这20斤重的假肢，跟它共度这一天。这时时刻刻都在提醒我：廖智，你的人生是来之不易的，你一路走来，都是负重前行，既然你的每一步都走得比别人更重，更艰辛，所以更要珍惜每一天，就像《活出生命的意义》中所说的那一句话：我只担心一件事，我怕我配不上自己所受的苦难。

我常常在心里劝勉、提醒自己：廖智啊，你现在面对的一切，打击也好，赞美也罢，务必要清醒，要时刻保持清醒。因为你不像别人，你已经使用了唯一一次重新来过的机会。你要理智清醒，要知道自己是谁，要知道你有几斤几两，要知道自己能做什么，不能做什么，要理智地面对生活。

因为我的事迹被报道，我也常常参加和组织一些社会活动，人们开始慢慢地知道我。我经常想，也许在未来的某一天，我会被很多人包围,也会被很多人赞美,但我坚信自己一定不会乱了方寸,倒不是因为我自觉更有智慧,而是身体上的负重会提醒我警醒自守,所以我甘心情愿,甚至带着敬畏和感恩负重前行。

2013年我去雅安参与救灾的时候,所有的人,包括当地的村民和志愿者,都完全忘记了我是使用假肢的人,一开始大家还有顾虑,一旦投入做起事情来,所有人都忘记了我的特殊之处。因为当我在做事儿的时候,全力以赴的精神状态和面貌,以及做事情的执行力和行动力,都可以让别人忘掉这是一个使用假肢的人。

曾经有一位朋友跟我说:"好羡慕你没有脚跟了,我工作站一天脚跟都疼了。"我听后忍不住哈哈大笑:"对呀,我的脚跟的确不会疼,不过当你站一整天脚跟都疼了的时候,是不是忘记我是跪在假肢上一整天?"她很不好意思地笑了。

是呀,因为敢闯敢做的性格,身边的人都开始慢慢忘记我的特殊了,这很好。但即使全世界都可以忘记,我也不能忘记,因为它就在我身上,这坚硬而沉重的东西,它每天跟我站在一起。

我从不曾埋怨,是因为我觉得它就是上天给我的礼物,让我记住自己是谁,我的使命是什么,我要做什么,我该怎么去做每一件事儿,在人生的十字路口怎么去选择……它每时每刻都在提醒我,这就是我的假肢。

经常会有人在网上问我关于假肢的事情,比如什么样的假肢比较好,也有人说自己的假肢不好用,就一直坐轮椅生活,等等。其实在我看来,好的假肢固然是刚需,自身的忍耐力和科学的训练,也会大大有助康复,不过最重要的还是给自己耐心慢慢去适应并坚持到底。

从我本身的经验来说,从传统假肢换成硅胶套的假肢,会有一个比较有挑战性的适应性阶段，这个时间段里很容易打退堂鼓，或停止使用硅胶套假肢，而重回传统假肢的老路。我的建议就是：坚持下去，因为硅胶套假肢从长远来说，优势远远大过传统假肢。如果从一开始就选择用硅胶套假肢，也许可以少走一段冤枉路。

一些截肢者觉得人生的问题完全是假肢的问题，这也失之偏颇。

因为毕竟再古旧的假肢也有人可以使用，只是可能从长远来看，的确对身体的支撑和保护会有所限制，但在日常生活中用上这个辅具还是没问题的。我用传统假肢生活的那一年不也照样登台跳舞，不也四处奔走吗？甚至那时候我都不知道世界上还有更好的假肢这一选项。在还没有条件使用更好的假肢时，也要有随遇而安的心态坦然去面对现状。

比起拥有好的假肢，拥有一个健康、阳光、积极的心态，可能对我们的人生帮助更大。

毕竟，世界上还有一些人连装假肢的身体条件都没有，只能使用轮椅生活，或是躺在床上，难道这些人就只能过被动凄惨的生活了吗？我很喜欢霍金说过的一句话："我注意过，即使是那些声称一切都是命中注定的，而且我们无力改变的人，在过马路的时候都会左右看。"是的，除了命运送来的那部分，还有相当一部分，是可以靠自己去打造和争取的。

有的人可能会想，廖智，你的假肢一定是很好的，我的假肢就没有你的好，我走不到像你这样。事实并非如此，再好的假肢，包括我现在用的自认为已经非常完美的假肢，也不过是两个硬东西束缚在双腿上，它不会因为价钱贵一些就能让人自动走得好。当然，好的假肢、好的技术、好的产品，的确会起到更好的支持作用，也可以最大化减轻身体的负担。但要从不会使用假肢走路到走得很好，需要自身有极强的主动性，一定是靠练习、思考、尝试，再练习、再思考、再尝试，经由数天数月数年的实践，才能最终达到理想的状态。

将康复结果好与坏完全归结于假肢这一单一因素，是一个思维误区。如果从心理上完全依赖于假肢，当感觉不适或跟预期不符的时候就会很容易打退堂鼓，会给自己借口和理由，从而把所有问题都归结于自己的假肢不够好，没有条件装好的假肢，这绝对是错误的。

我安装的第一双假肢就是最便宜的那种，一样可以走路、生活、跳舞。尽管有诸多不便，但我不认为它要为我的人生负百分之百的责任，而是积极地去使用和训练，尽力将它用好。其实要让假肢很好地适应于身体，最需要的就是练习，不断地练习。不要过于依赖医院的康复师给予的那种单纯的康复训练，只要不是完全不能出门，我的建议是最好多在户外活动，就当自己去玩儿，试着走走崎岖不平的路，而不是只走平路。

出院后，我为什么要选择留在重庆？因为重庆上上下下的坡很多，不少人都觉得重庆不适合我生活，建议我去一个路面更为平坦的城市。但我却反其道而行，心想：如果从一开始就选一条好走的路，那之后的人生道路一旦遇见曲折，就一定很难有勇气再去面对挑战；如果从一开始就选择走一条难走的路，崎岖不平的路都能驾驭了，那么后面的路就会越走越省心。

因为最难走的路，都能够走了，还担心平路走不好吗？我刚使用假肢时，上坡下坡的路是最难走的，但当我能够在重庆的坡坡坎坎走来走去时，身体平衡感就得到了全方位的练习。现在我在任何一座城市都能生活，把我放在任何地方，我都能适应，能生活下去。

所以，要靠自己去练习，要有一种"铜豌豆"的精神，不要怕被挤压、被踩、被践踏。要抛掉面子，抛掉所有的害怕，勇敢地去挑战。装假肢必须要有勇气，胆子大才可以生活得更好。

使用假肢来辅助生活，实际上并没有那么可怕。比如我在雅安做志愿者时就发生了很多有趣的事。

在去雅安的路上，因为我们那辆车的后备厢都塞满了东西，就装不下那么多人了，所以当其他人上车的时候，他们的腿放哪里就成了一个问题，但是对我而言就很简单，只要把假肢取下来，扛在肩上就好了。无论车内空间多么狭小，我的"双腿"都有地方可以安放，塞在前面、塞在后面，还是塞在任何角落，我都无所谓。如果实在没地方放，我甚至可以拿一条绳子，把它们捆在车上，就算把它们挂在窗户外面也可以，我靠一个人的力量可以省出半个人的空间。而下雨的时候，所有人的脚都被水泡胀了，又疼又痒，我的脚就没关系，他们全都围过来，觉得好羡慕。

穿假肢，也没什么大不了

有一次，在机场候机，妈妈推着我的轮椅玩儿，我坐在轮椅上张开双臂假装翱翔，我们玩得很开心。

旁边有一个外国人一直在看我。后来，我看到前方有一些人扔垃圾的时候没有将垃圾扔进垃圾桶里面，就推着轮椅过去把垃圾捡起来扔进了垃圾桶。那个外国人就更加认真地看着我，我也看着他，我们俩对视了一会儿,他可能觉得不好意思,就转过头去了。

我突然觉得很好玩,于是想跟他开个玩笑,便叫妈妈推我过去,那天我穿着一条大长裙,当时我装的还是以前的那种传统假肢。到离他很近,可能有一两米距离的时候,我突然站起来径直走到他旁边坐下。他似乎有点惊讶,可能他心里面在想:这难道是个女骗子吗?可能不是一名残障人士。他看起来脸上有一些疑惑,可能认为我在闹着玩儿。

当我坐下后,他摸出一张报纸,假装在看报纸,但是我能看见他在用余光偷看我。他很好奇!于是,我开始实施第二步计划,我顺着裙摆摸到腿上去,然后趁他不留意的时候,一下就把右腿取下来,扛在肩上。他大概万万没想到会有个人忽然把腿摘了,吓得一声叫,脸瞬间就红了。

我忍不住哈哈大笑起来,边笑边说不好意思,他先是受了惊吓的样子,接着也开始笑。他是德国人,英语不是很好,我的英语也很一般,但是我们就靠着这个玩笑带来的轻松感和肢体动作连比带画地交流起来,并互相留了电话号码。之后半年,我们一直保持互通电话、互发短信。有时候经常说了十分钟,我们都不知道对方在说什么,但即使如此,我们还是成了朋友。

所以,假肢并不可怕。如果你一心隐藏遮掩的话,它可能会变成你与他人之间的隔阂,而你抱着轻松幽默的态度看待它,它也可以成为交友的桥梁。我有很多朋友,特别是初次见面的时候,我能感觉到他们其实对我的腿很好奇,但他们不敢提,也不敢正眼去看。这时候,我就会主动取下来给他们看,顺便科普一下假肢的构造。

一般情况下,人们会把残障跟"糟糕"这两个字联系在一起,跟不幸、悲伤联系在一起，但我会把假肢跟器械、工具、辅具联系在一起，它对我而言并没有"好"或"不好"，它就是一个中性的工具。

不要给假肢、残障、经历贴一些带着主观情绪的标签，它就是一个名词，就是一个事实。接纳一个事实，而不是修饰或掩盖它，会让我们生活得更好。所以，我跟陌生人聊假肢的时候，不会去强调我练得多么痛苦、多么艰辛，这些是非常私人的感受，而在一个不了解它的人面前，我只是用最直观的方式去聊假肢的构造。

我会演示给人们看，假肢是由什么组成的，里面有些什么零件，外面有些什么零件，它有多重，甚至可以请他们举起来感受一下。我还会解释它是怎么和我的腿部连接起来的，我用什么方法来调整它，如何让它更适用于我的身体。

久而久之，那些听的人就从一种感性的思维转到了一种理性的思维，他们不再去想这是一件悲伤的事，而是开始去研究假肢究竟是怎样的一种工具，然后再去想使用者的个人感受。

我身边的朋友们到后来甚至见人就会讲，廖智的假肢很有趣，廖智，你取下来给人家看看。新的朋友就会说，你怎么会这么跟廖智说话。新朋友会认为，这样讲话可能会打击到我，而我就会取下假肢给他看，跟他讲假肢究竟是怎么回事，新朋友便也会形成这种思维，其实这就是思维的转换。

因为假肢本来没有什么感情色彩，很多色彩是我们后来添加的。

如果当事人自己并不介意，也认为这个事情是可以分享的，那假肢就会成为一个交流的工具。所以有朋友就说，你的假肢还成了中外交流的工具了。我说它可以有很多作用，就看你怎么界定和使用。让事实按照事实本来的面目被人了解，我相信，这是最简单且有效的沟通方式。

因为跳舞,我很心疼我的假肢。同样的假肢,别人可能可以穿十年,但我的或许五六年之后就被磨损得很严重了。我忽然对自己的假肢有了一种同甘共苦的感觉,觉得它也挺不容易的,每天被我踩着,要承受我的体重,随我东奔西跑,跳舞也好,爬山也好,去雅安当志愿者也好,做很多事情的时候都需要它。我把它消耗得太厉害了,同时也对它心存感激。

我很喜欢装饰我的假肢。起初我的假肢没有趾甲,我就画上格子,然后给它们涂上指甲油。有一只脚五个脚趾都涂成功了,但另一只脚有两个脚趾总是涂不上去。于是我就给两边假肢分别起名为小五和小三。

一开始取名字是觉得好玩儿,想让假肢在我眼中变得生动起来。有时候我会根据心情取名,有时候会根据穿搭取名,比如穿黄色袜子的时候,就会叫它小黄。有了名字,假肢也就仿佛有了自己的生命。在我眼中,它陪伴我走过了那么多的路,我对它肯定是有感情的。

很多事本身是中性色彩的,只有当我们加入人的观点和看法时,才让一些中性的事或物变成了"好的"或是"坏的"。但是如果你有一双愿意去发现美好的眼睛,和一双善于改造生活的勤劳的手,那么"坏的"也可以变成"好的"。

——廖智手记

Chapter 7
痛是一种提醒，也是一剂良药

我突然意识到，痛是一种提醒，
提醒我们有危险，提醒我们去保护自己。
当我哪里痛的时候，我就知道我应该保护它，
格外小心地对待它，它就会好得快。
我们的心也是一样的。
情感的麻木和身体的麻木是同样危险的。
如果你有一点点的痛而不自知，
痛就会慢慢地扩大，
突然有一天，你就失去它了，
失去你的手、你的脚、你爱的人。

摔倒是一门人生必修课

刚开始做假肢的适应性练习时，摔倒是非常平常的一件事。

起初，我很害怕，也很惊慌，因为每次我都摔得非常痛，摔得很惨烈，几乎都会挂彩。有一次在一家餐厅的厕所摔倒，我的下巴受了很明显的伤。还有一次，下着大雨，我在楼底下踩到了青苔，一下子就滑倒了，当时痛得连舌头都吐出来了。那次摔得很严重，右腿的骨头差点儿就出了问题。

可摔了以后，我也不能告诉身边的人，怕他们会担心，以后更不放心我独自出门了。但一个人出门就是我的目标，我不希望以后上哪儿都需要人陪着。为了这个目标，我就任凭自己勇往直前摔摔摔，直到摔出了经验。到后来，每次身体快要倒下的那一瞬间，我可以非常快地变换姿势，让自己的身体尽可能不受伤。

第一次我发现自己能够做到这一点，是在练习一段舞蹈的时候。当时给我设计的舞蹈动作是要扶着轮椅的背，然后整个人竖着翻过去，翻完之后就地下一字马。这段舞蹈是双人舞，本来我的舞伴是坐在轮椅上的，我翻过去的时候可以扶着轮椅的两边，他顺便还能扶一下我的腰。但那天练习的时候，只有我自己一个人在训练。妈妈在旁边，没有人坐在轮椅上。等到做翻越动作的时候，因为轮椅上没人压着，整个轮椅失去了重心，瞬间倒下来，我人刚翻过去，轮椅就整个儿砸在了我的背上。其他人都吓坏了，全跑过来看我。可我居然没有受任何一点儿伤。

其实在翻过去的那一瞬间，我松开撑住轮椅的手的那一刻马上反应过来，轮椅肯定要翻，我要尽可能地保护自己。因为原本的舞蹈动作就是下一字马，那个姿势是重心最低的，也是最稳的。我只要保持这个姿势，就能够减缓冲击力，所以轮椅翻在我身上的一瞬间，我也跟着向前打开了一字马，轮椅顺势搭在我的背上，我向前扑了一下，便并没有伤到。那次之后，我突然发现，在摔的那一刻，只要找一个支点，就可以保护自己。

从那以后，我就开始有意识地锻炼自己。

有时候在练舞的过程中，我会扶着舞伴或者扶着把手，去试一些动作，假设自己这样摔下去会怎么样。我尝试去掌握那种感觉，边做边想：如果我这么摔下去，会把哪些部位摔伤，我的手应该怎么放才可以保护到哪些重要的部位。就这样，我开始有了经验，在参加《舞出我人生》节目录制的时候，我跟演员杨志刚排舞，在轮椅上摔了三次，每次都是轮椅直接倾斜，整个人就翻过去。虽然他们都吓坏了，但我把自己保护得很好，没有受伤。因为我知道在摔的一瞬间，就要很快把腿全部收回去，借助轮椅来保护自己。换成别人不一定能做到，因为一般人没有这个收腿的意识。而我对自己的腿很了解，如果不收腿，小腿残留的那部分肯定会撞在地上，那样就必然会受伤。所以我下意识地利用周围的环境来保护自己，连摔三次都没有受伤，旁观者都觉得很惊奇。

你可以适应疼痛的感觉

摔倒的时候，一定要有非常清晰的意识，一定要知道你摔下去之后会是趴着的、仰着的、躺着的，还是斜着的，哪个部位最有可能受到严重的伤。

我以前拖着箱子往前摔的时候，下巴会摔得很重，整个脸部也会受很严重的伤。如果那个时候，我下意识地用手去缓冲一下，或者是用胸口去缓冲一下，就不会摔得那么厉害了。其实身体摔下去的那一瞬间，每个部位接触地面也是有先后顺序的，离地最近的地方，是先贴着往下倒的，如果顺势倒下去，就不会让高处的部位受太重的伤。我现在快摔的时候，手都会下意识地换很多动作，在空中画弧线，然后尽快找到一个缓冲的支点。

有一次去外地出差，上厕所的时候发现没有坐便器。蹲着上厕所，对我来说是非常不方便的，脚踝不能动，蹲下来也很难超过90度，这样马步蹲一会儿就会累，于是我用手扣着门板的两边支撑着。当时那个厕所的门可能本来就不是很牢固，我刚撑了一下，还没完全蹲好，门轴就松了，整扇门忽然就朝我倒过来。换成是其他任何人，那个时候肯定都会慌掉，哪怕腿是好的，也会被门砸得倒下去。

门倒下来的那一瞬间，我全身立即处于备战状态，马上换了姿势，原来扶在门上的手，立即扶住厕所的墙壁，把整个身体支起来，努力蹬住地面，两条腿蹬得很稳，头往后仰着，直挺挺地挨了那一下，门虽然砸到了我的嘴角，砸出了血，人却没有倒下，也没有受重伤。我成功保护好了自己。

所以有时候跟人聊天，我说我应该去找一份训练摔跤运动员的工作，帮助他们保护自己，如果真有这样的机会，我可能还挺适合的。虽然只是玩笑话，可的确在摔出经验之后，疼痛对我而言也变得没那么可怕了。

疼痛其实是一直伴随着我的一个体验。我起先非常怕痛，换药的时候很害怕，练假肢的时候也很害怕。

直到有一天，我看了一部电影，电影名字已经忘记了，但里面有个片段给我的印象很深，男演员扮演的拳击手受了伤，手上打满了石膏，他想去打拳却惧怕疼痛。他的师父说，疼痛只是一种感觉，我们把某一种感觉命名为"痛"，觉得它是糟糕的、不好的。但它也不过只是一种感觉而已。感觉其实是没有好坏的，就好像香和臭，你可以说榴梿是臭的，也可以觉得它是香的。你可以以自己的需要去定义它。痛也是如此。如果你需要，你可以适应痛的感觉。

看完这一段，我就想到了自己，练《鼓舞》的时候、练假肢的时候，我都会面临对痛的不适，这些不适感使我本能地退缩。但其实痛并不是不能忍受的，如果我觉得无法忍受，就真的忍受不了；但反过来，如果我认为它可以忍受，那它就是可以忍受的。实际上所有的感觉，都是可以忍受的，就看我愿不愿意忍受它、接受它。就好像在废墟里埋着的时候，我把右手的食指都咬出血了，那也应该是很痛的事，但我当时没有感觉，因为心里的恐惧和绝望远远大于痛的感觉。

我忽然发现，痛这种感觉也是会骗人的。如果你被它欺骗了，就会把疼痛的感觉无限放大，大到自以为无力承受；但如果你骗过了它，就可以转移痛苦、调节痛苦。就好像当初换药的时候，如果正好有事情转移了我的注意力,我就会觉得换药的时间过得飞快,似乎也没有那么疼了,但如果我正好全神贯注地关注着这一点儿痛的时候,就会觉得格外难以忍受。对任何我们觉得难以忍受的事,最好的应对方式就是,把注意力转移向其他方面。

所以,痛其实就是一种感觉,是可以去适应的,我们可以自己调节那个度。比如平时你感受到的痛有十度,你可以把它放大到一百度,也可以把它调小到两三度。一切都取决于自己。

珍惜疼痛带来的敏锐

有一次,我看到一组麻风病人的图片,瞬间被震撼到了。

那些麻风病人失去了痛觉,无法感受到疼痛,听上去仿佛很幸运,但事实上丧失痛觉是很危险的,假如他们的脚底板不小心扎进了一根铁钉,他们仍会带着那根铁钉继续走下去,就算脚底板出血,也感觉不出来。所以最后,有的人失去了一条腿,有的人少了一只手。

我突然意识到,痛觉是一种提醒,提醒我们有危险,提醒我们去保护自己。痛觉不需要被讨厌,反而应该被重视。疼痛来临的时候,身体会有应急反应,就好比我使用假肢奔跑有时候会摔倒,因为知道摔倒对我而言是危险的,就会有意识地保护自己。如果我感觉不到摔倒的痛,就会一直摔下去,最终可能造成很严重的后果。

如果意识到痛了,就知道是身体在预警,就会提前做好保护措施,会认真应对它,遇到什么情况都能承受。反之,如果你从来没有思考过的事情，它很突然地到来，就会让人感到难以承受。对一些事的发生毫无心理预设，心态就容易崩溃。

麻风病人的照片提醒了我，让我觉得，痛觉是珍贵的。当我哪里痛的时候，我就知道我应该保护它，格外小心地对待它，它就会好得很快。

我们的心也是一样的。

比如在一段关系里面，你感到不对劲儿的时候，假如你能够敏锐地觉察到伴侣或自身的痛苦，觉察到两个人的问题所在，有了警惕之心，就会积极地想一些方法去解决问题。但是反过来，如果你后知后觉，什么都没有觉察到，也许有一天一觉醒来，你身边那个人就不见了。

曾经有朋友跟我讲过这样的故事，她说在闹分手之前，根本没有觉察到她的婚姻有什么不对劲儿，她觉得一切都很好，没有什么问题，可是突然有一天另一半就说受不了要离婚。再追问下去，才发现原来他们之间早就积累了很多问题，伴侣每次想跟她谈谈的时候，她都觉得那些问题根本不是问题，没必要重视，她活在自己的世界，没有感觉到对方的痛苦，错过了可以去解决问题的最佳时机。我觉得这是一种情感的麻木，情感的麻木和身体的麻木是同样危险的。

如果你有一点点的痛而不自知，痛就会慢慢地扩大，突然有一天，你就失去它了，失去你的手、你的脚、你爱的人。

职场也是如此，如果你对同事的感受和反馈毫无察觉的话，可能就会陷入职场危机。

所以痛这种感觉，是对一个人敏锐度的考验，你的敏锐度越高，越愿意去面对痛带给你的提示，越能好好地珍惜所拥有的一切。

　　当疼痛和摔倒都可以变成感恩和赞美生命的来源,这就让我再也找不到一个理直气壮去抱怨什么的理由。如果今天你还在为找不到任何人生的方向而忧愁,不妨尝试以下几个方案:

　　1. 把手指放在鼻子底下感受你的呼吸——在你要做任何消极思考之前,不妨都做一次这个动作,因为呼吸会提醒你,你已经非常幸运,要知道世上有很多人已经失去了继续呼吸的权利。

　　2. 放下手中的书,找你身边相处最多却感觉最生疏的人,拥抱他(她),不要在意对方会有什么反应,从这一秒起你要学会一件事——做内心相信是对的事,做出于爱的事,做不畏惧人言人眼、让自己更勇敢真诚的事。

　　3. 打电话给最近一段时间得罪过的人,告诉他(她)"对不起"。一颗能够体察到自己对别人的亏欠而又敢于诚实面对过错的心,一定会变得更为笃定。无论处境已经到了多么糟糕的地步,面对,永远是事情即将变得更好的前提。

　　4. 走到街上,找个角落坐下,花一天时间观察来来往往的人,直到你在形形色色的路人中确认世上真的没有完全相同的两个人,然后在内心坚定地相信——不管我喜不喜欢自己,不管别人喜不喜欢我,不管我是惹人怜爱还是模样狰狞,我的确是世界上唯一一个我,是独一无二的尊贵生命。

——廖智手记

Chapter 8
雅安，忽然成了最美志愿者

这么多人，几百双眼睛看着我，而且大部分都是中老年人。
那个村庄的年轻人基本在外面工作，剩下的都是老人和孩子。
那些老年人话很多，叽叽喳喳，
我一定要有魄力，声音要很大，
表情要严肃，才能够唬得住大家。
所以我到了现场就喊，你们不要说话了，听我说！
如果你们要说话，我就不说了。
就这样，我继续往下说，说着说着，全场越来越安静，
越来越安静。
我说完之后，一个九十多岁的老人走过来，
一边拍我的背，一边说，好，很好，小伙子很好！
我说，我是姑娘，他就改口说，嗯，小姑娘很好！

再遇地震，我不能只是坐在这里

　　雅安地震发生的那一天，我正好在家休息。

　　刚把电脑打开，我就感觉到房子在晃，接着就听见爸妈的叫声。我一下子愣住了，仿佛明明已经结束的噩梦，再一次骤然降临。我惊惶地跟着爸妈一起往楼下冲。到了楼底下，才看到街上都是人，整个社区的人都出来了。我们紧张地看着彼此，不知道在等待着什么。最初的晃动之后，震感似乎消失了。街上的人面面相觑，茫然地看着彼此。刚刚的动静就像是一场幻觉，但没有人敢回楼里去。我们茫然地在街上徘徊，直到走不动了才陆续回家。

　　很快我们就知道，那不是幻觉。雅安和芦山地震的新闻铺天盖地地传来，看着画面里那些垮塌的房子，我的心也在往下沉，回到卧室，我的身体不由自主地跪在地上，我也不明白为什么会开口祈祷，更不明白为什么一开口眼泪就啪嗒啪嗒掉下来。当我祈祷完后，就坚定了一个想法：我要去雅安，立刻！

　　反正坐在家里也无法消除地震带来的恐惧，那我为什么不去雅安帮忙呢？我可以去做一些有用的事，就像当时那个钻进废墟帮助我的男生一样。

　　打定主意，我就开始打电话，翻开电话本，给那些我觉得能结伴出发的人都拨了一遍。所有人都觉得我在开玩笑，更何况他们都有自己的事情要忙，不是上班就是带小孩，他们劝我打消这个念头，一是因为地震刚发生还没多久，那里还很危险，二是就算我到那里了，又能帮上什么忙呢?

我那时候真的没有想那么多,我的想法很简单,我当时在重庆,离雅安并不远,地震发生的这天是周六,就算赶过去了,周日晚上也还赶得回来,不会耽误上班。更重要的是,经历过汶川地震之后,我完全知道地震发生后的第一夜有多重要:地震发生后第一天的遇难人数不是最高峰,仅过一夜,翻倍都有可能。救援的时间很宝贵,很多被压在废墟下面的人都熬不过第一晚。就算我能做的很少,可即使只能救出一个人,那也是一条宝贵的生命啊。

我心急如焚,打遍了电话却找不到办法。我再次回到卧室祈祷:"为什么给我一颗热切地要去参与救灾的心,却找不到可以同行的人啊?"这次祷告完没多久,奇迹出现了,我接到了一个关键的电话,就是这个电话把我带入了雅安,带入了这场地震的核心地带。

但说实话,接到这个电话时,我更多的是意外。因为打来电话的这位男士,我认识他的时间并没有多久。地震前一天我去一家摩托车公司做了场讲座,分享了汶川地震前后的经历。这位男士就是这家公司的员工。接到电话的时候,我完全没有想到他会找我。

"廖智,你说得太准了!"

男生的第一句话把我吓了一跳。我很快反应过来,他说的是我那天的发言。讲座结束后和大家闲聊,有人问我汶川地震前有什么征兆,我说就是天气特别闷,雾蒙蒙的,就像这两天的天气一样,怪怪的。没想到就这么无意说中了。

电话里聊了几句之后,男士说他们有一个非常专业的越野摩托车队,曾经在第一时间赶去汶川和玉树参加地震救援,如果我想去雅安,他们可以带我去。我当时又是惊讶又是激动,问他怎么会想到我。男士说因为你有经验啊,你在废墟里困了那么久,你最知道震区的人需要什么,你也懂得怎么去安慰和鼓励他们。

我的心一下子就亮了。我马上回复了那位男士:"我收拾下东西,立刻就走。"

挂上电话我就开始收拾东西。因为雅安地震发生在早上八点多,我们匆忙下楼的时候都穿得很少,所以那边的灾民肯定也很需要衣物。我找了很多衣服,又收拾了一些药物,把一些灾后心理重建的资料拷进U盘,然后就坐在沙发上开始打包。

这时候,妈妈才意识到我是铁了心要去雅安了。她没有说话,转身也背了一个书包出来,扔在沙发上。她说,要去就一起去。

怎么能让妈妈去呢?汶川地震的时候,我爸那么坚强的一个人,在废墟外陪了我一天一夜,整个人都快崩溃了。那时候妈妈还不在现场,如果换成她,她肯定更受不了。我不想让她去经历这一切。何况我们一家三口,要是我和妈妈都去了,万一出了事,两个人都不在了,我爸该怎么办。可妈妈比我更固执,她就是不愿意让我一个人去,哪怕到了现场,她只能帮忙看行李,她也要跟我一起去。

我们俩为这事儿吵得很激烈,最后解决问题的还是我爸,他从外面回来,听完了我们俩的争执,淡定地说,廖智你去吧,让你妈也一起去吧。他说他相信我们肯定不会有事,因为我们去做的是一件好的事情,神会看着我们。

于是这事就这么定下来了。我发了条微博,宣告出发,然后就跟妈妈一起收拾起东西来。

两个人一起收拾就快多了。不到一个小时,我们已经整装待发,就等着摩托车车队的人采购完物资来接我们了。这时又来了一段小插曲，某电视台的节目编导看到了我的微博，觉得这是一条很好的新闻线索，于是打电话过来找我，希望我可以去上海参加一个公益节目，在节目上呼吁大家去当志愿者。

毫无疑问，我没有接受这个邀请。去上海，或许的确可以通过媒体影响一些电视观众前往灾区支援，但没有救援经验的志愿者到了现场，很有可能会帮倒忙；而且我们四川人有句话叫作"光说不练假老练"，我怎么可以仅仅动动嘴皮子，就叫别人冒着危险去震区。若真要影响其他人一同参与，我要用的是行动，而不是语言。

我去意已决，这个电话完全不会干扰到我，但妈妈不一样，她毕竟还是不希望我涉险的，接了十几通电话之后，她就有些心软，要不是爸爸坚定地站在我这边，她又该动摇了。爸爸说，电视节目随时都可以去上，但灾区的救援时间宝贵，这个时候去才能帮得上忙。

既然如此，电视台的编导也不指望我能去上海了，但对于这个新闻线索，他们也不愿意放过。他们请求我们带上两位电视台的摄像师同去灾区，记录下全部的救援经过。这时车队的人已经差不多集合好了，我虽然对电视台的安排不是十分理解，但还是尽可能地配合了他们，毕竟媒体的力量更大。为了等这两位摄像师，整个车队整整被耽误了一个多小时，一片怨言。我只好不吭声，有些决定很难说是对是错，但是在紧要关头总要有人来承担做决定的压力和后果。

我们都知道，地震之后，早到一小时和晚到一小时，可能就是天大的差别。我心急如焚，只能低着头不断地刷新和转发微博，搜索着雅安当地的最新情况。

车队终于上路。我们一共开了两辆车，载着摩托车和物资前往雅安。一路上，我不断接到朋友们的来电，他们知道我已经前往雅安，很担心我的安全,让我保持电话畅通,尽可能多地更新自己的状态。就这样,在叮嘱声中,我们一路前行,随行的摄像师还不断提问采访。我整个人都变得很紧张。我不知道前方会遇到什么样的情况,只能祈望着不要有太多的伤亡。

离雅安越来越近了,路上的气氛也越来越紧张。

一路都没有灯,我们的车队旁总是有警车呼啸而过。

进入雅安地界之后,道路开始变得非常拥堵。我们本来还有一部分朋友是从成都出发的,打算路上找机会碰头,一起去灾区救援。可路上实在是太堵了,虽然一路保持联络,我们绕了几乎整个晚上,却始终见不了面。

时间在流逝,天色不断变暗。为了抓紧时间进震区,我们一路都没有停下来休息。大家轮流开车,从深夜一两点一直开到天亮,每个人的脸上都挂满了倦意。

到了清晨六点多,我们还没有进芦山,就已经累垮了。

我们把两辆车都停在一座桥的桥底下,稍事休息。大家东倒西歪,很快各自找到了小睡的位置。有人睡在前排,有人睡在后排,还有人找东西垫了垫,倒头就睡在了桥底下。

还没睡踏实呢,闹铃就响了。我们一共休息不到五十分钟,就赶紧起来准备继续上路。简单地吃了点早餐之后,大家做出了一个决定,为了节省空间,更好地运送物资,我们把两辆车整合到一起,所有人都挤到其中的一辆车上,然后把物资集中放在后面的车里。

这么多人要挤到一辆车里,还是很有难度的。后排塞了四个人,我是最后一个上去的。可上半身进去了,腿就没地方放了。我干脆把腿取下来,往肩膀上一扛。车里的人都看傻了,一个个满是惊讶:原来假肢还有这功能!

就这样,我们一路驱赶着疲惫,继续往芦山深处开去。

永远不要忘了为什么而出发

真抵达了芦山,我们却有些茫然了。

和我们想象中的不一样,芦山的伤亡人数并没有那么多,甚至需要救援的地方也没有那么多。我们在外围转了一圈,觉得可能是因为地形和房屋修建风格不同,和汶川地震相比,这里的受损程度并没有当年汶川地震那么严重。虽然只是震后第二天,但生命救援看上去都已经结束了。

但是既然来了,我们还是希望能够帮上一些忙。我们计划了一下,决定去位置更深入的震区太平镇看看。前往太平镇的路已经基本上被堵死,我们只能倒回车子,打算从路边农田的田埂上开过去。

农田里杂七杂八地散落着一堆石头,我们的车子第一次冲过去的时候,马力十足,整辆车几乎都竖了起来。我们坐在后排的四个人,都情不自禁地把手捏在了一起,大气都不敢出,生怕车子直接侧翻过去。但这次冲刺并没有成功,车子往后退了退,队长坐在驾驶室里思索了一下,又开足了马力,准备第二次冲刺。

那个时候,我们几个人虽然都不敢发出声音,但心里其实紧张得要命。我很想开口问队长是不是应该换一条路,可最后还是把话咽了下去。我们的眼睛都瞪得很大,看着前排队长的背影。气氛很严肃,谁也不敢出声。第二次冲锋之前，路边有个村民看到了我们，在一旁很激动地大喊了一堆话，可引擎声震得我的耳朵都发麻了，压根儿听不清他在说什么。我隐约猜到，他一定是觉得我们这么做很危险。但在出发的路上，我们早就商量过，这次来灾区，所有的行动都要一致。因为我们不是来玩儿的，是来救援的，我们不能发出任何抱怨的声音，也不能有异议，既然认可、信任队长，就要听从他的指令。如果某件事情已经指定某个人来负责，那其他人就要完全服从这个负责人的命令，如果做不到，队伍很容易乱，很容易散。第二次冲刺仍然失败了。

第二次冲锋前，虽然我们都怕到极点，但没有人说一句话，大家都想着之前的约定，默默地祈祷着这次冲刺能够成功。就这样，队长开着车子第三次往前冲，车子顺利地过去了。刚刚碾过农田回到马路上时，整个车子里都很安静，然后妈妈就鼓起了掌。所有人紧绷着的神经一下子松弛了下来，大家都跟着鼓掌，每个人的眼里都带着敬意和成就感。因为队长的这次冒险，我们成了第一批抵达灾区中心的志愿者，绝大多数救援的人还被堵在外面，我们却已经带着物资进来了。

从那次冲刺开始，我们对队长也更加信赖了。之后整个救援的过程中，我们的队伍都表现出一种很强的凝聚力，队长指挥，我们服从安排，做任何事情都很有效率。即使和专业的救援队相比，我们的表现也是很突出的。后来甚至有当地的村民过来问我们是哪个部队的，我们解释说是民间组织，他们都不相信。

4月21日早晨，我们因进不去太平镇，转战到了附近的龙门乡。我本来以为我们要救援的是被埋在废墟里的人，工具都带齐全了，可眼前的情形和我们设想的大不相同。龙门乡的房子大多只有一层高，地震发生的时候，能跑出来的都跑出来了，没跑出来的，20日的晚上也被街坊邻居救出来了。

汶川地震的时候到处都是高楼，一栋楼至少也有几十个人，没有专业的救援很难生还。但这里每家每户也就是一两个人的样子，所以此时生命救援已经结束了。我们到的时候，当地的人正在用一些竹竿搭着帐篷，看到我们很意外。因为在我们之前还没有其他志愿者抵达那里，所以当地的老百姓们都不知道志愿者是做什么的。他们好奇地看着我们，我们茫然地看着他们。

既然没有什么着急要做的事，我们也把自己的帐篷架了起来，就地休息。

说实话，我当时有一点失落，觉得自己不应该来。经过了那么一天的疲惫奔波，在路上堵了数个小时，到了这里之后，却不知道自己要做什么。我有一些后悔，觉得自己最初的决定有些太冲动了。看来我来了也没什么用，完全帮不上什么忙。

搭帐篷的时候，我有些沮丧，就对队长说："队长，咱们计划要做的事都没有做，好像白来了。"

"廖智，你不应该失落，而应该感到欣慰，"队长说，"难道你希望有很多人需要我们救援吗？你不应该这么想，你就应该希望没什么人受伤，没什么人被掩埋，就应该巴不得我们来了无事可做，像个旅游观光者一样来一趟。"

他说这句话的时候，我鼻子酸了，觉得很受触动，就莫名其妙地说了一句很有哲理的话，我说："对啊，一个人永远不要忘了，自己是为什么而出发。"

我们俩就站在废墟上开始探讨人生。这个世界上有很多美好的理想和美好的事情，我们起初都把它们想得很好，但是往往这条路还没走到底，或者才一半的时候，我们就已经忘了自己是为什么而出发，只记得要完成这个计划，要完成那个任务，当注意力全部被这些琐碎的细节所占据时，我们却忘了当时的初衷。

站在废墟的空地之上，我和队长热烈地讨论着。现在想想那个瞬间或许很滑稽，面对不需要我们救援的灾区，从一腔热血到惘然若失，却又忽然振作，讨论起人生与梦想。经过一番短暂的对话，我的心忽然变得无比清醒，所有动力又回来了。

"既然来都来了，我们应该做些什么呢？"我问队长。

队长说："你就带着这个问题，去问问当地的人吧。"

在他说这句话之前，我真没想过要主动跟村民交流什么。他这一提醒，我就开始行动了。起初我只是站在村民的旁边，看他们搭帐篷、生火做饭，默默地想着他们需要什么，我们又可以提供什么。队长提醒我："你要知道人家需要什么，光靠自己想是没用的，你要去问。"

但对陌生人开口，对我而言的确是一件挺困难的事。

这里的村民或许是因为长期生活在山上，和外面的人交流不多。我们又是第一批进来的外来客，他们对我们的态度很是客气。我刚刚开口的时候，他们本能地会退缩，最多给个笑脸就走了。我屡屡碰壁，最后终于遇到了一个上了年纪的人，他很开心与我交谈，他说看天气可能要下雨，他需要的是一处遮风挡雨的所在，比如帐篷什么的。

我赶紧接话说："那我来帮你搭帐篷吧！"

老人家哼哼了一下："你呀？随便你吧。"

虽然老人家没对我抱太大期望，我还是兴奋地忙碌起来。我观察到他们之前搭帐篷的时候，头几次都失败了，主要原因是他们找的竹竿不够结实。于是我先去找来了更适合搭帐篷的木棍，然后又找了一些石头，想办法帮他们把之前插好的竹竿固定住。

他们之前搭帐篷的时候，把彩条布戳开了一个很大的洞，直接扎在竹竿上，这样一下雨肯定会漏雨。我就教他们怎么把彩条布包在棍子外面，再结结实实地捆上。我的办法的确比他们之前的办法更完善，我一边示范一边解说，渐渐地，村民们都陆陆续续地围了过来。最开始我一说话就跑的那几个村民也过来了，见我搭完一个帐篷，主动请我帮他们再搭一个。

这时候，我们团队的其他队员差不多也把我们的帐篷搭好了。他们安装上了带来的发电机，开始做饭。我一个人跑来跑去帮村民们搭帐篷、加固帐篷，这会儿忙不过来了，村民们就过来求助我的队友们。他们渐渐开始信任我们，而我的队友们做起这些事来更专业，效率也更高，很快，这片空地上就立起了不少帐篷。

搭帐篷的材料全部都是就地取材，我们没有带彩条布，只带了一些现成的帐篷，但是因为数量有限，分了七八户人家之后就没了。

我们自己搭的帐篷里也塞满了人，大家都坐在发电机旁边给手机充电，开始聊起天来了。

帐篷搭好之后，我又开始想他们还需要些什么。当时的龙门乡，刚刚经历了这样一场震灾，大家的情绪都比较压抑。我看到当地有很多小孩，就想着陪他们一起玩儿。刚开始小孩子都比较怕生，我给他们巧克力他们也不吃，看我一眼，扭头就跑。

其实之前我忙着搭帐篷，表情很专注、很严肃，忙完之后欣赏着自己的杰作，心情顿时就轻松了。于是，我拉着妈妈在帐篷之间旋转跳舞，一边玩一边闹，嘻嘻哈哈的，想把那些小朋友吸引过来。果然，孩子们"中计"了。他们一开始在远处偷偷地看着，后来慢慢靠近，脸上又是好奇又是期待，最后跑过来想和我们一起玩。

于是我们开始玩各式各样的游戏，老鹰捉小鸡啦，丢手绢啦，小孩子渐渐都跑了过来，人越来越多，最后全部集中到这里。队友们就去帮当地人生炉子、生火，帮忙去做一些日常的事情。

地震之后，大人们都忙着抢险救灾的事，很多生活的小细节都没顾得上管。很多孩子的手都是脏的，没来得及洗。我就帮他们把手擦干净，提醒他们吃东西前要记得洗手。

后来我想去洗手间，但不知道在哪里，有村民主动提出要带我去，然后带着我和妈妈走了好远好远，来到一块油菜田里面。我和妈妈都愣住了。原以为洗手间应该会在某个人的家里，没想到她拨开油菜花一指——"就是这儿。"

没办法，我拨开油菜花往里走。其实油菜花长得不高，因为我的假肢没法深蹲，所以整个人的姿势就显得很奇怪，我蹲在那里，就像是扎着马步一样。有随行而来的小朋友们在远处乐，说："姐姐，你再蹲下来一点儿呀。"

我吐吐舌头，只能说："我不会蹲，我妈妈没教我怎么蹲啊。"

孩子们就在油菜花田里笑。

灾难之后，见到这样的笑容，忽然觉得很感动。

很多人会很奇怪，我经常扎堆于一些跟"灾难"有关的场所，却从来不喜欢在那些场所做一些很应景的事，比如放声痛哭，比如满面哀愁。我总是做着一些不太应景的举动，做做游戏、讲讲笑话、玩玩闹闹、嘻嘻哈哈。为什么这么古怪？

我一直觉得，喜乐的心是良药，可以治疗人心的伤口。为什么在受伤的人面前就一定要流泪才算应景？只是觉得这样的画面更匹配吗？为什么要为自己贴上一个固定的标签，如果不做出相应的举动就显得不正常？为什么大多数人都会做的事就一定是对的事？

我不会为了得到别人的认可而去做那些所谓"对"的事，我只会遵从内心真实的声音，做真正能够帮助到自己和别人的事，哪怕有些事做得不应景，但如果那样做，真的可以帮到别人，那么这件事就值得我去做。

就算只能做一件事，也要把它做到最好

在龙门乡的第一天，我正坐在一块大石头上休息时，余震忽然来了。

在山上，震感是很特别的，跟在城里面完全不一样。就像煮沸的水一样，整座山都在颤动，仿佛随时都会炸开来。地震来的一刹那，我猛地一下就跳了起来，稍稍平静了一会儿，我刚坐下，第二次余震又来了，我吓得整个人又蹦了起来。队友们哈哈大笑，他们说："廖智啊，廖智，你可是见过大场面的，那么大的地震你都经历过，居然还会怕这种小余震啊！"我说："我当然会怕了，我也是个人好不好。"

我总觉得那座山会崩坍，心里有很强烈的恐惧感。

虽然中间有不少有趣的插曲，但我也没有忘记正事儿，除了帮忙搭帐篷，我也随时发微博更新着灾区的信息。比如经历油菜花田上厕所的事情之后，我立马发了一条微博，写下这边缺少移动厕所和洗手用品的情况。当时网上已经有很多关于灾区情况的微博了，但大部分说得都不太具体。我希望能把现场的情况及时地发出去，为后面来灾区的志愿者提供最有效的信息，同时也是对关心我的朋友的一个交代。

21日我们从龙门乡出来，一路上看到很多地方都缺帐篷，当晚我们在雅安找了个宾馆住下，第二天就买了几千块钱的彩条布，载着它们往回走。回去的路上，车辆已经相对少了一些，我们没有再去冲那块田地，但因为没有通行证，就只好去冲关卡。

冲关卡没有别的方法，我们跟在警车或救护车的屁股后面，假装我们是一起的，尾随着开进去。要是放在平时，像我这种循规蹈矩的人，是绝不会做冲关卡这种事的。但这个时候，如果不突破规矩，我们根本进不去。那个过程很刺激，却也很有成就感。

第二天我们的工作效率也非常高，我们沿着进芦山那条路，一路发彩条布，一路帮人搭帐篷。沿路分发物资的时候，我们还发现了一个问题：在去芦山的路上，两边有很多百姓，他们的房子没有垮，但已经算危房了，他们不敢再住下去，但他们没有领到帐篷。因为很多专业的救援物资还堵在路上，没有那么多帐篷送进去，他们只能住在外面。

当时所有救援队的注意力都集中在震中，就算在路上堵了几十个小时，没办法进到震中地带，也还是在路上等。这样一来，震中地区的人有的领了一两批的物资，沿路的人却有可能连一次物资都还没有领到。

为了避免这样的疏漏,我们几个人就将车子和四辆摩托车组成越野队,让摩托车在前面探路,我们沿路前往各个山上的小村落,小路、岔路都不放过,只要看见有需要的,就把车往里面开,把东西拉进去。有的路实在太窄,车子开不进去,只能靠走,我走在摩托车的后面,帮忙给扛着很多物资、看不清路的队友们指路。我们的行动比那些大卡车灵活多了。

整个过程中,大家都很照顾我,走了一段路都会叫我休息一下。我不愿意休息,让他们尽量安排活儿给我做。他们给我安排了一些轻便的活儿,比如捡铁丝什么的。虽然我觉得自己完全可以做更多的事,但也没多说什么,打算先把这些事做好再说。

捡铁丝听上去是很简单的活儿,但我一点儿也没怠慢。我捡的铁丝,每一根都符合标准。我不像之前负责捡铁丝的人一样,等到要用的时候才去收集。而是提前把铁丝都找好了,然后再按照长度分成三类。等到需要用的时候,我就按照具体需求递给他们。

直到这个时候,队友们才开始对我刮目相看,觉得我爱动脑筋,就算是小事也完成得一丝不苟。他们放了心,开始给我安排别的工作,比如找胶带、竹竿、木条什么的。后来,他们又发现我很会沟通交流,就让我负责去跟村民打交道。有很多东西我们没有带,比如铁锤、钳子、剪刀,都要找当地村民借才行。于是我认真记住哪样东西是从哪家哪户拿出来的,最后用完了全部还回去。他们觉得这种事情女人做会更仔细、更细腻,而我也的确做到了。

我向队友们证明了,我是有用的。

整个过程中,队友们对待我的态度也在不断改变。最开始进入灾区的时候,队长一直对我非常有礼貌,但有时候也会不小心对我说出一些类似不要在旁边碍事添乱之类的话。我虽然心里有些不舒服,但觉得在这种情况下反驳毫无用处,必须先做一些事情出来让别人看到。

所以不管他们给我安排的是大事还是小事,我都不会反驳,只是去做,全心投入,全力配合。他们渐渐给我安排更多的任务,对我也越来越信任尊重。最后,所有人的态度都变得很温和,这些,我完全能感受到,看在眼中,记在心里。

隔天下午,队长第一次要求我负责搭一顶完整的帐篷。听到这句话,我整个人开心得一下子就跳起来了。队长愿意让我去负责整个帐篷了,我心里高兴得就像是小孩子考了好成绩,被家长好好夸了一番一样。

旁边有村民笑我,说:"你这个小姑娘倒是蛮有趣的,一般的女孩子干活儿都会躲着,不愿意做这些力气活儿、脏活儿,现在要你去做事儿,你还这么高兴?"

我当然很乐意。有事情做,是很值得感恩、很开心的,我非常享受这个过程。

带着被信任的感觉,我开始向队长学习。我先把大家召集过来,安排任务给每个人,让他们去寻找各自需要的工具。队长在旁边忙了一会儿,又转回来给我做辅助,教我如何处理一些琐碎的事务。

我从容应对,慢慢找到了处理事务的感觉。

无论处于什么位置,都不要轻易去抱怨。不要因为别人看轻自己,就产生抗拒心理,就对着干,或干脆不干了。我觉得一个人永远不可能通过语言去赢得别人的尊重,能够征服别人的只有事实和行动。刚开始当自己能力还不足的时候，服从安排是很重要的，要认识到自己的不足，尽心地去做那些被安排的工作，当做一件小事都能做得比一般人更好的时候，就能找到自信。

所有的辛苦都不是徒劳的，做好一件事就会有成绩，就算大家不说，也都会看在眼里，放在心里。人们对一个人的看法是会改变的，只要积极面对，就会得到周围人的认可。而在这个过程中，得到最多成长的人，是自己。

领导一个团队也是需要不断学习的。因为我自己就是从服从开始做起，所以当我带领别人做事的时候，知道团队成员的心态，懂得怎么跟他们沟通。我知道不是每个人都会像我这样听带领者的话，大家的内心会有各式各样的想法。所以要召集一群完全不认识的村民配合起来做一件事，其实还是很有困难的，尽管只是一些很简单的事，要让大家齐心协力，仍然是有挑战的。

村民们七嘴八舌，各说各的想法，如果不加以引导，很快就会乱成一锅粥。我要先让自己镇定下来，做有效的沟通。每当有人提出疑问，我都会给出及时有效的回答。大家听了觉得满意，就没有那么多的质疑了。

一路上，物资分发得很快。有时候，我们刚到一个地方，看见的只有那么两户人家，但只要一开始干活儿，人就不知道从什么地方冒了出来，拥了过来。

比如进灾区的第三天，我们就目睹了这样一幕。当时我们带了十条彩条布，每一条有五十米，可以用来搭很多帐篷。搭了二三十顶帐篷之后，我们就开始给大家发放彩条布，让所有人排队来领。结果刚开始吆喝大家来排队，人就从各个角落跑出来了，从开始的十几个人，变成几十上百人，我们带的东西只够发三分之一的村民，很快就没有东西可发了。

当时我们的队伍里有一个叫潘倩倩的女生，她是个歌手，比我小一两岁。之前她在我的微信朋友圈里看到我们救援的过程，一直叮嘱我要注意安全。没想到第三天她就从北京坐飞机过来加入我们了。她是个很认真的女孩，一直很努力地在帮忙。

可是当物资不够的时候，看到村民们渴望拿到彩条布却得不到的场面，潘倩倩当场就哭了。她第一次到灾区，看着一群人满怀期待的目光，结果东西不够发，觉得很难受。

我和妈妈安慰她，我们经历过地震的人，完全能够理解这种状况，因为我们当初也是这样走过来的。虽然我们的救援工作无法满足所有的需要，但我们已经尽力了，这就足够了。

无意中成了"最美志愿者"

4月22日，我们来到白家沟参加救援。

当时有户人家，房子的三分之二都已经塌掉了。休息的时候，我坐在那间屋子的废墟上面，队友们提醒我说，那里很危险，说不定余震一来，剩下的那部分房子就会砸在你身上。我当时累坏了，说要震就震吧。

话刚说完，真的就震了一下。之前在龙门乡，我被余震吓得跳起来两次，大家都笑得不行了，这会儿他们赶紧转过来看我，我就坐在那儿，一动不动，虽然心里很害怕，还是假装淡定地说："不就是晃两下嘛，早习惯了。"

妈妈拿出我的手机，把这一幕照了下来。拍就拍吧，我面无表情地坐在那里，拿回手机把这张照片放在微博，写了几句感想，随手就点了发送。其实也没写什么，就说又震了，都震习惯了，好累啊！我都不想站起来了，都懒得跑了，爱震就震吧。

没想到就是这么无心的一条微博，竟然被疯狂地转发起来。

那时我们忙个不停，几乎没有太多时间休息，帮完这家又去帮那家，搭了好多帐篷之后，才能够休息一会儿。到了晚上十点多，我们才下了山。我打开手机一看，顿时吓了一大跳。我之前发的那条微博，居然被转发了好几千次。

我第一反应是手机坏了，因为进灾区之后，我们队伍里已经坏了好几个手机了。但很快我就发现，这数字是真的。不仅那条微博的转发和评论很多，连我的粉丝数也在往上涨，非常不可思议。网友们说什么的都有，说我像张柏芝，说我是"最美志愿者"。

如果是平常，被人夸赞好看，我肯定会很开心。但那个时候，我的情绪并不好。之前发了很多跟震区有关的实用的信息，转发量都很一般，这条最无聊的微博反而被疯狂地传播了。当时我们忙了一整天，累得嗓子都哑了，我给大家看了手机里的信息，大家看着网友的疯狂转发，不免有一些怨言，觉得现在的人真是无聊，只对美不美感兴趣，对其他有关救灾的有意义的信息却选择性忽视了。我心里有一种莫名的羞愧，紧接着又发了一条微博，说我不想被称为"最美志愿者"，我希望大家去关注更有用的一些信息，而不是来关注我。

但呼吁没有什么作用，第二天媒体就疯狂地打我的电话，希望能采访我。

最初和我们一起进入灾区的电视台的摄像师，因为电视台需要尽快播报第一手资料，所以21日上午就回去了。我们刚刚开始投入救援，他们就已经离开了。他们一走，我们反而觉得很轻松。有媒体在场，大家会觉得自己做的事像是在作秀，觉得不太舒服，也不太自然。

但"最美志愿者"的事一传开，媒体就开始通过各种渠道来找我，给我们的工作带来了不少干扰。妈妈一开始接电话，还很有礼貌，说不好意思，我们不想接受采访。但电话一直打过来，妈妈最后也有些不耐烦了，接电话的时候就大声说你们应该去报道一些能帮到民众的实事儿，而不是做一些无意义的事。我只好安慰她，让她心平气和下来。毕竟人家也是工作，也需要谅解。

有些媒体被拒绝了一两次之后就不再打过来了，但还有一两家媒体非常坚持，打了二十多个电话，用各种理由来说服我们。有几家媒体还直接到了现场，我们只好跟他们提前说好，不接受单独采访，要拍摄的话，希望他们离远一点儿拍摄，不要打扰我们正常的工作。妈妈说："你们扛着摄像机，一不小心铁锤砸到你们也不好。"可能当时队长给人的感觉是有距离感、使人敬畏的，所以媒体也不太敢过多地说什么，确实也没有影响到我们。

有天早上开始狂下大雨，我们边工作边"淋浴"。之前我们披着雨衣干活，后来把塑料袋捆在头上遮挡，再后来干脆就什么都不要了，就让它淋吧，反正都湿了，懒得遮挡了。所有的人鞋子全被泡涨了，踩着每走一步都能听到水声。上午还好，到了下午，穿着泡过水的鞋子基本上就走不动了，每个人都走得很辛苦，叠加连续几天的高强度工作，队友们也都累得完全不想动了。

我的鞋子虽然也被泡涨了，但毕竟是假肢，没什么感觉。所以下午和傍晚的工作，我就成了主力。我主要负责跟人交涉，跑来跑去，挨家挨户去问他们还需要什么东西。晚上我们聚在一起吃饭，大家把鞋脱下来，脚上都已经开始长水泡了。倩倩的鞋子已经没法再穿，当场就扔掉了。只有我还是活蹦乱跳的，精力非常旺盛，他们说我像"打了鸡血"一样。

这一天晚上，雨下个不停，我们却不得不面临一个更大的问题。

我们的队伍，要散了。

那时候我们带来的物资早已经发完，后来又买了两批物资，我们能做的都已经做了。之前道路塌方导致很多车都进不来，现在山路已经通了，虽然路上还是很堵，但至少外面的物资都在往里运。志愿者的队伍也越来越多。我们车队的队长，同时也是一家公司的负责人，他带着这个团队已经三天没有上班了，公司打了很多电话催他们回去工作。不得已，他们必须得撤了。

队长劝我们一起回去，但我跟倩倩都不想走。因为这两天一路帮忙搭帐篷，我们越来越专业，速度非常快，质量也很好。刚刚积累起这个经验，现在就走太可惜了。后面来的很多志愿者团队都还很茫然，不知道需要做些什么，我们应该留下来，帮助他们更有效地开展救援工作。

这个时候，我们都知道，队伍要散了。这些天来，大家一起做了那么多事，建立起了"革命友谊"，有了很深的感情。我们都很舍不得，离别的时候，抱头哭了一场。

他们一走，我们就只剩下四个人了：我、妈妈、潘倩倩和她的弟弟。

三个女生,一个小男生。我们可以做些什么呢?

成为队长,迎难而上

那天晚上,我们四个人坐下来开会,大家的脸上都很严肃。

我们能做什么?队长他们一走,我们没有车,也没有那么多人了。当时想到的就是借助微博。我在微博上说,希望能够和来灾区的志愿者一起协作,最好是有车的,我们可以一起帮忙给灾民搭帐篷。

微博发出去之后,很多人开始联系我。有广东的,有上海的,有北京的,什么地方的人都有。很多人表示要捐钱捐物,但这些我们都无法接受。因为捐了钱我们也没地方去买东西,捐物的话,怎么把东西弄到灾区来?很多车还堵在路上呢。我们这边的物资还够,我们需要的是车和人,需要把这些东西送到灾民的手里。那天晚上,我几乎一直在接电话,不断解释我们目前的情况。直到凌晨四点多,我们才散会,各自回去睡了一会儿。

胖哥就是在这时候出现的。

当时我看到微博里有很多人留言,其中有一个人说,他每年都会做很多户外的活动,他有车,可以帮助我们。我觉得这个人应该不错,就给他打了电话。这个人就是胖哥。他接到电话的时候很意外,他没想到真的能够联系上我。可联系上之后,他又有些犹豫了,他说他的家人不一定能同意他来。我虽然有些失落,但还是感谢了他,并没有勉强。

我以为这事儿就算告一段落了，没想到第二天一早，我就被一个陌生电话吵醒了。那时候才六七点钟，我接起电话，就听见胖哥说他到雅安了。

这下轮到我意外了。

后来才知道，胖哥当时挂上电话，就向家人争取来雅安，家人都不同意，觉得胖哥都四五十岁了，儿子马上要考大学了，他还独自跑来灾区，他们都不放心。胖哥很坚持，他说："要是一般人叫我去也就算了，可这是廖智啊，廖智两条小腿都没有了，还去灾区帮忙，人家都能做到，还那么信任我，我不能不去。"

话虽这么说，胖哥的家人还是不放他走。到了深夜两点，胖哥趁家人都睡着了，偷偷开着车溜了出来。到了中午才给家人打电话，说自己到雅安了，叫家人不要担心。

跟我们碰头的时候，胖哥看着我，很是惊讶，没想到我如此娇小。我们聊天的这二十几分钟里，他的眼睛一直盯在我身上，又是惊讶又是好奇，简直不敢相信我就是廖智。

胖哥到了之后，车子有了，队伍壮大了。一瞬间，我成了队长。

胖哥、倩倩、倩倩弟弟、我妈妈，忽然间，所有人都指望着我来拿主意，这件事情要怎么做，那件事情又该如何，我们下一步去哪里……所有问题，都要由我来决定。

我突然发现当好队长是很不容易的事，因为所有人的希望都寄托在我身上。之前当小跟班的时候，我觉得挺好的，我做事很有耐心，非常柔和。但从这一天开始，我必须变得刚强起来，为了给大家信心，整个人说话的音调都变了。我也不知道为什么，前三天我说话都是慢声细语的,从24日开始,我的声音都大了好多个分贝。

24日,正是我们抵达沙坝村的日子。到了现场,村支书和其他村干部都在。我心里很紧张,几百双眼睛看着我,而且大部分都是中老年人。那个村庄的年轻人基本在外面工作,剩下的都是老人和孩子。老年人聚在一起话很多,叽叽喳喳,我一定要有魄力,声音要很大,表情要严肃,才能够唬得住大家。

所以我一到现场就大声说:"你们不要说话了,听我说!如果你们要说话,我就不说了。"

那些村民们全被我震住了,现场一片安静,大家都等我发话。

之前大家提意见,让我们把彩条布直接发给他们,他们自己去搭帐篷就好了。我说每个人只顾自己就太自私了,身强体壮的还能搭帐篷,那些只剩下老人孩子的家庭怎么办?所有人必须集中起来,互相帮忙。

我说:"现在大家就找一块空地,分成几组,请村干部来帮忙分配,把年迈的和年轻的分在一个组,互相照应一下。"

说完我就问他们:"你们有多少人,需要分多少?"

村民说:"给我们每人一匹吧!"

我说:"那不行,一匹布是五十米,每人一匹太浪费了。因为不只是你们村有需要,别的村也有需要。我们把你们需要的东西放下,分配完了马上就走。你们最好搭大一点的帐篷,三四户人家用一顶,可以节约资源。"

就这样,我说完之后,全场非常安静。

其实那些年纪大的人,他们考虑得很实际,完全听得明白。现场有个九十多岁的老人,开始一直在自说自话,完全停不下来。我说着说着，他越来越安静，最后走过来拍我的背，说："好！很好！小伙子很好！"我乐了，说："我是姑娘！"他就改口说："嗯，小姑娘很好！"

其实我不想当队长，因为压力特别大。

离开了沙坝村，倩倩和胖哥就问我接下来去哪儿。我也满心茫然，最后决定去天全镇。我想，我一定要撑住，要对得起他们的信任，把工作开展好。或许是沙坝村的工作开展得很有效率的缘故，我们的小团队人越来越多，很多当地的村民也主动加入进来成为志愿者，人数最多的时候甚至超过了前三天。

到了天全镇，当地有一对夫妻对我说，他们是骑摩托的，要跟我们团队一起走。我说这样太辛苦，天全镇下面有很多村子，我们的目标是在一天之内把天全镇跑遍。他们说："你们团队有效率，我们愿意跟你们一起跑。"那时候，我就有了一种被肯定的感觉。

果然，24日那一天，我们把整个天全镇都跑完了。沿途我们看到，很多地方物资已经很丰富了，我就发了微博，请志愿者暂时先不要往里走了，因为这边物资已经比较充足。

跑完天全镇之后，我们回到了雅安。路上我们一直在和团队里的人告别，到最后又剩下我、妈妈、倩倩、倩倩弟弟和胖哥五个。告别的时候，我们又是拥抱又是哭，非常舍不得。那一整天的工作，大家都做得非常开心，完全不想分开。

其中有个年轻的女孩子，是半路进队的。后来她发短信跟我说："廖智姐，我是雅安当地的，从成都学校赶回来。我从来没有做过志愿者，之前跟过别的团队，整天漫无目的，有时候一天都不知道该干什么。我一直觉得我回来错了，没有什么用，但是今天我做了很多有意义的事，我觉得我这一趟回来是很值得的，感谢你。"

看到这些话，我非常感恩，因为自己做的事情被认可，于我而言无疑是一种无形的鼓励。

晚上，我接到我们公司董事长的电话，他问我什么时候回去上班。那时候我才突然反应过来我忘记请假了。在这里的几天，我忙得忘记了时间。于是我连连道歉，董事长说："没事，只要平安就好。"我说："既然这样，你就顺便再送两车物资过来吧。"说完这句话我自己都忍不住笑起来，心想我这个女人也太得寸进尺了吧，刚刚还在请求上司的原谅，下一句就叫人家拉两车物资过来。

第二天，我们公司还真送了两大车的物资过来，将近五吨重，有彩条布、矿泉水、方便面，还有一些干粮和饼干。我好感动啊，对董事长的义举充满感激！

最后一站，告别雅安

在去天全镇的路上，胖哥一路说："哎呀，廖智，你这么小小的一个人，怎么胆子这么大，这条路上可是有很多塌方的。"

那天晚上，因为压力很大，胖哥就跟我聊天，一直聊到凌晨四点。

我们聊了很多，聊了恐惧，也聊了信仰。我说，我们不用害怕，我们做的事情，并不是糟糕的事情，上天会派天使守护我们，我们会很平安的，放心。你就算不相信神，也要相信我，我们一定会平安的。

接着第二天我们就去了最危险的地方——双石镇。

在去之前，我完全没有想到去双石镇的路会这么险峻。之前我们在芦山沿路发东西的时候，负责做水电工程的人已经开始往里走了，我看当地的人已经不怎么缺物资了，打算搭完这些帐篷就回去。没想到当地的人说双石镇还缺东西，我想那就去吧，请他们帮我们带路。

那天我们的车队有三辆车，我们自己的车走在最前面，带路的人和我们坐在一起。我跟妈妈挤在副驾驶座上，后座挤了五个人。我们公司的大卡车和小车跟在后面。开了十分钟，我就感觉不对劲儿。那时候我们正行驶在一座叫牙齿崖的山上。山崖很陡峭，头上悬挂着山，脚下也是山，就像上下耸立着的一副牙齿，随时都会把我们吞没。

前面的路仿佛无边无际，上下的空间却好像越走越小，好像山随时就会合拢在一起一样。

我直冒冷汗，不停回头看后面的两辆车，觉得好后悔，早知道这么危险，一定不带他们到这儿来。我自己无所谓，但是公司的人如果出了事儿，我都不知道怎么跟公司交代，怎么跟人家的家属交代。

谁知我们开到一半，在最危险的地方，迎面就开来一辆车。当时全车的人都倒吸一口凉气，心想这么窄的山路上，还可以错车吗？那个地方是塌过方的，本来路就很窄，塌方又断掉了一部分路，很难走。车停了下来，我们算是勉强错开了。我从车上跳下来，往上看，山上的石头摇摇欲坠，随时都可能砸下来。

我忍不住开始祈祷，千万不要出事。这时候妈妈问了旁边的胖哥一句，她说："你今天怎么这么淡定啊，前一天咱们去的地方没这么危险,你都害怕得一直在说话,今天怎么这么安静啊?"

胖哥说:"没什么,我昨天晚上聊通了,就像廖智说的,她心中的神会守护她,那她坐在我的车上,肯定也会守护我们一车的人,我不怕。"

那一刻我很感动,他说的那番话,给了我很大的信心。

我们走的那条路其实并不长,但因为是山路,路况复杂,所以开了很久才到达目的地。进了村子,才算松了一口气。运物资的卡车跟在我们后面,却久久未至。我站在村口一边张望,一边默默祈祷。等了十几分钟,看到卡车缓缓开了过来,我的一颗心才算是放下了。

进了村以后,我们发现村主任正在给每家按人头发面粉。在其他地方,受灾的群众已经拿到了好几批的方便面、饼干和饮用水了。可想而知,这里的救灾物资极度缺乏。因为山路崎岖,几乎没有救援队进得来。

庆幸的是,那五吨物资起到了很大的作用。我们进了一个村子就赶紧卸货,给灾民们发应急物品,包括吃的、用的,然后又马不停蹄地赶往下一个受灾的村子。等到发完物资,车往回开的时候,我们已经没那么紧张,因为已经很熟悉路况了。

发放完物资,我们连夜往回赶。回到重庆时,已经是凌晨四点多了。

在雅安的五天五夜里,我没有好好睡过一个踏实觉,第一天晚上在桥下睡了几十分钟;第二天在雅安的一个宾馆睡了大概五个小时;第三天接到潘倩倩后,只睡了两三个小时;到了第四天,胖哥因为害怕,拉着我聊天,不知不觉就聊到了凌晨四点,只能抓紧时间睡了两三个小时。

这些天里，虽然又困又累，但我是整个团队的核心，所以一直强撑着，坚持了下来。

24日那天，我们从天全镇出来，一路下起了大雨。为了鼓舞士气，我在车上呼吁大家一起唱歌，然后整车的人就轮流唱起歌来，一边唱歌，还一边给对方打分。大家好像已经忘记了身体的疲劳与精神的紧张，忘记了我们还在灾区战斗的事实。现在回想起整个画面，像是大家在春游的途中，一边唱歌，一边说笑。

同行的伙伴事后感叹说："你身体里的小宇宙太强大了，怎么会有这么好的精力！"

或许因为我爱笑吧，笑是有感染力的，它会迅速把人从情绪的低谷中拉出来，暂时忘记自己身处困境的事实。虽然我也有情绪低落的时候，但很感恩的是，每次面临非常重要的事情时，好像上天总愿意给我额外的力量，令我振作、喜乐，而极强的目标感也使我总能专注于当下。

回去以后，他们说：廖智你真是一个神奇的人，和你在一起，种种害怕、难过、失落和愁思都消散了，你把各种负面情绪转化成了欢笑声，让所有的人都放松下来。我心想：那这大概就是真的属于我要做的事了。因为我知道自己如果不是心甘情愿去做一件事情的话，也难以积极振作。

到了25日，志愿工作一结束，从爬上车子的那一分钟开始，我就像一只瘪了的皮球，整个人都虚脱了。一上车，我就开始呼呼大睡，一路睡到重庆。他们中途停了几次车去上厕所，或者到休息区去吃东西，我都没有力气参与。那时，我才发现自己有多疲惫，最后一丝力气都用光了。

在灾区时，我本来计划每天记录在雅安的行程和感想，后来因为各种各样的事情被耽搁了。回到重庆已是凌晨四点，我坐在电脑前，对着屏幕整整坐了两个小时，到了早上六点，就只写了四个字：雅安行记。

脑子里的东西很多，脑子被塞得很满，但一个字都写不出来，整个人的反应变得很慢。我给队长发微信，问他有没有像我一样的反应，整个人就像是失忆一样。他说他已经上了三天班了，还是完全跟不上节奏，这大概是身体被过度消耗和透支的原因。

此后整整一周，我都处于恍惚的状态，甚至连电话也不会接了，由爸妈帮着接听。经常是妈妈对我讲十句话，我只能听见一两个字，脑子完全反应不过来。也是在这一周里，我接受了很多采访，但我几乎不知道自己在干什么，也没有辨别能力，所以受访的时候，我经常会要求记者重复刚才问的问题，不是因为没听清楚，就是突然走神了。

就这样，缓了一周，我才回到了原来的生活。接着，就开始参加《舞出我人生》的录制。

　　人生是无常的。今天看别人的故事，无论你是笑着还是哭着，有一天别人也会围观你的故事。我们终将走向死亡——这是任何人都无法躲避的。我们所能做的最美好而不会虚度光阴的事就是：遵循内心的声音而活，不是活在他人的期待里，而是活在无畏无惧的爱里。

——廖智手记

Chapter 9
谢谢你离开我

没想到,前夫听完我的想法,
竟然不愿意离开我,也不同意和我离婚。
他说他根本没有其他的女人。
他也承认,的确有很多女人会令他快乐,
但是没有一个女人像我这样坚强。
天哪!他留下来,不过是因为我的坚强!
我平静地说,谢谢你,你真的让我变得好坚强。
在这个除夕夜,千家万户大团圆的晚上,
他写下了离婚同意书。
大年初一,他走了。

无法回头的感情

从小我就觉得,在婚姻关系里,男人应该以强大的保护者的形象出现,而女人应该承受和顺从,被呵护,并在婚姻关系中享受到爱的滋养,这样的关系才是稳定和幸福的。然而,一旦真的结了婚,就会发现,现实中的婚姻关系从来都不是那么回事儿。

在现实的婚姻生活里,关系其实是平等的,需要双方都愿意为对方分担责任和解决困难。但那时,我还太年轻。我和前夫关系的破裂,表面上是因为他首先背叛了我们的婚姻,但我知道自己也有很多不成熟的地方。我们之间的问题,并不是因为婚姻本身注定是爱情的坟墓,而是因为我们在当时都是没有为婚姻做好准备的人。设想两个幼稚的人怎么能够经营好婚姻关系呢?

从我们认识起,我就糊里糊涂,连自己究竟想和怎样的人共度一生都没有想清楚,只觉得有个人对自己进行了热烈的追求,对我好就够了。但男女之间建立好感很容易,相守一生却需要至少有一个人是成熟、懂爱的,可惜,我们俩都不是。所以婚后我们往往会因为一件无关紧要的事情发生激烈争执,且双方都不肯让步。

第一次知道他和别的女人开房,是他朋友发短信告诉我的,我也在酒店楼下找到了他。第一次知道他背叛我的时候,我离婚的决心很大,但很快我就退缩了,我知道自己并没有准备好成为一个单亲妈妈。

感情里的背叛最令人痛苦的是,一旦真的亲眼见过一次,对方承认过一次,就再也难以信任,从此之后无论他在哪里做什么,只要不能亲眼看见，我都会第一时间联想到他是和哪个女人在一起。那时候的我常常表现得歇斯底里，有一次他半夜才回家，我像个怨妇一样质问他。他用一种不可思议的语气，振振有词地对我说："你有想过吗？如果你一万次怀疑我，就算你的怀疑都是对的，但如果有一次你的怀疑是错的，那岂不是很伤感情。"

听了这话，我当场就愣住了，紧接着连继续跟他吵的情绪都没了，我忍不住笑起来。那一刻我第一次感受到荒谬，如果说先前的争吵是想要赢回什么的话，那一刻我可能连争取的冲动都被彻底打消掉了。原来，这不是他的问题，是我对待感情多么蒙昧盲目啊！是我选择了一个如此不适合我的人。我们本该是平行线，原本永不可能有所牵绊，原本所思、所想、所好都没有任何交集，但我硬是缺爱缺到，得到一点点甜头，就把自己送到了另一个世界。

这段关系，让我开始慢慢推翻自己的世界。我问自己：为什么在感情里，我已经什么都不奢望了，只想要有一个人脚踏实地地和我建立共同的生活，却还是如此一败涂地？我意识到，自己从小到大根本都不敢争取真正想要的幸福，我永远在退而求其次，永远在试探自己能忍受的极限是什么。对爱、对幸福，我的内心深处有一种不可忽略的不自信和自卑。是对幸福多么没有信心，才会把自己随意丢进阴沟里？

而最深的伤，是在生产的那天，当他的电话怎么也打不通，而他身边能联系上的每一个人给我的答案都不同时，我已经猜到他陪在谁的身边。可是我能怎么办呢？我只能一个人孤单地躺在手术床上，任由眼泪不停地流。看着女儿的出生，我的心里没有半分欣喜和快乐，不是不欢迎她，而是觉得对不起她。那一刻的我软弱到什么美好的念想都没有了,我的人生糟糕到已经看不清前路,只剩下一双连自己女儿长相都看不清的被眼泪充盈的双眼。医生问我:"麻药没起效吗,很痛吗,怎么一直在哭?"而我却连回答的力气都没有,是呀,很痛,是心痛。

我的心充满懊悔:我为什么这么愚蠢,为什么轻易和一个自己不了解的人在一起,又为什么要让我的孩子承受这样的人生?

小时候,我最害怕的事就是看见爸爸妈妈吵架或是大打出手。如果我的孩子也要面对这样的家庭,我会对自己失望透顶。

我也很感激女儿的出生,她的到来使我不得不去面对内心的痛苦与软弱,体会到了什么叫作为母则刚。当我第一次把这小小的人儿抱在怀里时,看到她那么全心全意地信任着我这个妈妈,依偎在我怀中毫不怀疑我可以保护她,冥冥之中,好像有人在对愧疚又无助的我说:"从现在开始,重新开始,你可以的。"她的到来也终于使我冷静清醒过来。所以,从生产那天开始,我就暗暗地跟自己说:"廖智,别再指望这个男人了,你给我振作起来,活出个人样。"

当我从手术室被推出去的那一刻,我看到了等在门外的他。在一个多小时前,我甚至想过,也许看到他,我会狠狠地扇他两个耳光。然而,当看到他的那一刻,我异常平静。我只对他说了六个字"生了,是个女儿"。他握着我的手,也许是因为愧疚,也许是因为激动,他流泪了。如果在平时,看到他流泪,我也会心生恻隐,然而这一次,我的心如此冰凉。

我曾听过一句话,大概意思是,当世界上有新生命到来的同时也必然伴随着另一个角落有死亡发生。对我而言,从宝宝出生的那一刻起,所有这个男人可以带给我的爱与恨,都死了。

我不能再这样等下去了

剖宫产后第七天，我拿出家里的高跟鞋，约上好友推着婴儿车外出逛街。她说："你不坐月子吗？"我说："坐啊，不过也要走出去。"当时的我倒不在乎逛不逛街，只是我不想让自己闷在家里胡思乱想，必须要做些什么让自己有勇气面对这一团乱麻般的生活。是的，我要走出去。割断过往，走出去。

生产后不过十来天，经由朋友介绍，我去一所舞蹈学校面试。面试一切顺利，于是我开始每周几天在学校参与舞蹈老师的培训。因为我原本就从师范学校毕业，并拿了舞蹈专业特长证，所以培训到一定阶段，各项考核都达标，我就开始带初级幼儿班的教学。

看着风风火火开始新生活的我，知道内情的朋友们都说很佩服我的意志力，有个朋友对我说："廖智，你对自己挺狠的，刚生完孩子就出去做事了。"其实，听了这样的话我并不会沾沾自喜，反而觉得心酸。

我不喜欢向人诉苦，所以在别人看来，我好似没心没肺。但回到家的每个夜晚，我会抱着女儿，站在窗口，默默落泪。有时候都不知道自己究竟在难过什么，如果说心死了就不难过了，那么我的心早死了，究竟在难过什么？那时候的难过已经和一个男人的背叛无关，我难过的是，我变成了自己小时候最不想成为的样子，而我已经迷失在其中，不知道该如何穿越这片迷雾，也不知道下一步该何去何从。

我幻想过，也许可以依靠自己的改变挽回这段婚姻，于是尝试买新衣服打扮自己、早起买菜试图赢回爱人的心、故作无所谓和他谈论他的情人……可这一切的背后，都不是甘愿，我只觉得荒凉无比，也觉得这是作践自己。

我在梦里会梦见前夫和别的女人调情，愤然哭醒，发现陪在身边的是女儿，一想到这个男人将带给我和女儿的是一种多么无望的人生，在白天死掉的情绪、愤恨、难过、沮丧会全部涌向我，让我在悲愤中感受什么叫作窒息。原来白天春风满面地迎向外界的那个我，雄心勃勃要靠创造一番事业的我，发誓再也不依靠男人的我，根本没有能力放下内心的伤害。我觉得心里有块什么地方被堵住了，叫我想不明看不清。为什么痛苦？是因为还爱吗？不，没有爱了。是因为恨吗？不，也没有恨。是什么堵住了我的灵魂去往自由之地？

那时候不过20岁出头的我，怎能明白，原来当人受伤的时候，不是靠否认，不是靠转移注意力，就可以很快好起来的。原来人需要很长的时间，走很远的路，见很多的人，体会很深的爱，才会慢慢明白如何放下那些最惨烈的痛苦和最激烈的矛盾。

我开始明白，表面上看起来无坚不摧的人，也可能是最脆弱的那个人。小时候我的梦想就是拥有一个真正属于自己的家，家里的人都彼此相爱，同心合力。而现在，家是有了，可惜既不相爱，也不同心。而我只能像个机器人一样不断地给自己输入坚强的代码，让自己顶住压力，继续向前。

可日子，竟也就在这地狱般的割裂和痛苦下，过去了。

舞蹈事业进行得很顺利，女儿一天天长大，她开始变得越来越美丽，白皮肤、红红的唇、大眼睛、黑头发，好像小时候看的故事书里的小公主。她慢慢成为我的骄傲，每次抱她出门，总会吸引周围的人靠近，见过她的没有不喜欢她的，她是如此可爱美丽。好多次看她笑得那么灿烂无邪，我都有片刻恍惚：我的心，真的那么痛苦吗？

原本在家里，我就很喜欢带着女儿听儿歌，幼儿舞培的很多音乐组合、动作组合我都能很快记住，和孩子互动与教学的技术也逐日提高，我开始更频繁地往返于家和学校。教培行业的管理愈加严格起来，原本我只需要拿着幼教毕业证就可以进行幼儿教学，但学校为了规范化，便让我报名参加舞蹈教师资格考试。由于舞蹈学校不在我家当地，又要教又要学，我感觉时间变得更紧张，来回奔波也多有不便，有时候赶不及回家我会住学校或同学家。但我希望每天都可以回家陪女儿睡觉，白天还好，一到夜晚女儿就很认人，需要我哄睡。所以一天不回家，我的心总感到不安。

为了兼顾工作和家庭，同时也为了个人的发展，我开始和校长商议开分校，校长也很支持。于是我和同事开始在小镇上选址，对未来，也有了更多憧憬。

而正在这时候，我迎来了人生最大的考验——5.12大地震。

关系彻底破碎

如果是在地震前，遭遇另一半出轨，我的感觉还没那么卑微，至少我还有资本，年轻是资本，美丽是资本，这些既是资本也是卑微中的最后一丝骄傲。

因为觉得自己还有那么些许骄傲，所以就算是前夫跟别的女人在一起,我也没有那么自卑,我还是一个美丽的女人。但是地震后,我成了残障的女人,残障,在许多人眼中代表着性魅力的消减,代表着绝对的弱势。这时候,前夫身边的女人们所说的话,就变成了嘲笑,而我也只剩下狼狈。

在截肢术后住院期间,我曾收到过一个女人发来的短信,短信的内容深深刺痛了我的心。她说"你都这样了,为什么还拉着这个男人不放手"。对我来说,这已经不再是单纯的感情问题,而是尊严被按压在地。地震后,我失去了引以为豪的一切,我的孩子和双腿。而婚姻的撕扯已经让我疲于应对,我只想安静地生活,我只想尽快康复,承担起照顾父母的责任。

我开始劝说前夫和我离婚,但每次他都逃避这个话题,说一些我听不懂的话,他好像沉浸在某种自我感动中,可我只觉得这一切都无意义,他不仅早已背叛了我们的婚姻,也完全罔顾我的感受和尊严。因为我和父母大部分时间都住在重庆,而他留在家乡生活,我们能见面的机会不多,每次见面谈到离婚也不了了之,事情就一直拖着。

有一次我回家乡处理一些事,他来接我,我对他说:"这次回来我只待一周,求求你在这一周就别去找别的女人了,我们还没离婚,还是夫妻,就算是给我留一点面子吧,如果才这么几天你都做不到,以后真的就不要来往了。"可是,他还是没做到。当我找他对质的时候,我从他的眼里看到了轻蔑。难道是我忍了太久,真的已经卑微到尘埃里了吗?

我离开的那天,坐在公交车上,他的一个兄弟陪着我,我看着窗外飞速而过的风景,忍不住哭了,倒不是因为还放不下这段感情,而是哭自己为什么被别人看作坚强的化身,实则这样软弱不堪。那一天我下定决心要和他分开。

我们就这样纠缠着，走到了2008年的尾声。大年三十他来重庆找我，他人刚到，我便收到他的朋友给我发的短信"他和××（一个情人）一起来的重庆"。我竟都不觉得生气，只求尽快离婚。他还是不同意。他说他根本没有其他的女人。我听了大为冒火："你还没有其他的女人吗？你自己都承认过无数次了，你的情人都成了我的朋友了！你的女人都给我发短信、打电话了！"于是他承认，的确有很多女人会令他快乐，但是没有一个女人像我这样坚强。

"天哪！你不离婚，不过是因为我坚强吗？"我抑制不住地冲他大喊，"你这句话是在赞美我还是在嘲笑我？难道坚强是我留住你的资本吗？"我已经太累了，我永远无法和他讲清任何道理。坚强，对于我来说，真是一个无奈又刺眼的形容词，我失去了一切，除了坚强，还有别的选择吗？可我是一个女人，我多么希望在自己最困难的时候，身边的男人可以成为我的避风港。而对他，我甚至都没有奢望这个，只希望他一心一意对待我。可是，似乎无论我多么期待，到最后，这些期待都会反过来嘲笑我，让我看清楚自己的期待有多可笑。

后来，我们发生了激烈的争执，大声争吵起来。最后，我们都累了。我说："你知道吗？在我最需要帮助的时候，你没有来到我身边。如果我们是夫妻，即使我们不再相爱了，那么我们的关系里至少还有朋友的成分，我们一路这样风风雨雨地走过来，难道连朋友都算不上吗？可是，作为朋友你毫不仗义，在我需要你的时候，却找不到你。你只想到你的痛苦，你去寻找你要的快乐，却完全没有体谅我的痛苦。而我在最痛的时候，还在安慰你，还借钱给你。就算我们不是夫妻，只是朋友，那我也是一个够朋友的人，而你不是。"

听我说完这一大堆话,前夫沉默了,过了好久,他说:"你知道吗?廖智,我做这一切是为了让你变得更坚强,你有一天会感谢我!"

天哪,又是坚强!我当时听完,整个人就快疯掉了。坚强,我为什么要变得那么坚强?我平静下来说:"谢谢你,你真的让我变得好坚强。"

在这个除夕夜,千家万户大团圆的晚上,他写下了离婚同意书。

大年初一,他就走了。

我知道,他的离开,意味着我们的关系彻底结束了。我原以为我能面对和他离婚。我原以为,我足够强大,可以面对这样的变故。事实上,我很脆弱,我面对不了。

父母劝我不能再拖了,再这样拖下去,只是无尽的痛苦。于是,爸妈回到老家帮我办理离婚,居委会帮忙开了多份材料,在许多好心人的帮助下帮我把资料提交到了法院。

此后,我们都处于分居状态。我继续过自己的生活,也不再过问他的生活。在我心里,我们已经分开了。

2010年8月,分居时间够了,离婚判决书下来了。我们终于,离婚了。

这段故事画上了句号。我想究竟写下这一切的意义何在呢?我绝不希望有任何人去指责或批判我的前夫,俗话说清官难断家务事,他有他的软弱,我有我的不足。也许写下来,是为了让更多在一段不良的情感关系中备感痛苦的女性,看到我的故事后,会看见一丝希望,会燃起新的信心,勇敢面对内心的挣扎,对未来的生活有新的发现和新的启发。

当这一切都结束,我再回望过往的时候,的确觉得经历这一场变故后，我更懂得珍惜爱的人，也对所遭遇的事有更豁达的心态。

最重要的是，我明白了婚姻并非儿戏，这是两个人之间所建立的极其慎重的盟约，从一开始就要谨慎对待，认真选择，宁愿在刚开始审慎一点，也不要带着无所谓的态度仓促做决定。因为一旦进入这段盟约的关系中，任何破坏盟约的言行都会给双方的生命带来极大的伤害。维系婚姻盟约的唯一有效的方式，就是爱，所以我们要确认自己是否明白什么是爱，对方是否具备爱与被爱的能力。

每当我回想过往的时候，都会想起《活出生命的意义》中的那句话：我只担心一件事，我怕我配不上自己所受的苦难。

可以说，经历了这一切痛苦，我的整个爱情观都变了。

我开始变得谨慎，也开始想，能与我共度一生的人是一个什么样的人，我最在意的关于另一半的设想究竟是什么。我开始更深入地去了解自己。以前我在感情中总是经历失败，因为我会把整个人生赌在一段亲密关系上。以为幸福就是找到对的人，找到那个人就是"躺赢"，这个想法使我茫然无措，使我懦弱。后来我慢慢发现如果自己没有能力经营幸福，就算是遇到了爱情也会让幸福偷偷溜走。

现在我已经不是当初的那个我，虽然还是享受爱情，但更知道自己也要自立刚强，要跟得上幸福的脚步。拥有让自己幸福的能力，这才是真正的幸福。

婚姻不是童话故事，不是王子和公主从此幸福地生活在一起，婚姻里充满柴米油盐和鸡毛蒜皮。怎么沟通，怎么关注彼此的感受，怎么规划财务，怎么养育孩子，怎么处理人际关系，这都是现实，但现实和爱情并不矛盾。到如今，我和先生牵手风雨兼程地走过了我们的第一个10年，而我很有信心可以继续走过下一个10年。这信心靠的不是激情,而是我们都懂得到婚姻里不是来"躺赢"的,而是各学各的功课,在生活琐事里学习安下自己的心、学习成全、学习支持、学习计划、学习等候,爱使人改掉以自我为中心,成全对方的同时也成全自己,使自己变得更完整。就像一粒麦子落在地里,它并没有死去,而是结出更多更饱满的籽粒。

爱没有错,错的是我们自以为是地爱着,却做着和爱无关的事。爱让人拥有真正的自立。没有完美的婚姻,不过是五十分的两个人,一起把日子过成了一百分。

我始终相信,只有最强壮和最虔诚的伴侣,才可以步调一致地迎接来自人生的所有风浪。

好的爱情,是相互尊重、相互成就、相互信任;是彼此都甘愿为了对方的梦想不惜舍己之力;是只要相视一笑,就能让黑暗生出阳光;是不用人前甜蜜,但全世界都会对你说:"他(她)爱你";是哪怕松开手,也不会担心对方会迷路不归;是在毫无惧怕的自由中,一起听到来自造物主悦纳的声音。

——廖智手记

Chapter 10
爱是恒久忍耐，又有恩慈

最后一天演出谢幕的时候，孩子们站在台上，
跟香港的学生一起玩溜溜球，然后拉着手开心地谢幕。
我站在旁边，眼泪"哗"就下来了。
我忽然意识到，这个坎儿我终于迈过去了。
和这群孩子相处的大半年时间里，我把所有的精力都放在了
他们的身上。
过去，我总是为自己的失去难过，为我的孩子难过，
但这一年时间里，这些孩子让我感觉到，
我还可以继续去爱别的孩子，就像爱自己的孩子那样爱他们。
我终于释怀了。我终于走出来了。

爱是平等与尊重

地震之后，我遇到了很多心地柔软善良的人，他们以自己的方式陪伴我走过了那一段路途，给我留下了很多感动。其中有一群人对我的影响则更为深远，可以说他们用自己的生命影响了我的生命，也影响了我的价值观。

这群人，就是之前在德阳和我偶遇的那群基督徒。

最初，我自告奋勇要做他们的导游，带他们转转汉旺镇。临近中午，我想带他们去吃一碗面，可是绕了半天才找到面馆。因为走了不少冤枉路，我当时觉得非常抱歉。他们就笑，说："看来你的家乡你自己也不是很熟啊。"地震之后，镇子的确变了模样，但毕竟是我这个主动要求带路的人带错了方向，我一边解释，一边觉得很愧疚，心想他们本来就已经走得很累了，这下一定对我会有不满吧。

可没想到吃饭前，他们中的一男一女走过来看我，那时我还坐着轮椅，他们到我面前蹲下来，笑眯眯地看着我。我说："怎么了？"他们说："你好美，你是我们这次来灾区遇到的最美丽的女孩。"

那一刹那，我被一种温暖的感觉包围，并不是因为他们对我的赞美，而是因为他们的态度——他们并没有因为我带错路而有任何不满或是瞧不起我，而是完全地接纳了我，哪怕我做得不够好也完全体谅。这让我感觉到被爱，冲淡了我心中的自责，让我在他们的面前继续自由自在地做自己。

地震之后，很多人都曾经安慰我，说你要坚强，要努力，要加油。但他们不一样,他们从来都不会说,廖智你要坚强,你要怎么怎么样,而是经常表示认可肯定,用心来鼓励我。比如,我在聊天的时候发表自己的看法,他们会非常真诚地说你好棒,你是个很机灵的女孩子,你很有责任感,等等。那个时候,我是以一个弱者的身份在接受大家的帮助,自己还无法做更多别的事情,但他们的赞美让我觉得自己是有价值的。哪怕只是长得好看,当这一点被认可,这也是一种价值。他们不吝啬给予我认可,让我产生更高的价值感。

我并不是一个时刻需要被提醒、被强调要坚强起来的弱者,而是一个有用的、有价值的人,一个有血有肉有情感的人。他们给我的最大的鼓励,就是把我放在平等的地位来尊重我。

之前有很多志愿者来看望我的时候,都会说,廖智,我当初也有过如何如何痛苦的经历,所以你现在这样也是可以承受的……其实听到这些话,并不会让一个受了伤的人更好过,虽然有感激,却很难从中感受到温情,反而会觉得自己没有资格悲伤,更不应该难过。

但当我和这群基督徒在一起的时候,我却常常忘记了自己是个受难者,他们总是让我感到很快乐。虽然他们都已经有五六十岁了,但从来没有因为与我有年龄和阅历的差距而在交谈时摆出高高在上的姿态。

比如,我们一起吃饭的时候,我说面条里放了一些辣椒,你们不介意吧?他们吃不了太辣的,一边吃面条一边流眼泪,还拿开水去涮,但他们不会说:"啊,你怎么让我们吃这个?"而是一边笑着一边说:"哇!太厉害了,这么辣的你们也能吃,是不是婴儿时候喝牛奶就开始加辣椒了呐?"我们就在这样说说笑笑的氛围里度过每一天。他们会用一举一动让我感受到朋友之间的温情,虽然他们是帮助者,我是受助者，但他们保护着我的尊严，并没有让我产生低人一等的卑微感。

他们让我感到安心和舒服。之前因为有很多媒体会来采访我，所以我也会经常听到有志愿者跟我说"廖智，你要懂得感恩，你不能因为被媒体报道了就飘飘然，你要保持谦卑的心态"。这样的话从打着帮助我的旗号的人口里说出来，会给我带来无形的压力，更让我觉得不被理解、不被信任：你们究竟是从什么地方看出我不懂感恩，骄傲到得意忘形了呢？如果一个人的感恩意味着对另一个人的摇尾乞怜、处处讨好，那么我的确不会。在我看来，拥有感恩之心的人就是会努力认真负责地生活，并愿意无条件地去关怀那些需要帮助的人——这些事我都做了。而所有被我帮助过的人，我对他们都无任何期待，不需要他们跟我说谢谢，不需要他们用别的什么来交换我的帮助，只希望他们幸福，他们的幸福就是对我曾举手帮助的最大的回报。

所以，一个人可以对另一个人肆无忌惮地凭空揣测吗？找不到实质证据去证明一个人有罪的时候，质疑这个人的动机，是最容易的定罪。因为质疑一个人的动机不需要证据，只要你说你觉得有，就有。

还有一次有流言蜚语传来，说我很会利用他人去谋取利益，原本我对这种流言并不在意，也从未放在心上，因为我知道我没有。我也知道这些流言都是在那些压根不认识我，或是不了解我的人群中传播，所以不去较真。可是有一天有一位帮助过我的前辈忽然带着流言来质问我，叫我尤其难受，那一次我切身体会到：空穴真的可以吹出风来，只要别有用心的人搬一台电风扇对着它吹就行了，并没有什么不可以凭空出现的谣言。最后，当他发现我确实并无这样的行为，便说了一句："哈哈，我也不相信你会做这样的事，你就算有贼心也没贼胆啊。"那么多流言蜚语我都不觉得伤心，可是他的话却让我整整哭了一顿饭的时间。我要如何证明自己，根本连这样的心都没有呢？

所以，这些人，都不是朋友。

如果我在生活中察觉到自己无论如何努力，都始终无法控制自己对一个人有偏见、不信任，我会主动远离他（她）。不单是因为我不信任对方所以远离，同时也是因为我不想去伤害一个我不信任的人。因为我知道一切的不信任，都代表着不爱。纵然是罪大恶极的人，纵然是被千夫所指的人，也有天然被爱的自由。我算什么？怎可以以一己之力去损害他人被爱的自由？

既然做不到爱，至少不要去伤害对方，不去折磨另一个人——这是我远离一个人的原因。是的，我也不想让一个不爱我的人来折磨我。人世间，最残忍的，并不是不爱。爱与不爱，只是一个选择，做出选择并不残忍。最残忍的是，打着爱的旗号，说着言不由衷的话，还把自己不爱的罪过推诿给那在爱里受伤的人。

我也希望别人这样对我。如果爱，就全然地爱，不行伤害，无所顾忌，毫不惧怕；如果不爱，就斩钉截铁，一别两宽。

但这群在酒店楼下认识的基督徒，他们不会像那些不信任我的人那般对我。他们真心希望我幸福，每当有记者前来采访我的时候，他们总像孩子一样快乐地对我说："哇，廖智，希望那位记者可以把你拍得很漂亮，希望那位记者真的能够帮你一些忙，可以把你真正想表达的意思传播出去……"

他们给我的反馈都是友好的、信任的、积极的。我可以非常真实地感受到，我们是朋友，我们是平等的，我是被尊重、被喜爱的。这很重要，因为一个不贪婪的人想要得到的帮助正是如此简单却难得——并不是金钱或者物资,而是当你在我身边的时候,以"与哀哭者同哭,与喜乐者同乐"的平等姿态行陪伴鼓励之事。这就是最大的帮助了。就算他们没有送给我假肢也丝毫不影响我内心的感恩与满足,因为这本不重要,重要的是,他们陪伴我走过人生低谷。在最脆弱无助的时候,人需要的仅仅只是被尊重,被认可,被鼓励,被当成一个真正的人。

我在这群基督徒的身上学到了很多,他们成为我面对新生命的榜样。

爱是谦和与忍耐

当然,这群基督徒教给我的功课还有很多。

比如,他们言而有信,如果答应了我一件事,哪怕是一件非常小的事,哪怕中间过了很长时间没有联系,他们也都还会记得,并且会把这个承诺完成。他们在帮助我的过程中,会格外留意我的想法,就算是帮我推轮椅之前,也会先征求我的意见。有时候,他们还会主动示弱,对我说:"哎呀,廖智,我们到这边什么都不熟,我们能做的事情很少,我们需要你的帮助。"

当他们说需要我的帮助,需要一个还坐在轮椅上的人的帮助时,我忽然就感觉到自己变得很有用,会很认真地、很仔细地、搜肠刮肚地去想主意,去想怎么帮助他们把事情解决得更好。

所以,如果真的想要帮一个人,就要尊重他、认可他,让他参与到你的帮助当中来，而不能只是让他坐在那里伸手接东西，要让他跟你一起讨论、商量。当帮助者这样对待受助者，或许有一天，你曾经帮助过的人就会变成一个很有用的人，也会将这种尊重与支持传递给更多的人。

这也是一种管理的艺术。

雅安地震发生之后，很多志愿者都纷纷赶往灾区，他们最容易犯的一个错误，就是带上一大堆东西，过去就开始卸货，每人发几个，发完就走，回头又会抱怨："很多灾民都领了好几批东西了，但是发物资的时候他们还会领，真是贪得无厌。"

但真的是灾民的问题吗？如果志愿者每到一个地方，只不过草草一看，觉得可能缺什么就拿过去，而连基本的询问都没有，那么问题就会出现：对方是不是真的缺这些东西呢？还是我们以为别人缺而已？

那次去芦山，我们团队一到地方，首先就是去和当地人交流，了解他们到底需要什么，和他们成为朋友，这样我们就可以得到许多有用的资讯。

"我们这里有方便面，有水，有彩条布，你们现在最需要什么？哪些用得上，哪些不缺乏了？还有什么需要？就算我们现在没有的也可以说说看，我们可以去争取。"当我们真诚地和当地人交朋友的时候，他们就会诚恳地回答。

当地的百姓会直率地回答说："水我们不用了，方便面也不用了，之前已经送过了，彩条布很有用，给我们卸几条吧！"得到第一个答案，我们就可以具体讨论需要多少、怎么分配等问题了。这样做事就不会造成资源的浪费，并且能第一时间看见听见即时信息，也避免沟通不足引起的怨言。

这也是我从那群基督徒身上学到的东西，对于受助者首先要有尊重，当你去问对方意见的时候，你也让他们参与到了分配的过程中，他们有了主人翁的意识，就会很自然而然地帮你把事情处理得很好。人和人之间，你尊重他，你认可他，他就会和你一起想办法。

我相信，一个心里面没有爱，只是想着我要去做什么的人，是做不好志愿工作的。因为如果他所有的努力都不是出于爱，而是想着要如何漂亮地完成一个任务，那整件事就已经变质了，他的很多期待会被现实击碎。受助者也是有血有肉有感情的人，他们也需要被尊重和认可，如果忽略这些重要的因素，就会导致很多矛盾。这也是为什么2008年地震之后，外面传来一些不和谐的声音，说当地的人不知道感恩，当地的人贪心不足，等等。其实这种误解，就是源于双方沟通上的失误和方法上的错误。

有的人觉得前期做这么多的沟通和调查，非常麻烦和耗时。事实上，如果不是发自内心地在乎他人，的确很难做到耐心地去对待别人。

那群基督徒正是以他们的温柔谦和打动了我。当时，我们一起出国去装假肢，在机场遇到了麻烦，因为机场方面犯了一个小错误，导致陪我同去的李先生一直无法办理登机手续。李先生虽然是温哥华当地的一家房地产企业的总裁，但他穿着简单朴素，让人感觉很亲切，他寡言少语，每次说话都透着一股憨厚诚恳。有时候，由于淳朴的言行举止和穿着，甚至让人分不清他是灾民还是来帮助别人的。

当时机场的工作人员对他的态度非常冷漠，甚至语气不尊重、不耐烦。我在旁边，坐在轮椅上，心里十分生气，明明是那位工作人员自己犯的错，却还处处刁难李先生。换任何人在这种情况下肯定都会不开心，我甚至好几次恨不得跳起来替李先生凶一凶对方，让他知道我们的厉害。但李先生并没有跟对方针锋相对，只是一再地去解释，平和地与对方沟通，以他自己觉得应该有的态度去对待对方。到后来，连后面排队的人都看不下去了，纷纷开始帮他说话，为他打抱不平。最后，这件事总算是解决了。我心里却久久难以平静，我不知道自己这辈子能不能做到可以平静地面对无礼和冒犯，但我很佩服李先生，他有一颗真正博大宽容的心。

不止宽容，李先生还有一处特质是我十分欣赏的，他待人有恩典，却绝不是滥好人。记得有一次我为一个人际关系带来的问题烦恼，正好他到了我所在的城市，我把这些烦恼告诉他，本以为像他这样善良的人一定会劝我"算了，没必要为这些事烦恼了，忽略那些不适感吧，万一你误解了对方呢，你可以给他一个合作的机会"。但他并没有这样说，反而认真地问了我许多问题来了解整件事的经过，最后，他没有给我一个答案，却很坚定地告诉我："如果这个人带给你这么多内心的矛盾和烦恼，你可以相信自己的感觉，先让自己远离这个充满试探的环境。"

那一刻，我感觉自己的感受被接纳了，进一步感觉到前方的路也清晰起来。后来我斩断了跟那个人的关系，也终于不再需要纠缠于无谓的烦恼中，多年后才知道那人的发展一直受阻，原来他也有自己需要面对的问题，这不是我可以凭一己之力去改变的。

善待他人，但不让自己陷入别人的问题中，这就是爱的界限。

我从李先生这样的长辈身上看到榜样的力量，很多过去感到无助无力的事，他们都可以用自己的爱心和智慧，引领我看见全新的风景。直到现在,他们仍是我的榜样,每当我陷入混沌不清的状况,他们仍是我的支持者和帮助者。

后来,我见的人多了,去的地方多了,也见过了各样的美景、伟大的建筑、富有的团体,常常听见身边有人说:"好羡慕这样大的房子啊,好想天天吃这种美食啊,好希望也过上这样的生活啊。"我从来没有发出过这样的感慨。因为我觉得上天已经万般恩待我了,我已经拥有了真正好的朋友和友谊。

在我生命中,这些美好的人,胜过世上一切豪宅豪车和美食。拥有这样的友谊,是我最大的财富,使我可以看轻一切被人羡慕的外在的东西。

爱是镇定与坚守

有人问我:"廖智,你是地震后变得乐观的,还是天生就乐观?是灾难改变了你,还是你的家人给予你莫大的支持?"

我想,死亡原本就是最好的老师:关于人活在世,什么最重要?别人怎么说都没有用,经历一次生死博弈,你就都明白了。和生死相比,人生没有大事。所以灾难无疑对我是有影响力的。

而我的父母,他们如此平凡,却如此智慧,他们知道滋养孩子的灵魂的最好方式,就是教会孩子如何独立承担责任;并在遭遇破败的际遇时,也依旧相信自己、喜欢自己。

是的,我很感激我的爸爸,从我出生起,他就表现出了对我无比的喜爱。不管发生在我身上的事在别人看来好或不好，他都说"因为你是被老天爷特别拣选的，所以这件事发生在你身上"。就连我嘴角的痣，他也说"老天爷给你的这颗痣特别好，是最大的福气"。不管发生什么事，他都这样说。所以我从小就觉得自己是独一无二的，好事坏事到了我的头上，都是老天爷看得起我。

这是我感谢爸爸的原因，他的话虽然不多，有些话我也未必都认可，但他指向我说的话，变一百个花样，其实都是在说"我这个女儿不一般，是可造之才"。是他这样的认可和喜爱，使我总是相信自己是被老天爷狠狠爱着的。

我相信爸爸应该是发自内心地相信，这个女儿是可造之才，所以他在我遭受创伤，身心康复的整个过程中都表现出了一种波澜不惊的态度，这对我而言也是莫大的安慰。我感谢他在所有人都以为我完蛋了的时候，依然像小时候一样，对我说"我的女儿不会白白遭遇这些事，这是天将降大任于是人也"。尽管躺在床上的我觉得既好笑又感动，不过我还是感谢他的这些壮举——作为一个父亲，亲眼看着女儿将死，又亲眼看着女儿残障，却没有表现出任何大惊小怪的壮举。

记得我刚刚结束漫长的截肢手术，被人从手术室里推出来的时候，我看到了等在外面的爸爸。我当时很疲惫，也很紧张，我怕他会承受不了这个结果，怕他看到我变得空荡荡的双腿会情绪失控、失声痛哭。可他只是安静地等在那里，迎上来的时候虽然欲言又止，可也很快平静。他看着我截肢的位置，轻声地说："至少膝盖保住了，要好好养伤才行，这么大的创口，恢复起来可不容易啊。"随后又说，"不存在（不要紧），廖智你好生休息。"

听起来轻描淡写的几句话，我其实可以感受到他的心里有多么悲伤。看到女儿遭受这样的苦难，他无能为力，无法分担，内心已经很难受了，可他不希望我察觉，仍然努力地保持着理智镇定的态度，不想要我难过。

后来，我在帐篷里面养伤，不断有朋友来看望。老朋友、老同学，一批一批地来，一批一批地哭，差不多每个人看到我的样子，都会哭泣。爸爸看不下去，偷偷在帐篷外叫住他们，恳切地跟他们说："我们廖智已经很坚强了，她都没有哭，所以你们进去之后也不要哭，要是忍不住，就先在外面哭够了再进去吧。"

这都是后来朋友们告诉我的。听着这些细节，很难不觉得心酸，同时也感动。其实看着这一切，不断重温着自己女儿的痛苦，对爸爸来说，这无疑是残酷的。他自己可能才是那个最想哭的人，可是接待我的朋友们时，他却要表现出那样的坚强，硬要安抚好探望者们的心情，再让他们进来看我。

地震之后，和震区的很多家庭一样，家里的房子垮了，店铺毁了，赖以生存的物质基础都没有了，妈妈那时还在外地，音讯全无，我截了肢，没了孩子，婚姻又支离破碎——可以想象，爸爸当时面对着怎样的压力。但他从来没有在我的面前表现出悲惨的模样，有时候甚至还会兴冲冲地向我描述自己这一天的经历，说自己去帮谁找到了钱包，遇到了什么人，把日子当成是段子讲给我听，想让我忘记悲伤，让我开心。

爸爸还找了我的前夫，对他说："在廖智面前，你不能一直这么哭下去，这不是一个男人的作为，你如果还爱她的话，就应该像我一样，去对她笑。如果你还是要哭，那你就跟她的朋友们一样，在外面哭完了再进去。"

爸爸的这种波澜不惊的处理方式，给了我很多力量和安慰。他让我觉得，所有的问题都没有什么大不了的，我的情况没有影响到我们的家庭，也没有给他带来困扰，他没有被这些事情打倒。

我要转院去重庆的时候，爸爸就跟我商量，他说我前夫是最适合陪我过去的，问我怎么看。我说我不要他跟我过去，他帮不上忙不说，只会徒增我的忧愁，我让朋友陪我过去。他便说："你这样想是对的，那就让你的朋友陪你去吧。"当面对不确定的变化时，只要我平静面对，他便也一脸平静。

包括后来雅安地震，我要第一时间去芦山做志愿者，爸爸原本在附近公园上班，下班一回到家便听说我在打包要出发了，换作其他人，可能会诸多顾虑犹豫，毕竟家里只剩这一家三口了，谁知道去了会有什么危险在前方等着呢？但他听完我讲的话，立刻镇定地说："你去是对的，让你妈跟你一起去。"这种语气给了我很大的鼓励和安慰。

每次，爸爸能认可、相信我的判断，都在把我朝更加独立、自信、负责的方向推进。

这就是我爸爸爱我的方式。

他很少说话，却一直在我身边，执着地陪伴我。一路过来，他给了我最安心的支持。

爱是隐瞒与包容

地震发生的时候,妈妈并不在我身边。

她并不是有意要缺席,当灾难发生的时候,她滞留在外地,心急如焚。她给家里打电话,把我们所有人的手机号码都拨了一遍,可都无法接通。她看着报道,看看新闻,一边寻找我们的消息,一边隐隐觉得害怕和绝望。她也想过，或许家人都已经不在了，或许一个人都没活下来……但她不敢想下去，她东奔西跑到处找人打听，最后找到红十字会，终于辗转联系到了医院。红十字会的人给爸爸打了个电话，确认信息之后，要妈妈第二天再打来。

接妈妈电话前的那天晚上，我跟我爸就开始商量要怎么告诉妈妈这些事。

我当时想，暂时先不要告诉妈妈这儿的真实情况，因为妈妈还在外地，一时半会儿也赶不到这里，要是让她听到了我被截肢，她一定会把事情想象得更可怕、更糟糕。所以，我们决定先把事情瞒下来。

到了第二天，妈妈打来电话，爸爸先接了。一听到妈妈的声音，爸爸忍了很多天的眼泪瞬间就下来了，但他还是说，没事没事，是自己受了一点儿轻伤在医院检查，廖智在医院陪着。妈妈坚持要让我接电话，爸爸却怕我激动，就说："廖智现在不方便。"我在旁边听妈妈的语气已经急了，赶紧就接过电话说："我们一家人都好好的，没事，就是房子垮了，房子不要紧嘛！"

那边妈妈已经哭得稀里哗啦了。她说她一听到我爸不让我来接电话，心一下子就凉了，以为我死了。我在电话里就笑了说："你女儿命很大的，哪有那么容易死掉啊？"妈妈也乐了，说那她就放心了，她会赶紧赶回来的。

我说："没事儿，你不要急，你慢慢回来，慢慢坐车，安全最重要，我一直在德阳等你来。"

但到了妈妈回来的前一天，因为治疗计划的变动，我马上就要转院去重庆了。没有办法，我只能再给妈妈打电话解释，这次也瞒不住了，我便对她说："其实我也受了伤，医院统一要求我们去重庆治疗。

但是你别着急，没有大事儿，就是稍微重一点点的伤，你听我的声音也听得出来肯定没什么大事。"妈妈就连忙问："是什么伤？"我说："你来了就知道了，不用太担心。"

之所以这么一直半遮半掩地不对妈妈说实话，是因为妈妈的性格跟我爸爸完全不一样，她是一个比较情绪化的人，遇到事情很容易激动。当时，我们最担心的是她在路上出意外。因为地震之后的那段时间，很多人四处寻亲，心里焦急，在路上等不及就从车上跑下来，出了很多车祸，这都是大灾难带来的次生灾祸。所以，我反复告诉妈妈不要急，慢慢往医院赶就好。

于是，妈妈就没有回德阳，她都没有看到灾区成了什么样，就赶到了重庆。她到的时候很不巧，刚好遇上我换药。

换药是我最害怕的事情，平时都是我的朋友抱着我，我把脸埋在她的胸前不敢看，我不希望妈妈看到我最害怕的样子，她会心碎的。那天朋友下楼接妈妈，接了半小时都没有回来。有个护士跑过来说："不知道电梯口哪家子出什么事儿了，两个女人在那里哭得哇哇的。"

我一听这话，就知道肯定是妈妈，鼻子一下子就酸了。可就在这个时候，换药车来了，我心想，怎么这么不巧，但也只能开始换药。刚开始换药没多久，妈妈就进来了。我特别想让妈妈放松一些，想让她感觉这不是一件严重的事，所以就尽可能轻松地看着伤口，让护士换药。这是我第一次亲眼看到自己换药的过程，我很想表现出不疼，但其实就是很疼。我努力想挤出笑容，可我又紧张又疼，笑的时候嘴角就开始抖，一直抖。妈妈也跟着笑了一下，笑得很不自然，然后她的鼻子就红了，眼圈也红了，转头就跑了出去。

我知道，妈妈肯定是出去哭了，我在病房里也跟着哭起来，然后努力调整自己的情绪。过了好一会儿，她才回来。正巧之前那个护士又走过来，看到妈妈才惊讶地说："原来刚刚在那里哭的，是廖智的妈妈啊。"她在电梯口经过了四五回，每回都看到妈妈和我朋友在那儿抱着哭。

朋友也和爸爸一样，在妈妈见到我之前，一直跟妈妈说："廖智很坚强，很努力在养伤，阿姨你进去之后别哭，别让她难过。"就这么说着说着，两人就哭起来了，一直在外面哭够了才进来。

爱是守护与依赖

妈妈来了一段时间之后，终于慢慢放松下来了。

因为我的状态一直比较稳定，并没有这一秒还说说笑笑，下一秒就又哭又难过。我跟大家聊天，讲笑话，去看其他病房的病友，经常出去医院坝坝里散散心，所以陪伴我的人都会慢慢放松下来、轻松下来。妈妈也是这样。

妈妈来了以后，我就跟她开玩笑说："妈，一年不见，你都长这么胖了，都胖得像棒棒娃（棒棒娃是我们当地的一种牛肉干包装上的一个胖乎乎的形象）啦。"妈妈就半嗔半笑地跟着乐。但等到我们出院的时候，妈妈整整瘦了十斤。这十斤都是累瘦的，她抱我上下床，帮助我大小便，替我洗澡……我在她的面前，就好像又重新从婴儿开始活了一遍。

妈妈其实已经做好了打算，想一直陪在我身边，她实在是世界上最棒的照料者,她待我的温柔和耐心胜过她对待其他所有人。妈妈时常让我觉得自己就算是一文不值,她也绝对不会有半分嫌弃,她只会心疼我,只会尽心尽力来照顾我。

但我是个不安于现状的人,我一直想要独立生活。为了这件事,我们俩也产生过不少分歧。

地震第二年,我打算成立一个艺术团。当时我使用假肢还没有到非常自如的程度,可我想自己一个人去处理所有事情,但妈妈不同意,最终我还是一个人走了。因为这件事,妈妈整整两个月都没理我,不跟我说一句话。可她并不是不关心我了,而是担心我,那段时间她其实很想知道我的情况,但她忍着不问我。她曾偷偷给我们团里的人打电话,问完我的情况之后又反复叮嘱他们别告诉我。

有一次,我带了两个朋友一起回家去,给爸爸买了一部手机,给妈妈买了一些衣服。可妈妈没理我,就跟我的朋友说:"你问问廖智,她今晚要吃什么菜,她爸爸好去买。"当时我就坐在那儿,朋友很茫然,问我:"你妈说的话你都听见了吗?"我就说:"嗯,你告诉她,我随便吃什么都可以。"

不知为何,我和妈妈是如此深深地爱着彼此,却常常像孩子一样在互相赌气。

那时候我只是想要独立生活,但妈妈的想法却是要一直守护在我身边,她要一直陪着我。有一天,我忍无可忍,问妈妈说:"你是不是太闲了,没事儿做,要时时刻刻都跟我在一起?"妈妈就很难过,她说:"我是因为爱你,我就是关心你,我不希望你受伤。你以为我不知道吗?你们团里的人都告诉我了,你老是摔倒,你以为我不知道吗?你前两天又在火车站摔倒了……"妈妈说着说着就开始哭,她有太多要担心的事情了,在妈妈的眼里,孩子永远都是孩子。她说:"你天天都去想别人怎么样怎么样,你要怎么帮别人,你自己呢?你什么时候谈恋爱?你什么时候能有人照顾?你有没有想过以后我们要怎么继续生活下去?"

我心里又心酸又难过,说:"我在努力,我一直都在努力。"妈妈就哭得更厉害了,她说:"你都这样子了,我还要你去努力,我应该自己努力才好啊……"那一刻我才知道,她为不能替我承担人生的重担感到愧疚——她认为陪在我身边照顾我的起居生活,就是她唯一还可以给予我的爱了。

而我又何尝不明白她的爱呢?可是,孩子已经长大了,长大到已经不需要父母一定要再做些什么,也百分之百确定、知道他们是爱她的。

妈妈是一个感性的人,我要像哄孩子一样去安慰她。我们之间的关系或许有些特殊,妈妈对我的依赖要大过我对她的依赖。她在我身边会觉得安心,如果看不到我,就会胡思乱想。

有阵子我去公司上班,从家里到公司需要公交转地铁一个半小时才能到,所以早上五六点我就得离开家,有时候赶上巡查店铺,就得晚上十点左右才回家。当我回得晚了,一打开门,看到的绝对是一双泪汪汪的眼睛。

"你怎么这么晚才回来?你们那是什么老板?我要给他打电话,叫他让你早点下班。"妈妈会红着眼睛替我打抱不平。有时候,她还会带着吃的跑到轻轨站去等我。好几次我俩错过了,我回到家又找不到人,只好在家门口等着。

妈妈以她的方式疼爱我,把我当成了一个小孩子。也许地震带给我的创伤很大，但作为当事人，我并不觉得这很残酷，但是妈妈接受不了，如果可以的话，我相信她宁愿受伤的人是她。现在我自己在养育孩子的过程中，便更能体会妈妈的爱了，那是多么绵长细密，渗透到每一滴血液里的关心和牵挂。

去做艺术团团长的两年里，我都不在家。为了让爸妈有件事做，我把自己的一些积蓄拿出来，又让他们也凑了些钱，鼓励爸妈在德阳开了一家小小的照相馆，又买了一批婚纱，让他们去做生意。作为支持，我也去穿他们的婚纱，给他们当模特，拍了一大堆的照片。

有时候，妈妈会突然从德阳跑到成都来看我。我当时是团长，自认为在团里是需要威信的。有一天，我召集大家开会，正非常有激情地跟大家说着鼓励的话，宣告我们的未来是美好的！妈妈突然就"咚咚咚"地跑了进来，端了盘芹菜炒肉丝说："廖智你快点儿坐下来，我给你炒了这个菜，你最喜欢的，快来吃一口。"我瞬间感觉整个人的气势就降下去了，我又变成一个小孩子了，团里的人都嘻嘻哈哈地笑我。我也拿妈妈没办法，这真是甜蜜又可气的爱的负担啊！

每当我觉得自己充满气势的时候，妈妈就像一根针，用她的关怀在"气球"上一戳，我就泄气了。但我身边的人都很羡慕我，妈妈总是很容易勾起别人对妈妈的渴望。事实上，现在的我已经越来越能安享来自妈妈的关心爱护了，也许曾经20来岁的我太渴望被外界认可，所以很怕妈妈来泄我的气，但现在的我已经不需要来自他人的认可，内心已经有了坚固的自我认可和底气，所以妈妈的爱对我而言，便是繁忙生活中的锦上添花。随着父母逐渐老去，我更珍惜这温情时分。

妈妈曾因地震发生时不在我身边感到自责，我完全能够理解她的感受。我的朋友也曾跟我说过："如果地震的时候我们一起去海南旅

游,就什么事儿都没有了。"(原本因为婚姻的痛苦,在地震前的那个周末我曾跟朋友相约去海南散散心)

我说:"不,如果我真的去海南旅游,回来却看到女儿没了,我一定会疯了,我会崩溃的。我宁愿拿一双腿去换跟女儿在一起的那段时间。如果上帝给我一次新的机会,让我保住双腿,但要我失去女儿,那我还是会毫不犹豫地选择和女儿一起经历这些苦难。虽然我救不了她,但至少灾难来临那一刻我是和她一起度过的。"是的,这就是妈妈的心情,所以我完全能理解妈妈对于我这牵挂又揪心的爱。

有一次,我去录一个心理访谈的节目,评论员现场争论了起来,有人说妈妈这样是不对的,会让女儿产生很多压力。刚开始的确是这样,我很恼火,我不希望妈妈拿我当小孩子那样照顾,因为这会给我一种感觉,是不是因为我做得还不够好,所以她不够信任我,不能放心、放手让我自由闯荡。

但是后来慢慢我就理解作为妈妈的担忧了,我就想,我何必有压力呢?妈妈开心就好。有时候,爸妈在楼下等我回家,我会觉得他们好累好辛苦,不想让他们在那儿等。但是妈妈觉得,只有在楼下等着,她才能安心。那就让她等吧!这种来自父母的牵挂,我都是很久以后才明白的。

只要妈妈觉得这样做,她能安心,她能快乐,哪怕这样做,她会很累,那就让她去做吧!有什么关系呢?我也是一样啊。我甘愿陪女儿度过最可怕的时刻,也不愿拿这段时光去换回两条腿,还有什么比这份爱更重要的呢?

这大概就是为人父母的心吧。

爱是直面内心的伤痕

关于孩子的事，我至少有一两年的时间都无法释怀。

其他的事，我都可以慢慢接纳，慢慢说服自己，慢慢得到治愈，但孩子一直是我心里面的一个黑洞。我很怕别人跟我提孩子，你可以随便拿我的腿开玩笑，反正我装上假肢之后，生活已经越来越方便了；你也可以说我的婚姻，反正我已经勇敢地跟过去告别，不再在其中纠缠不清，我可以开始期待新的感情。但是孩子，我不敢提，也不想听。这是很难释怀的事。

记得2009年的一天，我收到来自一所震后学校的邀请，对方邀请我去看看地震致残的孩子，一开始我条件反射般地拒绝了。但后来他们又打电话给我，我才鼓足勇气准备先去看看。那一天有电视台的人和我同去，我很紧张，也很迟疑，毕竟之前六一儿童节我在医院里已经失控过一回了。但他们不断给我打气，说那些孩子非常需要我的鼓励。

于是，在开始分享前，我先表演了一个小魔术，但是变到一半的时候，我看着教室里孩子们亮晶晶的眼睛专注地盯着我，忽然觉得很紧张，我感觉手心开始出汗，手开始发抖。结果魔术露馅儿了，藏在袖子里的一团纸掉了出来，下面的孩子们都看傻眼了，不知道发生了什么事，看我紧张的样子就开始笑。我也跟着笑，笑着笑着，我感觉眼泪像滚珠一样往下掉，我怕他们看到我哭，就转过身去对着黑板，不断对自己说，不能哭，不能在他们面前哭。但情绪压不住理智，我没法控制住自己,于是哽咽得更厉害了。

孩子们都愣住了。教室里鸦雀无声。

我吸了一口气,转过身去解释,说没事儿没事儿,我可能有点儿情绪化,也不知道为什么我就哭了。我一边解释一边想笑出来,可眼泪还是不断地掉。有一个女孩子站了起来,她跑到讲台上来抱着我说:"廖老师,我们都很喜欢你,你不要哭。"然后其他孩子也一个一个跑上来拥抱我。

那天,我站在讲台上,被这群孩子簇拥着,哭得无法停下。这之前所有不敢提及的痛、无法倾诉的伤,仿佛都在那一瞬间从我的心里倾泻出来。我一直在哭。这也是地震之后第一次这样痛快地哭泣,我为自己所失去的孩子哀悼。

有了这次经历,我觉得我还是不要再和小朋友们在一起了,我希望他们可以很快乐,不要受到大人情绪的影响。到了秋天,我又接到一个去看望地震致残的孩子的邀请,我努力婉拒,但对方非常诚恳,说孩子们状态很好,他们想学跳舞,现在没有老师懂得怎么教残障的孩子,你先来看看吧,能教就教,不能教也没关系。

就这样,我带着艺术团的成员一起去了。见到孩子们的时候,是在操场上,他们正在做游戏。有些学生也是装了假肢的,但我完全看不出来,他们的状态真的很好,我也开始有信心去和他们接触。

接下来的那一周,我就开始教他们跳舞、唱歌、朗诵,和他们待在一起。很奇怪,我的情绪居然没有失控。可能是因为注意力都集中在他们身上,让我没有空去想自己的事。

我看到有一些装了假肢的孩子,尤其是女生,不愿意被人看到假肢,就总是穿着长裤子,不穿裙子,也不愿意坐轮椅。有一些很小的事,孩子们明明可以自己做,但也会去找父母、老师和同学帮忙。我便开始想"我可以去改变他们的这种不自信和过度依赖"。所以,等那一周结束后,校长问我愿不愿意继续留下来和孩子们在一起时,我爽快地答应了。

那时候我带着团队,日常要工作,所以一到周末就去陪他们,整天和他们在一起。

对待这些受过伤的孩子,我的想法和其他社工、老师、家长的想法不太一样。我不想无限度地去顺着他们、宠溺他们,我会比较严格,就像当初教我的舞蹈老师对我一样。有时候,我教给孩子们一些舞蹈动作,他们的第一反应就是做不了,因为手脚不方便。我会说:"你只有一条腿不方便,我两条腿都是假的,如果我能够做到,你是不是也可以?"他们就不说话了。

我就示范给他们看,他们刚开始还是很抗拒。我也不再多说什么,只是一遍又一遍地示范给孩子们看,跳了四五次的时候,有的孩子就会过来试试看了。只要有一个孩子开始试,其他孩子就会慢慢跟着练习,从一个动作到两个动作,慢慢地,大家就开始跳起来了。

爱是尝试与不退缩

其实跳舞并不是目的,我只是希望通过舞蹈,让受过伤的孩子们一点一点地去重新接纳自己,找到信心并认可自己的美丽。为此,我做了一整套的计划,打算慢慢打开孩子们的心房,让他们重新认识自己。

我们的艺术小组里并不是只有残障的孩子,也有身体健全的孩子。而残障的孩子通常在一开始都更加敏感,他们不愿意坐轮椅,也不愿意被人发现自己的假肢。

有一次,我编了一支舞蹈,就带着我的轮椅过去。那些孩子一看到轮椅就很紧张,有的人直接说:"老师,我不会表演这种坐轮椅的节目。"我说:"我没有要你们来表演,我就是自己今天不舒服,想要坐在轮椅上,你们能接受老师坐着给你们上课吗?"

他们就说:"能接受。"我说:"那谢谢你们,你们很善良。"

那天,我就把假肢卸掉,坐在轮椅上。下课的时候,我把假肢举起来说:"你们知道吗,我的两条腿都是有名字的。我的左腿叫大象,右腿叫粽子,你们看像不像?你们的腿有没有名字?"

他们一开始觉得很惊异,然后就开始笑起来。因为我先拿自己的腿开玩笑,他们也开始拿自己的身体来调侃。他们很快投入到兴奋的讨论中,说我的腿叫什么,你的腿叫什么。之前的难堪和尴尬就这么不知不觉地化解了。

第二天,我连上了一个小时的课。以往都是中途要休息的,但这次我故意没有停下来,一直站在那里。等到一个小时之后,大家都站得累了,我让我的朋友推了好几把轮椅过来。我说:"今天我们没有别的地方可以坐,房间里的凳子都撤走了,你们如果累了就坐轮椅,要不然就一直站着。"女孩们比较听话,也实在是累了,就纷纷坐下来。男生们大多比较叛逆,彼此看了几眼,就一直逞强站在那里。

我说:"喜欢站的可以站着,没关系,我们坐轮椅的来做游戏吧。"我们就用轮椅玩各种各样的游戏,开火车、接龙、旋转……我们玩得很开心,站在旁边的男生也露出了羡慕的神色,他们忽然发现,原来坐轮椅并不是一件羞耻的事,而是一件很正常的事,坐在轮椅上照样可以很快乐。所以,男孩子们也渐渐挤进来,加入我们中间,在轮椅上放肆大笑。

我希望孩子们能够客观中肯地看待这些辅具,而不是排斥和惧怕。身体的残障需要正视,面对残障最自由的方式,不是隐藏或把自己伪装成和其他人一样,而是承认它、接纳它,与残障快乐地共处。只有从内心深处和那些令我们不自由的事物达成和解,我们才可以轻装出发。

后来,我让艺术团的成员去编排一个短剧,讲的是一个女孩子从轮椅上跌下来,然后在大家的鼓励中重新找回自信和快乐的故事。

那时候,这个残健共融艺术小组的人员已经越来越多了。最初,三分之二的都是身体残障的孩子,后来,来参加的健全的孩子也越来越多,几乎是一半一半。当我们一开始讲述这个短剧剧情的时候,孩子们都理所当然地以为我会挑选一个残障的孩子担任轮椅上的女主角。但这并不是我的本意,我挑选了一个健全的女孩子,还是同学们认为最好看、最开朗的女生。孩子们很惊讶,我却早有计划,我希望不管是残障的孩子还是健全的孩子,都能通过排练这支短剧来学会互相理解和互相支持。

在这么多人面前演戏,又要表演一个残障的孩子,那个被选中的女生觉得自己没法做到,一直都突破不了心理关。后来,所有的孩子,不管是残障的还是健全的,都过来鼓励她,告诉她:你可以的,你没问题的,你就坐在那里,然后跌下去就好了。孩子们还纷纷上前示范给她看,但那个女生一直很害羞,虽然大家都在鼓励她,她却一直不愿意演,最后都哭了,说"我不行,我做不到"。

当时,社工们就来找我说:"廖智姐,你就不要逼她了,她不爱演就算了。"社工们对这群孩子一直特别照顾,想要维护他们的尊严。我说:"我知道你们的好意,自尊心是好的,但是如果他们的自尊心太强、太敏感了,就会使自己的认识产生偏差,会变成易碎的瓷娃娃,只能听理解的声音和赞美的声音,听不得任何跟自己所想不一样的声音。这样的呵护,从长远来看更是一种伤害,会让孩子们变得更脆弱,而不是更坚强。我曾经遇到过一些残障的成年人,他们的内心非常敏感,在路上有人对他们微笑,他们都会觉得那是种嘲笑。这是很可怕的,这对他们的人生没有帮助。我们的小组是安全的,是没有伤害的,是友善的,孩子们需要在安全的环境中感受到他们可以跨出自由的一步,孩子呈现出来的退缩不是不喜欢、不想要,而是迈不过内心的坎儿,我们要帮助他们迈出这一步,而不是任由他们被限制在里面。"

因为在教育孩子的方式上产生了分歧,我觉得有必要先统一大人们的思想,于是,我让孩子先去自由练舞,然后我和社工团队到旁边去开了个小会。

我坚持认为孩子们的自尊心虽然重要,但健康的人格更重要,我们需要去锻炼他们,而不是过度保护和迁就,要陪孩子站在一起,直视他们所害怕的事物,而不是把他们拉到大人的身后,让他们看不见自己的惧怕。可能因为我非常坚持,几位社工也没办法,就说"那好,按你说的去试试吧"。他们抱着质疑的态度在一旁观望。

我就去找那个女孩聊天,问她准备好了没有,我们要来试第二次了。我说:"你可以哭,可以反抗,我在每次跨出新的一步的时候也会害怕，会害怕是正常的反应。但是我相信你一定会做到，你既然扮演了这个角色，你就有能力做好。你看你身边那么多同学都在为你加油，他们真的都很信任你，你一定可以扮演得很好。"她一边听一边还在哭，哭完了之后，她说："好，我试试看。"

于是，我们开始第二轮排练。从头开始演，当演到那一段剧情的时候，女孩又卡住了。全场很安静，我一直看着她，我说："要不然我们再从头来一次，你别紧张，没有人会笑话你，我们都支持你。"之前她演不好的时候，有的孩子曾嘻嘻哈哈地笑她。但那一刻，因为我认真的态度，所有的孩子都没有笑，只是严肃、认真地看着。之前开玩笑的男生甚至还在旁边小声说"你别怕，我们都支持你"。

等到我们再来一次的时候，那个女生终于从轮椅上跌下来了，她的表演非常真实，后面的剧情也展开得很好。舞蹈结束之后，我过去拥抱她说："你表演得真的太好了，超出我的预期，你看，你完全有能力做到。"她也抱着我，又开始哭起来。社工们很紧张地围上来，我说："你们不懂，她现在的眼泪是开心的眼泪，她是在高兴自己冲破了这一关啊。"那个女孩子和我相拥着，一边哭一边不住地点头，果然一会儿就破涕为笑了。

那天排练结束之后，我把所有残障的孩子单独召集了起来。我说："你们看到没有，不是只有你们才会不自信，就算是一个在大多数人看来很美丽很优秀的女孩子也会有自卑的时候、走不过去的时候。你们可以鼓励她，她也会需要你们的帮助。所以，你们在人格上、价值上都是平等的，有些事儿你们需要别人的帮助，就大大方方地去接受帮助；有些事儿你们自己能够做到，就一定要去挑战，勇敢地去做。"

这次聊天在这群孩子们的心里引起了怎样的波澜我不知道，但是2010年夏天，当他们赴港在上千名香港学子面前登台表演时，每一个人都表现得坚定、成熟。

地震之后，残障的孩子们也在寻找全新的自我，在许多成年人看来，这些孩子就是不完整了，弱于常人了。这样的心理暗示会剥夺孩子的价值感，于是他们很容易退缩，觉得自己失去了美丽的资格，不愿意打扮，也不敢展现自己。但这一天，每个孩子，无论残障的或是健全的，都穿着漂亮的衣服，脸上化着明亮的妆，沉浸在舞台的灯光下，表演得很出色。在场的每个人都能感受到他们的力量，台下掌声不断。

我们去了很多不同的学校演出，最后一天演出谢幕的时候，孩子们站在台上，和香港的学生一起玩溜溜球，然后拉着手开心地谢幕。我站在旁边，眼泪"哗"就下来了。不止为这些孩子们，我忽然意识到，这个坎儿我终于迈过去了。

和这群孩子相处的大半年时间里，我把所有的精力都放在了他们的身上。过去，我总是为自己的失去难过，为我的孩子难过，为自己不能保护虫虫而自责懊悔。但在这一年里，这些孩子带给我莫大的帮助，他们让我感觉到，我还可以继续去爱别的孩子，就像爱自己的孩子那样爱他们。

我终于释怀了。我终于走出来了。

爱是救赎与治愈

当社工一开始反对我的想法时，我也有过很深的挫败感，会自我怀疑，怀疑自己的方法究竟对不对。我买了很多书看，关于爱与自由的，关于发展心理学的，我不断探索研究，去寻找答案。我也有很多不确定，但每次当我想到，如果这是虫虫，是我的孩子，我一定会用这样的态度去对待她，我爱她，但不会溺爱她，哪怕她不理解，也不要紧。因为我是为了她的益处着想，在孩子长大之前，她就是需要看得见的榜样和坚定的方向。我可以承受教育过程中的压力。

就是带着这种为人之母的心态，我才能够坚持到最后。一年的时间，并不容易坚持。和我同去的人，到最后就只剩下我一个人了。我每周五下午去，周日晚上回来，来回坐车都要三四个小时。最糟糕的一次，是下着大雨，我妈不放心，我只能带着她一起去。能坚持下来，完全是因为我觉得，如果这是虫虫，我一定会去。

所以在港演出的最后一天，我站在台旁，真的就想明白了。我想，为什么上帝要带走我的孩子，他是希望用我所受的伤去祝福这些孩子，如果我没有失去过，就不可能去坚持做这些事。我不是那种善良到可以付出一切去帮助别人的人，我也只是一个普通的女人，也会累，会有各种情绪，能够坚持下来，唯一的原因，就是我失去了自己的孩子。

或许这就是上帝给我的弥补，让我变成了一个肯对儿童心理教育下功夫的人。其实教孩子真的是一门需要花心思的艺术。在那一年的时间里,我经常晚上睡不着觉,因为有时候我看到孩子们遇到一个问题,自己走不过去,我也不知道要怎么去帮他们,就会有压力。我不停地去找资料,去看书,想要从中寻找答案。也是在那段时间里,我去报考了心理咨询师,去学习青少年的心理学知识。我想了很多很多的办法,就是为了做好这一件事。

在那之后,我才开始在人前说,我要结婚,我要生孩子,我要生一对龙凤胎,有儿又有女。

直到2010年之后,我才敢说出这样的话。

在那之前,我对身边的人都只是说:"除非我遇到一个不想要生孩子的男人,否则我是不会再嫁了,因为我无法接受再生一个孩子,我觉得我做不好母亲。"

因为失去虫虫，我心里有很大的挫败感和空洞感，我觉得是我没有保护好她，我趴在婆婆的背上要保护虫虫，可是最后还是失去了她，我迈不过这个坎儿。我很愧疚，觉得自己选择的方法是错误的，所有的事都成为压力，让我怀疑自己。但这群孩子帮助了我，他们让我发现，我可以做好一个母亲，我可以教好孩子，可以好好地去爱他们。

所以，到了那个时候，我才敢说，我要再结婚，要再生孩子。

这些经历过破碎的孩子对于我而言是何等坚强，他们陪我走过最脆弱的时光，他们全然信任和接纳我的陪伴和教导，他们是我的救赎，我非常感谢他们。

爱不会因为失去而停止,反而因为给予,而永不止息。

——廖智手记

Chapter 11
放声笑吧，就像从未受过伤一样

我的软弱让我保持警醒，
我知道自己有几斤几两，更知道我目前还缺少什么。
就像要建一座高楼，我知道我只有这几块砖，
只能建这么高。
如果我一定要建得更高，楼就很容易塌掉。
等到我各方面的积累和整个人的心态到了那个程度，
我再去拥有我应该拥有的东西，那个时候会更好。
一切就不会那么容易被摧毁，
就算被摧毁了，我也不会乱，不会崩溃，
因为我可以再一次重建，这一切我都已经熟谙于心了。

就算是世界末日，也要笑得像个傻瓜

从汶川地震到现在，很多人见到我，都觉得我乐观得不可思议。其实对我来说，在最困难的时期，唯一能帮我打发走绝望的，就是这不可救药的幽默感。

最早是我被截肢的时候，在灾区简陋的帐篷里，那长达一整夜的手术中，巨大的恐慌和紧张一直笼罩着我，我努力想让自己镇定，于是就不断地跟医生开着玩笑。在那种氛围里，最开始的快乐肯定是硬撑出来的，因为你不得不这么做，想要转移自己的注意力，想要减轻那些痛苦，必须这样做。但哪怕硬撑出来的快乐也会让周围的人变得开心，他们对待你的态度也变得更为亲和，你自己也就渐渐地松弛下来了。

我渐渐就有了经验，遇到什么紧张恐惧的情况，都会以幽默的方式来化解。在用假肢试着走路的时候，我摔倒在马桶上，头上瞬间鼓起来一个大包。

我疼得号啕大哭，哭够了，看着镜子里满脸泪痕的自己，瞬间就乐了。我对着镜子说："廖智啊，快看看你自己，你怎么会哭成这个样子啊！你哭得好丑啊！真该拍张照片留念啊！"原本很痛苦、很难堪的一件事，这么自我解嘲一番，顿时就觉得轻松多了。

爸妈知道我在外面摔倒的事后很担心，也很难过，于是我就绘声绘色地把我摔倒的情形讲给他们听，当然说的是另一个听起来更欢乐的版本。我说："你知道吗？我当时还拖着一个箱子呢，结果上了那

个斜坡,就变成了箱子在拖我,整个人'咚咚咚'被一个箱子拽着跑,路过的人都不知道要不要来帮忙,心想这是什么情况啊……"我讲着讲着自己就开始乐,然后爸妈也跟着笑,人就放松下来了。

其实,生活中难免会有遗憾,不过面对遗憾,真的很需要这样的幽默感。幽默就像是对破碎不堪的嘲笑,使我们能勇敢正视一切不幸,继续轻装上阵。

生命这么美好,为什么要在痛苦中与挣扎中度过呢?

2009年春节,我回老家做义演,一个小兄弟陪我一起去。当时正赶上春运,我们要从德阳坐公共汽车到绵竹。到了车站,等车的队伍都已经排成了抛物线,从这头排到那头,至少得等两三个小时。

在原地站三个小时,这对于当时的我来说,是一个很大的挑战。我那时候还在适应假肢的过程中,最多也就只能站一个小时。小兄弟为了照顾我,就到队伍的前面去挨个儿问人家,能不能让我先上。但在那儿排队的人都已经等很久了,所有人都着急上车,心情焦躁,不愿意让我插队,说着说着,小兄弟一着急就跟他们吵起来了。我赶紧把他叫回来,我不喜欢被围观、被差别对待的感觉,所有人的目光都集中到我身上,就好像发生了什么严重的事。

像我这样的残障者,只能等人自发自愿提供便利。一个普罗大众都看作是"弱者"的群体,越是很激烈粗鲁地去争取,越是会让人懒得搭理,还会落下更多不利于自己的话柄。尽管弱势群体的需要和权益是应该被重视的,但人的天性就是不喜欢被要求。所以,越是有需要未被满足的人,越是需要克制和讲理;但往往很多人因有较多合理需求而又被拒绝太多次,处于应激状态中时便很难做到克制,这就导致了理想和现实之间的矛盾。

虽然不公平，但世界本来就不是个完全公平的地方，我接受。我知道没人会喜欢一个不礼貌的人，就算要争取权益，也得心平气和地去游说，而不能以粗暴的方式去强迫其他人。强迫来的帮助，就变成道德绑架了，我从不用自己的软弱去"绑架"其他人。每个人都有选择的自由，我尊重。

无论如何，小兄弟受了挫，看起来很不开心。后来，我拿他没办法了，就把相机给他，说："我们来拍照吧！"我在镜头前摆出各种好玩儿的姿势，把他逗乐了。于是，我们俩就开始疯狂地在那拍照，一边排队一边拍。虽然最后我们还是排了三个小时的队，但时间已经变得没那么难熬了。

因为就算再不想等，但事实已经如此，也没有别的选择，与其揪着心抱怨和生闷气，不如去做一件有趣的事情，做让自己快乐的事，这样就会感觉时间过得飞快。

我们俩一直在拍来拍去，欢乐的情绪也渐渐感染到其他排队的人，大家都开始自娱自乐起来。然后，就有人说，有没有扑克啊，坐在这里斗会儿地主啊。还有的人就在原地开始唱歌。我发现快乐比抱怨更吸引人，它会让人轻松下来，会让人发现原来一件事情可以有不同的面对方式。我们除了站在原地抱怨、不满以外，还可以做点别的。

有一次，我去香港参加一个残障艺术家的艺能演出，那次我们要跳《鼓舞》，我带了四个男孩子去做我的伴舞，他们四人当时还是在校大学生。我们早上六七点就出发，要等到下午六七点才能上台，中间要等十几个小时。我是已经等习惯了，为什么我有随手拍摄的习惯？因为我的工作总是有太多时间需要耐心等候。每一次候场的时候,我要么看一本书,要么随手拍照、拍视频做记录,总之就是做一些让自己开心的事情。我知道生命可贵,要尽可能让度过的时间变得充实,让内心的空间被快乐和幸福填充,而不是被孤独、埋怨、不快的情绪包围,所以,我会选择去听能带给我幸福感的音乐,随手拍摄记录美好的瞬间,看能让我投入其中的好书。

在香港,我和四个男孩子一直等着,前两个小时还好,我们刚到新地方的新鲜劲儿还在,甘愿傻等。等到后来,我感受到男孩子们的情绪开始变化了,氛围走向压抑。我暗暗想办法,沉默了好一会儿,我突然跳起来说:"我们来玩吧!我们来玩过家家!你们男孩子小时候没玩过吧。"他们说:"没有,不好玩。"我说:"不,很好玩的,没试过就应该来试试看,过家家其实就是扮演,大家来扮演不同的角色。"刚开始,我们都很茫然,扮演什么角色呢?我突发奇想:"你看我们今天穿的衣服都是黑色的,我们可以扮演黑社会。"

就这样,我们把所在房间的东西全部搬了地方,把椅子、凳子摆成我们想要的样子,还有个电话,是坏的,没人要,正好做道具。

我拿着电话装"大姐大"的样子,男生们也开始觉得有趣了,他们开始设计剧情和摆出各种pose(姿势),我们还找了一个香港的工作人员过来帮我们拍照。工作人员虽然和我们不认识,可他原本也等得很辛苦,正好被我们邀请过来一起玩,后来就完全跟我们玩在一起了。这个工作人员玩得很high(兴奋),不想走,还一直给我们拍照。我们拍了很多照片,摆各种pose,还趴在墙壁上,拍那种像壁虎一样连在一起的照片,又拍了一组装死的照片,在地上躺了很久。

我们想玩得更有意思,便商议好躺在地上五分钟不动,于是就不动了。刚好有别的工作人员打开门走进来,想问我们准备得如何。结果一看到我们全部躺在地上一动不动,他都愣住了,不知道发生了什么事。我们就想,一定要坚持五分钟,不理他,不管他说什么,我们都一直躺在这里不理他。这个静止的画面要保持五分钟。那位工作人员一直问:"发生什么事情了,你们怎么了?"但是,无论他说什么,我们都不给任何反应,一直闭着眼睛躺着。

后来,有一个人说:"老大,时间差不多到了。"我们才把眼睛睁开,一起笑了,工作人员这时候才了解到我们究竟在干什么。

我很喜欢玩耍,会觉得很快乐。我相信人在感到开心的时候会更愿意忍受许多平时感到难以忍受的事。那一整天,我们都变得好快乐,并不觉得那么漫长的时间是在干等,我们做了很多事情,彼此间的距离也被拉近了。后来彩排时,我们的默契度和配合度变得更高。

如果去做一些能带给自己和别人快乐的事,就算这一天没有做什么大事,也会很充实。也许我们一生能做的大事很少,但如果能把每一天的小事做好,已经是十分难得;也许我一生中能够陪伴的大人物很少,但如果能把身边这些平平凡凡的朋友陪伴好,也是一件十分幸福的事了。

做好自己,不屈从、不自傲

汶川地震之后,我的生活发生了很大的变化,在这些变化里,有好的,也有尴尬的。

比如,有时候我被邀请去参加节目或者活动,到了化妆间,到处都是名流，我就成了最不起眼的那一个。无论是化妆师还是服装师，都容易对我这样的无名小卒随随便便敷衍了事。甚至有时候，我的妆刚刚化到一半，化妆师就连声道歉，说要先去给另一个主持人化妆，我就这么被扔在了那里。一开始，我会觉得不公平，甚至会产生一种自己很渺小的感觉，但渐渐地，这样的事情经历多了，反而变得释然了。

因为看得多了，很多事的本质就看懂了。我发现很多在外光鲜亮丽的人在台后也要面对一片兵荒马乱和你争我斗。每个人都有自己软弱的一面，只是名流的工作就是要展现最完美的那一面，为了维持完美的形象，他们也需要付出极大的努力和代价。

而我并不想过这样的生活，甚至我都懒得花太多时间去学习最新的妆容和穿搭，总是更愿意简单轻松些。我的快乐不在外界的认可和崇拜上，我的收益也不需要那么多，所以我只要付出与想要的结果相匹配的努力就够了。多的，也就不必去争取了。这倒是叫我有更多自由的空间去享受生活、友谊和爱。

外在的华丽并不是我的优势，明星们则需要有更多机会来展现自己的外在美，外在的价值会成为他们的自我衡量价值，而我知道自己的价值不在于此，我对自己的信心也不来自于此，不来自于他人的看法，而是来自于我对自己的认识。我知道自己是谁，所以并不需要华丽的衣着和精致的装扮来突显自己。我对自己有信心，就算是大家都不愿意穿的衣服穿在我身上，我也依旧喜欢自己。

所以，慢慢地，我学会了不卑不亢的处世态度，大部分时间我都能遇到友善温良的人。但有时候，我也会遇到一些人，他们在邀请我的时候言辞中表现出强烈的优越感，觉得让我上节目就是对我的一种恩赐。这时，我会告诉他们："非常感谢你的邀请和认可。但是，如果我要来，是因为觉得你是一个值得交的朋友，我愿意尊重和支持你的工作，我们合作共赢；如果你认为我只是一个要借着你的平台才能体现出价值的人，那你的判断可能错了。其实我对你觉得很了不起的这件事情，并无欲求。知道什么叫'无欲则刚'吗？我从没想过自己一定要站上怎样的舞台，才能够绽放光芒，才能生活下去，我并没有什么要向他人索求的。"

一般我这样一说，对面的人就会软下来，说："不好意思，我不是这个意思。"

而见了面以后，我们会详聊，我也会跟对方道歉，会告诉对方这样沟通的原因："如果我不这样说，你也很难把节目做好，因为你可能会按你的想法去做，而不是按照我真实的样子去做。不真实的舞台表达只会扼杀节目的可看性，扼杀这期节目的生命力。只有这样开诚布公，才会对我们双方都有益处。"

话到这里，其实，大部分人都会接受。

虚名也好，妆容也罢，这些都是小事，但在另一些事情上，我却很坚持。

我尊重舞台，如果要让我在台上有一些虚伪的表现，说一些违心的话，我绝不会妥协。因为这是原则性的问题，也是一个人品格的问题。衣服、妆容，都只是外在的，都可以妥协，但是原则性的问题我不能妥协。妥协了，我就不再是我了。

有一次，有导演过来跟我说："廖智，你为什么不能像其他人一样，去讨好某个导演，讨好某个名人，去讨他们的欢心，好让自己更上一个台阶？"我说："我的确希望得到观众的认可和喜欢，但我希望他们喜欢的是真实的我，而不是一个虚伪的我。如果一个真的廖智都不能让人喜欢，那何况是一个假的廖智呢？人若喜欢我，就是喜欢我本身，如果不是，我不会勉强。勉强来的喜欢的也不是真的喜欢，我又何必要得到那一份虚假的认可呢？"

这就是我的态度。我对所有事情的态度都是如此。

我不在意别人眼中的我是一个弱者或强者，我不会去给自己贴标签，我不会因为任何人对我的藐视而认为自己是没有用的人。

我对自己所做的一切，无论成功或失败，都毫无怨尤。我不居功自傲，也不故作谦卑。因我知道若失败，除了自身能力不足，这是上天告诉我，时间还未到；若成功，那也是时势将我推向前方，而我只是承接住了命运馈赠的礼物。所以我坦然接受失败和成功。

而每当我卖力追逐梦想，享受追梦之乐的同时，也会遇见很多质疑：她是不是在卖惨？她是不是很冷血？她是不是在消费自己？她是不是故意博眼球？她是不是人品不好？她是不是飞扬跋扈？她是不是虚伪不堪……

遇到外界的质疑，刚开始会感到难过，不明白为何在陌生人当中会有这些无端的恶意揣测。不过在质疑声中站久了，我也就练就了一身的抗压能力和应对质疑的态度。

对于一个会受到外界关注的人而言，有质疑太正常不过了，只要有关注就有质疑，不被质疑的人肯定也是无人关注的人。太阳对人类如此不可或缺，也有人质疑它、诅咒它，我不过是个平凡的人，当站在群体面前，被审视、被质疑也是常情。虽然遭遇质疑的时候很容易退缩，不过一旦突破了，便会觉得海阔天空。毕竟人不是为了迎合他人而活，如果诸多的质疑能换来灵魂更大的自由，使人更能看透人言人语的不可靠,而下定决心专注做好自己,不受外界打扰,这岂不是把质疑化作祝福了吗?

我从质疑中学到的功课是:有些事没必要回应,比如有人说我是外星人,我要是去回应他,我不就成傻子了吗?比如有人跟我较真一件事儿,如果我觉得这个事儿有讨论的价值,那么就可以回应,没必要回应的就忽略。我们不需要凡事有交代,但凡选择交代,要看人看事,看值不值得。只要我觉得值得的事,不管有多少质疑声都会坚持做下去,值得的事,就是要坚持到比质疑的声音更久,事情成了,明眼人都看懂了,那质疑声也就不攻自破了。

如今,我已经学会了勇敢地站在质疑我的人面前,不卑不亢地看着对方的眼睛,对他说:"我,就是廖智。不管你怎么看我,我就是这样的人。你有喜欢与不喜欢的自由,我也有成为自己的自由。"

不惧怕对这个世界示弱

坦然承认自己的软弱,这一点,是我在汶川地震之后学会的。

地震之后,我一无所有,躺在床上什么都不能做,就像婴儿一样,所有的一切都要靠别人给予帮助。其实那个时候最考验人的信心,如果人在低谷崩溃,就真的垮掉了。因为你什么也做不了,会着急,会觉得自己是个废人,会自我怀疑,自我否定,会充满焦虑的情绪。

我不知道是不是每个人都会经历这样的情绪低谷期,那真是一个人最糟糕的状态,忽然发现自己什么都做不了,在这个世界上完全没有价值,这是非常可怕的。

不过,也是在那个时候,我对自己有了更多的忍耐。我觉得人要爱自己,更需要忍耐自己,你要对自己有耐心。我在医院时非常软弱,吃喝拉撒都要人帮忙。再着急也不能改变现状,于是我学会每天跟自己说:"廖智,你不要急,好好养伤,你现在要做的事就是养伤,对身边的人微笑,鼓励他们,你不是没有价值,你可以带给人们信心和希望,你有这个能力,你可以成为周遭所有人的开心果。"

所以那段时间,我每天都会对周围的人微笑,去交很多朋友,因为我只能做这一件事情,这是我在跌到谷底时唯一能做的事,也是我反弹的机会。一个人软弱到极致的时候,也是最容易积蓄力量的时候,因为你已经跌到谷底了,不可能再跌得更惨,这时候,所有的东西都是积累,得到任何一点进步,你都在成长。当我想通这一点的时候,反而变得镇定。我想,怕什么,已经糟到这种状态了,还能更糟糕吗?如果最糟糕的事都可以接受了,还有什么是不可以接受的呢?

我已经没有什么必须要得到的,也没有什么不可以失去的。因为我已经什么都没有了,曾经拥有的东西,我都没了。

这样的心态反而使我毫无挣扎之感,每天认真吃饭、睡觉、洗脸、护肤,吃最清淡健康的食物,到时间就好好睡觉,洗完脸涂个香香,见到人就友善微笑。但凡我可以为人生多做一点什么,都会尽力去做。我完全把自己降到最卑微的程度,我的一切都可以为我所用。

我好像变成了两个人。身体和所有外在的东西,是一个我;而在这里面,还藏着另一个我,这个我正在暗暗地积蓄着力量。我能清楚地看到自己有什么优势,知道自己应该做些什么;也知道自己有什么缺点，应该怎样去弥补。我完全退到了自己的背后，默默地观察着自己和这个世界。

我很软弱，但是软弱未必是一件不好的事儿。全世界都很乱的时候，最软弱的那个一定不会乱。就比如说，如果现在失火了，全家人都会乱成一团，但是婴儿不会乱。因为他那么柔弱，完全不能依靠自己去做任何事，所以如果被放弃，那么死就死吧；如果得到眷顾，也不是靠自己前往安全的地方。既然一切都不能握在自己手上，那么就安享每一刻吧。

那时候，我需要面对很多问题和挑战，也有很多人围向我，给我出主意，说，廖智你应该做基金会，你应该签约我们的经纪公司，你应该去做一个演出，你应该拍摄这个那个广告……面对蜂拥而至的选择，如果我不能退到后面去看自己，就会乱。

但我的心却看得很清楚，每一个人是带着什么目的而来，他们为什么要做这件事，所有的用心，我都能看得见。所以，我没有签任何协议，我非常清楚，像这种承诺得那么好还不需要我付出什么代价的事，是不可能的。这时候我需要很有自控力，因为周围的人都乱掉了。

连我的父母都会乱，说你签这个吧，你看他说一个月可以给你多少多少报酬。我说："天上会掉金子下来吗？想过这个问题吗？为什么人会被骗？被骗的人，都是因为自己先贪图对方给予的东西，才会被骗。一个不贪婪的人会被骗吗？不会。"

当人软弱到极致，并甘于软弱的时候，很容易看到另一个人心里的东西。如果人不够软弱，就会被很多幌子蒙蔽双眼，如对方的财力、物力、能力、人力，会做出理性的分析，但唯独看不到对方的心。这就叫作"聪明反被聪明误"。只有变得软弱的时候,你才会透过那一切外在的东西,看到对方的本质,看到他的动机是什么。所以那时候,我的软弱保护了我。

而软弱也可以成为挡箭牌,我可以说"你看我都这样了,我没有办法,我身体承受不了,没有办法去做这个事情"。软弱成为一个很好的工具,让我可以抵制这个世界的诱惑,规避很多危险,我可以在这种软弱的背后织出一张安全网,让自己稳稳地躺在其中,不管外面多乱,别人说些什么,我都可以很平静。

从雅安地震灾区回来之后,我上了很多媒体的版面,又因为参加了《舞出我人生》的节目,曝光率也大大增加。这时候,身边很多人的态度就跟以前不一样了,开始叫我廖老师。我每次都觉得又好笑又不自在,说"你还是叫我廖智吧,这样我感到比较自然,我们还是像朋友那样相处"。

这就是软弱的好处,我总是会在处于风口浪尖的时候,退回到一个软弱的地步,让自己保持原始的状态,时势归时势,我仍然是那个城乡接合部的村姑,今天还是一个村姑,我不在意。我喜欢淳朴的气质,也喜欢交淳朴的朋友。

我从来没想过有一天我要在物质上、名誉上达到什么程度,我觉得能够保持内心的宁静才是最重要的。如果得到全世界,却迷失在其中,失去内心的喜乐和平安,那该用什么来买回心灵的富足呢?人终其一生想要的幸福,其实多么唾手可得啊!只要拥有一颗知足感恩的心。

在任何时候,我都认为没必要去追逐所谓"潮流",对任何奢侈品我都没有兴趣,因为我不认为有了这些物品的加持,人就会有更高的价值,就会更快乐。你自己就是自己的公主,不需要去做人前的公主、人后的怨妇。

如果过于在意外界的荣誉,太较真,就会失去自我。没必要把幸福放在不安全的地方,比如他人的评价。别人可以给我赞美,也能瞬间拿走;别人今天说我好,明天也可以说我坏透顶了;今天被人看作是优点的地方,换一个风潮,就变成备受嫌弃的缺点。

如果人们说我很坚强,我是榜样,我是偶像,我就真的认为自己很坚强,是榜样,是偶像,那我就完蛋了。活在别人的评价中,迟早会经历失落,会有落差,因为人们的注意力就只有那么短的时间,并且喜好也时常改变。

我的软弱让我保持警醒,我知道自己有几斤几两,更知道我目前还缺乏什么。就像要建一座高楼,我知道我只有这几块砖,只能建这么高。如果我一定要建得更高,楼就很容易塌掉。我必须踏实安静地做好每一件小事,在小事中积累能力与底气,等到各方面的能力都积累到了相应的程度,再去拥有更多,那才是最合适的时候。那时候,我所建立起来的一切就不会那么容易被摧毁,就算被摧毁了,我也不会乱,不会崩溃,因为我可以再一次重建,这一切都已经熟谙于心了。

所以,一个人能够示弱,才能够强大;不能够示弱,也就无法强大。不能示弱的人,就是虚张声势,害怕被人看穿自己的内在是虚弱的。只有敢于示弱,才是坦诚的。有人问我:"廖智,经历了这么多得到与失去,你是怎么保持现在的自信的?"

我想,虽然经历了这么多事,我仍然会在忧伤时流泪,在快乐时笑得像个孩子,平静时张着大嘴望天,冲动时大吼大叫……在人们眼里多么厉害、多么牛的人，也不过是一个凡人。

只是我深切晓得，自信与任何外界的声音无关，只要内心坦诚，对自己的心坦白，对外界保持正直，能认识到自己的不足，也敢于彰显自己的优势，就会有自信，就不会倒下。

爱，就是在一起

2012年夏天最热的时候，我遇到一个朋友，说他有一个朋友得了肺癌，已到晚期，让我方便的话过去陪陪她，我就去了。

初次见到罗敏的时候，我很惊讶。因为我知道她已经有孩子了，却没想到她还是那么漂亮，漂亮得让人很难相信这么严重的病会发生在她的身上。因为我们从没见过面，她的家人也不认识我，所以，我去看望她时的处境是很微妙的。我不知道自己是以什么样的角色参与其中的。好几次去找她，她的状态都不是很好。因为她病得很严重，整个人都没有什么精神，就连说话的声音也很小。

我甚至都有点儿打退堂鼓，我想也许她不需要我。因为她对我的反应也很淡漠，很多事情她可能会叫她的家人或者亲戚来帮忙，并不会在第一时间想到我。可是不知为什么，那时候我被一种莫名的力量推动，让我忍不住想要去陪她，想要去找她。

于是，我就在我们教会里跟大家说了这件事，希望大家为罗敏祈祷，为她祷告，希望她可以得到神的眷顾，也希望我能够有办法给她带去一些快乐。我觉得她已经不需要鼓励了，因为她整个人都非常坚强，她完全没有任何抱怨，也从没有因为很痛、很难受而呻吟过。只是很淡漠地坐在床上，我也不知道她在想什么，也很难去猜测她在想什么。

有一天，我去陪罗敏的时候说："你知道吗？我在教会里和兄弟姊妹都说了你的事，那一天结束的时候，我们全体都为你祷告，为你祈祷。"

她就说："是吗？谢谢你们！我也很希望能成为你们中的一分子。"她就说了这么一句话，我却觉得备受鼓励，我说："你喜欢吗？如果你喜欢我们为你祈祷的话，我可以带他们来医院，但如果觉得会打扰到你就算了。"她说："可以啊，我很希望有人来陪我。"

于是我把教会的一些兄弟姊妹带过去看她，围着她的床唱快乐的歌，她看起来也很开心。

就这样，我们开始有了一些交流。有时候，罗敏的朋友来看她，会跟她说"你要坚强一些"。我看得出来，听到这样的话她并不高兴，于是就对她的朋友们说："她已经很坚强了，她是我见过的最坚强的女生。"他们说："嗯，她已经很坚强了。"我说："非常感谢你们来看望她。"他们就问我："你是谁？"我说："我是她的朋友。"

来看罗敏的人都坐不住，在病床前简单寒暄几句，也不知道该说什么，就走了。而我只要没有别的事，就会从早到晚地陪在她身边，一直跟她在一起。她要上厕所，或者要吃东西、拿东西，我就从旁帮忙。我能说的话很少，她经常会很累，但我就是愿意陪在她身边。有时候会读书给她听，一直读，读到她睡着，有时候会唱歌给她听，有时候讲一个笑话，但她会觉得一点儿都不好笑。尽管如此，我还是能感觉到她喜欢我在旁边待着。

有阵子我总觉得她没有敞开心扉,不知道她在想什么,于是很小心翼翼地陪她,就像当初那群基督徒陪我一样。我赞美她,说她在我眼中非常美丽,也会告诉她,她给了我很多感动。因为她经常会跟我说"今天你来了,我觉得有一点儿好转"。那时候她的肚子鼓得很大,她会跟我述说难受的感觉。我说:"很感谢你跟我分享你的感觉,可以让我体会到我从来没有经历过的感觉,我知道你难受,你在讲自己的感受的时候没有一点儿的难过,那么云淡风轻地讲给我听。我觉得很感动。"

罗敏流过两次眼泪,但都不是难过的眼泪,而是感动,她在生命最后的阶段似乎很容易被一些小事感动。而我唯一的一次流泪,是有一次去厦门工作,要去一个星期。我一直惦记着她,中途发过两条短信给她。我从厦门回来,第一时间就跑去医院看她。妈妈说:"你行李都来不及放,衣服总要换一件吧。"我说:"不行,我要先去看罗敏。"

一看见她,我就很高兴,给她展示我带回来的很多小纪念品。我说:"一看到你,突然有一种好久好久都没看到你的感觉。"她眼眶就红了,说:"是啊,你好久没有来了。"她说了这句话,我就哭了。就觉得她也对我有感情了,我感觉到我们之间深深的爱。我们之间已经有了爱,但是要经历某些事情才能被激发出来,才能相互感知到。那一刻,我们两个人都哭了。

我说:"对不起,我以后不会再离开这么久,只要你需要我,想我的时候,我就来陪你。"从那一天开始,我觉得我们朝彼此走得更近了一步。

她跟我说她想受洗。我很感动,没想到她会自己主动提出受洗,因为我几乎没怎么给她分享福音，她也没怎么听《圣经》，经常是我给她读一些经文，读不了几句，她就很难受，就想睡觉了，她没有那么多的精力。我没想到，她会主动提出要受洗。她说她要把自己所有的罪留给这个世界，以一个全新的她去到天堂。我说："好，我一定带你受洗。"

我跟教会连续说了三个星期，那时我们的牧师非常忙，他的时间已经被太多人占用了。

一直到第三周的礼拜日，我去教会，又说："下一个礼拜日你们真的要去。"就在当周的礼拜日，我们很多兄弟姊妹一起去看她，说，下个礼拜日一定来为她施洗。她也很开心，眼睛放光。

结果第二周周间的一个中午，她就去世了。那天一点多，我正在家里，接到当初介绍我和她认识的那位朋友的电话，说罗敏走了。当时，我在家里号啕大哭，我想到之前问过她，你想吃什么，你想玩什么，你想看什么，我买给你，她都不要。

她唯一提了三次的要求，都是说她想受洗。我当时就觉得很对不起她，因为我没能满足她的心愿，心里非常难过。

我一边痛哭一边发短信给牧师，说："罗敏走了，我们都没有去给她施洗，我对不起她。"牧师突然就回我一条消息："她受洗了！今天上午我们去给她施洗的。"

我非常惊讶，赶紧打电话过去问个究竟。原来牧师当天上午一起床，本来有别的安排，但突然他和妻子同时说："我们今天去医院吧，去帮罗敏施洗，不要让她再等了。"于是，牧师和妻子，带着另一对夫妻，一起去了医院，就在当天上午，给罗敏施洗了。牧师说，那天医院已经在为她做一些急救了，他们上午结束洗礼准备离开的时候，她还在，已抢救过来，没想到下午一点多她就走了。那一刻我就想，感谢上帝，一切安排得刚刚好，罗敏最大的心愿就是可以受洗，她受洗了，她没有遗憾留在这个世界了。瞬间，我就觉得一点儿都不难过了，但又忍不住大哭了一场，这一次不是因为伤心，而是快乐和感动，我相信她去了更好的世界。

罗敏走后大概一个星期，突然有一天晚上，我听到一首歌，是周迅的《飘摇》，平常很少听流行歌曲的我，那晚却忍不住将这首歌单曲重放了很多遍。周迅的声音有一点沙哑，我突然想到罗敏，她留给我的印象也是带着淡淡的忧伤，声音有一丝沙哑。那天我坐在窗边，一直听那首歌，整个晚上都在思念她。

我看着外面的天空，对她说："罗敏，你到了天堂，我为你开心感恩，我相信那是更好的世界，我想你现在也在思念我，不然我怎么会这么想念你，我相信思念是相互的。你的灵魂离开了这个世界，但谢谢你记得我，谢谢你在今天晚上让我想起你。"

那个晚上，我想了很多，满脑子都是她的画面。

除了罗敏，后来几年我还陪伴过一些癌症末期的病人，也送走了一些人。从中我找到了陪伴的意义。我想，爱是什么？爱是恒久忍耐，又有恩慈；爱是不嫉妒；爱是不自夸，不张狂，不做害羞的事，不求自己的益处，不轻易发怒，不计算人的恶，不喜欢不义，只喜欢真理；凡事包容，凡事相信，凡事盼望，凡事忍耐。爱是永不止息。

除了这一切，我觉得爱就是在一起，在她的身边，让她感知到你在她左右。

和爱的人在一起，不管她现在是什么样，哪怕全世界都误会她，全世界都跟她说"你要坚强"（说这话就是证明他们认为她不够坚强），但是，我可以站起来替她说，她是坚强的，我可以替她证明她自己；我可以替她说，她是可爱的，她像天使一样，我可以替她认可她自己。我可以在这个时候，让她感受到，她不是孤单一个人。

我觉得这就是爱。爱，就是在一起。

　　其实我并不是真的厌倦"坚强"这个词，但如果坚强只是一个人的独自努力，那么人生纵然修行到极致的坚强，也不过是一场悲剧。我常常问身边的人一个问题：人是因为爱而变得坚强，还是因为坚强而懂得爱呢？据我观察，一个从未得到过温暖陪伴、从未感受过尊重友善的人，即使可以坚强得像块石头，这样的生命也丝毫没有任何益处，不过是封闭自己绝望度日。然而，只要一个人拥有足够的爱，纵然一时软弱，也必将学会如何坚强。由此可见，坚强的确是值得推崇的，但坚强的力量若不是靠着爱的浇灌而得到成长，这样的坚强也不过只会叫人变得偏激。

　　当从极度的缺乏和软弱中走向越来越光明的大道，我开始越来越深刻地明白：原来这个世界，最终需要的并不是坚强，而是永不止息的爱与希望！

——廖智手记

Chapter 12
为真爱预备自己的心

老师隔天回了邮件：你想谈恋爱了。

我立马否认了：才不是，我不想恋爱。

他很快打电话过来，一接通就哈哈哈哈笑个不停，说：

"廖智，你想谈恋爱了。"

我继续嘴硬："没有想谈恋爱啦，我很享受单身。"

我觉得一个人耐不住寂寞是一种羞耻，还是想要伪装，老师说："谈恋爱是很美好的事啊，二十几岁正是谈恋爱的时候，也是因为我想要恋爱，才遇到了你师母啊。"

因为会在意别人的目光，所以"你一个残障的女性，不安稳点找个差不多的将就将就过过日子得了，居然还想谈恋爱？"这样的声音确实会让我产生是不是真的不配的那种感觉。

我问老师："如果那个人出现，我怎么才知道他是对的人？"

他说："等那个人出现你就知道了。"

在爱情的路上蓄势待发

生活

在遇见Charles之前,我常常都在各地东奔西走,最忙碌的时候曾经一个月飞了20多个城市,有时候直接就在飞机上过夜,第二天一到目的地又继续开始工作。去各地各国演出演讲、歌舞+表达,这就是我主要的工作,直到后来在一家房地产公司的文化部任部长。

当我不接工作的时候,我会支持一些公益组织的活动、参加提升专业技能的工作坊和探访有需要的人。即便如此,单身的时候都还有大把的时间供我消耗,有充分的独处时间去阅读、写作、站在窗台唱赞美诗等,有时候想念某位朋友了,买张车票或机票就可以去看对方……不得不说,单身时光是一生中非常宝贵,可以完全自由支配的人生阶段。

那些年遇见过多家经纪公司找我想要签约,承诺会提供更多的演出机会,一些公司提供的合约条件十分诱人,但总是因为在沟通中发现大家的方向不同而没有达成一致。我是现实的理想主义者,不会为了理想不顾现实生活的需要,所以一直勤奋地接拍摄和表演的工作;但也不会为了现实而让自己妥协到失去自由的地步,我看重活动是否有意义以及邀请方是否尊重我,遇到特别有意义的事儿或特别有趣的人,免费去也是常有的事;当然,遇到特别无礼的人,即便条件再优厚,我也会跟对方说"不",毕竟人生苦短,没必要太为难自己。

我知道自己无法讨好所有人，也始终相信真正属于自己的资源一定是双向奔赴的，是基于别人对自己的尊重和信赖的；如果没有得到这两样，有两个可能：自己品行能力还不够，需要我沉淀下来去修炼自身，而不是勉强去够自己够不着的机会；对方缺乏对人基本的尊重和礼貌，不值得合作。无论是哪一种，都不需要委曲求全，否则，即便是天天泡在资源盆里，也不过是别人眼中的跳梁小丑，抑或是幸运地蒙蔽他人得到了自己不应有的机会，所建成的"大楼"也是很容易顷刻间倒塌的。对我而言，了解自己的认知上限在哪里，做认知范围内的事，是让心灵保持知足平静的要点。

我不想评断这样做是对或错，每个人都在选择自己认为好的活法，但我的选择能让我心安理得，也许显得有些笨拙，可内心安稳踏实。而今人的欲望被无限放大，市面上有太多成功学的书籍和演说。健康、适度的欲望本是人之常情、促人进步，但过度的欲望却使人的心理和现实难以达至平衡；一旦无法接受"认真生活即是幸福""远方即在脚下"的哲学，老想要去攀登自己能力不及的山，就很容易受伤或葬身山崖。

认真过好每一天，但不好高骛远，这种生活态度使我受益匪浅，在这里要感谢我的贵人L老师和李先生（我在另外一本书《走路都想跳舞》里详细介绍两位长辈），从23岁彼此认识开始，他们的生命便一日一日地影响我，带给我许多积极的反思和启迪。我曾分别在他们的家庭寄住，看到他们如何珍视和家人的关系、为日出和日落而欢呼、为壮观海景或一朵花发出赞叹、耐心地和年轻人分享人生智慧……他们的幸福如此简单又丰盛，当我受环境影响心浮气躁的时候，每每一靠近他们，就觉得又被带去令人心旷神怡的青草地和溪水边，以至于养成一个习惯，常常检视自己的心是不是偏离了靶心。在我看来，人一生真正值得重视的事实在是很简单，把握好这几件简单的事，就足以幸福感满满：虔诚的信仰、和家人的关系、健康、享受工作、关怀他人。

在我看来，智慧固然重要，但美好的友谊再加上智慧，就能帮助一个人逐渐形成活泼有力的生活状态，这是世界上最宝贵的资产，人在年轻的时候尤其要结交积极良善的良师益友，而不能把时间耗费在颓废邪恶的人或事上。

我常常在演讲的时候鼓励年轻人既要有理想，又要以诚恳的态度一步一步去实现它。每跨出一小步都要给自己善意的回应，尽管在别人看来是微不足道的一步，但在自己的人生路上，这也是无比重要的一小步。这样脚踏实地地学习和做事，不断地收获内在的鼓励和认可的人，是不可能缺乏自信的。

工作

有一位朋友羡慕我的工作，常常在言辞中流露这种羡慕，有一次我问她："你愿意在累到眼皮都睁不开，腿也颤抖的时候继续努力站在舞台上，以最佳状态让所有观众都看不出你的疲惫以示敬业吗？你愿意在没有丝毫灵感的时候，依然鼓励自己坐在电脑前完成当日的写作计划吗？你愿意暴露在会常常遇见质疑和歧视的环境中吗？你愿意每天阅读吗？你愿意保持警惕去分辨每天来来往往的人中哪些是真的值得交往的，并且为自己不够明智的决定买单吗？你愿意在承受那些极其反对你的人的攻击时仍坚持自己的主见吗？你愿意常常面对身边的人都比自己更优秀的压力，并继续保持对他人的欣赏且合理认识自己吗？你愿意忍受因繁忙而顾不上最亲爱的人而产生的愧疚和无力感，并努力重整节奏，以免失去平衡吗？"

不要羡慕别人的生活，其实那些光鲜亮丽的生活背后也有很多隐忍、委屈和压力，光聚拢在一起很亮，但是放大n倍之后，你会看到光线之间的缝隙里都有阴影存在。没有人是可以独立于痛苦外而完全只享受快乐的，没有一种人生可以如此，没有一段关系如此，也没有一份工作如此。

在工作中总需要忍耐那些令自己不适的时刻，并从中学习如何自洽。举个简单的例子，我出去参加活动，每个活动的主办方组织能力和策划能力都不一样，为了避免活动现场出差错，主办方常常会让参与者提前到场候着，有一次活动我从头一天早上七点就被通知到达现场，却一直等到晚上才开始，而活动持续了通宵，直到第二天上午结束，许多工作人员都在现场怨声载道，而我也忍不住皱起眉头。正心烦气躁，翻阅随身带着的一本书，看到这句话："愿上帝赐予我平静的心，让我接受我不能改变的；愿上帝赐予我勇气，让我改变我能改变的；愿上帝赐予我智慧，让我明辨这两者的区别。"（肯·威尔伯《恩宠与勇气：超越死亡》）

我足足愣神了几分钟，心想：是呀，既然不可改变，不如做一些有趣的事吧，不要把时间浪费在无用的抱怨中。于是我开始专心地阅读这本书，慢慢沉浸其中，原来喧哗中的阅读竟也这样惬意。这让我明白，生活不会事事尽如人意，我们也不可能时时刻刻都对生活满意，但只要不沦陷于负面的思考中，把聚焦负面的眼光放宽一点，就总能从不那么如意的环境中收获新的东西，这样就不算对时光的浪费。

我曾一度很不明白工作的意义,也曾觉得没有任何一份工作真的有意义,再了不起再良善的工作也会有别有用心的人插一脚进来而引起伤害和邪恶,每每想及此,就会有虚空感包围我:那我还这么拼命努力干什么呢?因为按照完美世界的理想,事实上社会上绝大部分工作都是多余的,是激发人类过度膨胀的欲望和贪婪的。

当我出去演出和演讲时,也发现在那么多观众和听众中真的能完全明白我表达的内容的人很少,这实在是很无奈,几乎人说出去的每一句话都有被曲解的可能。这让我一度对一切都感到索然无味。

但后来,我相信有超然的力量改变了我的想法,使我对工作充满热情。

起源来自于一个微小的事件:当我到加拿大一座小城市演讲的时候遇见一位阿姨,她见到我的时候表现得十分激动:"你是廖智吗?我见到你太开心了。"其实我对她已经没有印象了,她说:"几年前你来过这座城市,当时我刚移民到这里时,每天都不开心,当时你的演讲带给我很深的感动和力量,让我觉得自己完全可以喜乐地面对生活,我也拥有了和你一样的信仰,相信人生一切的安排都是美意,后来我们全家都看到我的变化,也都受到影响,拥有了同样的信仰,现在我们一家人都很喜乐、很幸福,非常感谢你的演讲。"

当时L老师也在旁,这位阿姨又转过身对他说:"L老师,现在你的普通话讲得比几年前好多了,上一次你来的时候,虽然我都听不懂你在讲什么,可还是很感动。"我和L老师一听这话便哈哈大笑起来:"听都听不懂,还是觉得很感动啊?""是呀,好感动啊,一直流眼泪呢。""哈哈哈哈。"

欢笑声中我忽然明白了勤恳工作的意义:也许任何一份工作都有

其虚空的一面,但这表明我们更需要用心灵和诚实去做每一件事,就像一个工程的监理,虽然这个监理不能完全控制住整个工程的发展方向,但至少当我还在这个岗位时,就可以尽力在岗位去帮助他人。从那以后,我愈发懂得珍惜时日、勤恳工作。

我热爱工作,不仅仅是因为内心的理想,不仅仅是因为工作可以养家糊口,同时也因为我发现,原来在工作中可以察觉和修正自己的认知和性情的缺陷。

某次去参加一个授牌活动,我是重要表演嘉宾,我的节目需要一支鼓队伴舞,节目表演结束后我听见鼓队的人在诉苦说主办方不仅没有给他们酬劳,也没有安排他们的午餐,让他们又饿又累等了一整天。我知道后非常气愤,立刻就跑去找主办方理论,对方试图给我解释我也听不进去,结果我自顾自地打车离开了现场。途中收到鼓队负责人的电话说其实是个误会,那一刻我非常懊悔,虽然即刻给邀请人发消息道歉,可惜对方不再回复我,我也自认理亏。

这件事使我足足懊恼了好多天,但也带给我深刻的反思,仔细回想过去种种,发现自己的确有把事情绝对化解读的"非黑即白"的倾向,对弱者有种急躁的保护欲,也容易因此失去理智而看不清事实真相。所以现在无论任何人说任何话,我都不会即刻轻信,会经由一些查证才做出判断,但凡我不这样做,就会做出不明智的判断。当然,要列举在工作中学到的功课实在是太多,就不赘述了。

一些人不喜欢工作,把工作仅仅看作养家糊口的工具,对待工作的态度得过且过,或是喜欢好高骛远。但是我认为工作是有助于人磨砺品性的,只有在真实的挑战和压力中去认识自己,所认识到的才是真正的自己。在工作过程中会遇到各式各样的人和事,我们在观察这些人和事时，这些人和事同时也在映照我们是怎样的人。我正是在不断的工作中，在与人打交道的过程中，逐渐认识自己，哪怕是遇到糟糕的人和事，当时带给我莫大的痛苦，但终究我会发现这些经历也都在帮助我发现自己性情和认知中存在的局限，所以我很喜欢工作。

我们如何界定幸福呢？不快乐就是不幸福了吗？如果这样界定幸福，就注定会不幸福。

幸福是丰富的，它包含了酸甜苦辣麻各式味道，当一个人总能从不同味道里都得到滋养的时候，这人就真正体认到了幸福的真谛；幸福是内心的自由，当一个人经历苦难却不被打倒，反而在其中习得百般武艺，以至于最终能在各种处境下都习练通达、游刃有余，这才算是真正体悟幸福了。

持续发展

高强度的工作让我的能力和口碑逐渐积累起来，也慢慢给父母买了房和保险，让二老都可以安心踏实地过日子。除了最基本的需要之外，我对物质生活并没有很高的欲望，有一个家，家里有床、有无线网络、有抽水马桶和沐浴的空间，我就可以幸福安心地生活下去了；我也不喜好任何奢侈品或名牌，这些生活习惯使我在安排好家人的生活以外，还有余力去援助身边生活遇到困难的人。

后来自媒体兴起，我可以在自媒体分享自己的生活和感悟，因为内容一直很健康积极，商务发展颇为顺利，甚至还交到一些非常谈得来的朋友；在写作方面我没有很强的天分，但因为写得多，表达顺畅度和产出量都在逐年进步和增加。我几乎不会去追热点，也不会去写自己不擅长的内容，因为我不想对自己不够了解的事做出评价。也许分享的内容有些小众，但正因为很纯粹、走心，反而有一波忠实的关注者一直陪伴着我，这一点也让我感到很幸运。

有一次我有个朋友很生气地说："如果我有你这些资源，我早就用来变现了。你这是暴殄天物！"当然我不会否定他的选择，但我也认为他不应该来否定我的选择。我始终认为人活在世界上有很多种不同的生活方式，但没有绝对正确的一种，可是每个人终将选择最适合自己的一种。什么是适合自己的？我个人的见解是：不让自己产生分裂感的，就是适合自己的。当我做一件事的时候，内心没有撕裂，是融洽的、安稳的，同时也会有人从中受到滋养，那么这件事就是最适合做的，起码做这样的事我会收获幸福，也可以带给旁人幸福。如果有一天我找到一个很好的赚钱方式，做的过程中心里很安稳、很踏实，同时又可以带给别人幸福感，那么我一定不会排斥。

——以上内容都是在为我即将要跟你分享的爱情故事做准备，可是为什么大篇幅地讲跟工作相关的事呢？因为在我的社交账号评论区里常常收到不少留言，我发现不少年轻人有一种误解，觉得自己一切的不幸都是源于没有遇到一个足够爱自己的人。我20来岁的时候也有这些天真的想法，但是当我能够把自己的生活过得独立而有序的时候，才发现所谓爱情，是两个势均力敌的人的双向奔赴。

如果一个人在单身的时候把日子过得一塌糊涂，既不能照顾好自己，也无法在经济、精神、生活方式这三者中获得任意一种独立，那么就算是特别幸运地遇到一个王子或公主，也极有可能搞砸这段关系。而曾在情感中受过伤的人更要悉心呵护受伤的心灵，我们都有可能受伤，但是不要让伤口持续反噬我们的生命，总要善待自己。

单身的时候不能因为对爱情有过度的期盼，而对属于自己责任范围内的事抱着得过且过的态度,工作的意义在于我们不仅可以从中了解自己的三观,还可以更深地了解自己究竟适合怎样的另一半。

比如我前面所说,我明白自己是个不喜欢打鸡血,喜欢遵循内心而活的人,那么我要找的另一半最起码也得是一个现实的理想主义者,如果对方一味地追名逐利,我们在一起就会让彼此都很痛苦。

当一个人能安排好自己的生活,具有基本的独立判断能力和生活能力时,才有可能吸引到另一个同样独立的人,这样的两个人建立起来的感情场域才足以支撑起一个完整而健康的家庭。浅显地说,总得是两个真正成熟了的大人,才有底气说我们建立一个家庭,再一起生一堆娃娃吧。

婚姻的核心是给予,带着索取的心去寻找爱情,终将被爱情的泡沫淹没,再亲眼看它们一个一个破掉。不要觉得年纪到了就一定需要结婚生子,而是确认自己成熟到可以承担婚姻和家庭的责任了,再谨慎地考虑结婚。

反省

我的性格比较要强,随我妈,典型的四川辣妹子,爸爸在家里俨然四川特产"耙耳朵"(耳根子软,凡事听老婆),在这样的家庭氛围下,我自然也"辣"得很,有主见、不轻易向命运和他人屈服。童年时期父母忙于生计,和我的沟通较少,虽然他们很疼爱我,但亲密陪伴的缺失也带给我很多孤单无助的感觉。带着这种孤单无助,我到了青春期就变得叛逆起来,常常做出另类的事来向权威宣示"我有我的个性,我的命运我做主"。但那时候很多决定都是蒙昧冲动的。直到有了女儿,作为母亲的责任感才让我恍然意识到自己的冲动和无知,对新生儿的爱使我感到愧疚和痛苦，好像一记响亮的耳光，把我拍醒了。

任何人，不管是男人或女人，如果面对人生重要抉择缺乏理智，糊里糊涂度日，必定也会品尝到没有为自己的人生尽心负责的苦果。

离婚后，我经历过很多心灵创伤，虽然表面云淡风轻，还笑嘻嘻地去安慰他人，但常常黯然神伤独自流泪。一段亲密关系的破碎，就像从人的身躯里强行撕去她的一半，撕碎她对外界的信任，也撕碎她对自己的认可，我当时就经历着这样的剧痛。只是我认为这是自己应得的，所以没有怨尤。我想幸福的能力大概也包含：无论遇到怎样的处境，遭受如何的苦楚，都要分辨出哪些是别人的责任、哪些是自身的责任；把别人的责任还给别人，负起属于自己的责任。能从一段经历中有所学习和成长，痛苦就没有白受。

正因为甘心承受痛苦，所以我没有把时间花在去责怪对方、不断纠缠上，我只是承认自己受伤了，但我愿意负伤前行。

自己也不成熟，在婚姻里过于自我，得理不饶人，甚至不知道如何有效地和男人这种奇怪的生物进行沟通——这都是我发现的问题。这些功课是我在自己的原生家庭没有机会学习的，小时候听见的都是妈妈在数落爸爸，爸爸在嘀咕妈妈，也一直认为妈妈更能干，爸爸一味退让和讨好的态度令我觉得不可信、不可靠，所以养成了凡事靠自己的习惯，这都令我不明白怎样跟异性相处沟通，不懂得经营亲密关系，我的每一段感情关系几乎都是以失败告终。

但我知道自己渴望有一个温暖的家，一家人在一起和睦幸福，凡事有商有量，彼此互为避风港。如何实现这个愿望呢？我发现自己实在是不懂，很需要学习，便开始学习心理学，并考取了二级心理咨询师证书；参与了很多和婚姻家庭有关的心理工作坊，大量阅读跟亲密关系相关的书籍。

在这个过程中，很多过去不健康的观点都被纠正了。我懂得了要尊重自己的伴侣，即便对方做的事自己无法理解，也要保持最基本的礼貌和尊重，不能伤害对方的自尊心和价值感；开玩笑要适宜，不能在对方最敏感的点上去戏说、玩笑；在外人面前，要保护伴侣的隐私，不能把对方单单讲给自己听，或只有自己知道的秘密，告诉其他人；要保护对方的安全感，尤其在了解对方的弱点之后，更要用心地去维护他的安全感，体恤他的软弱；要主动关心对方的感受，主动考虑对方的需求，建立起积极的沟通；要在得到对方支持和帮助时，及时表达感激……

哇，原来爱情是一门这样考验技术的学问！

以前以为爱情就是公主刚好遇到了王子，感觉如天雷勾动地火。而此时，我明白，爱情到来的前提是：我先成为一个对的人。

我想恋爱了

那时候也有一些男生会追求我，但大部分都是网友在网上说喜欢我，我就觉得他们很怂，没有胆量，因为没有一个真正来找我的，只是在网上过过嘴瘾；也有一些比较迟疑的，告诉我"我很喜欢你，但我拿不定主意，我没这个勇气"。这时候我会告诉对方"那你别犹豫了，我们不适合"。如果一个人对自己的感情游移不定，那必定有诸多计较,对于斤斤计较的人我没什么耐心,尽管我改变了很多,但毕竟骨子里还是个干脆爽快的四川辣妹子,爱我就跟我一起向前走,三心二意的人得不到我的欣赏。

也有一两个男生追求过我,但聊过一阵子以后,我感觉他们要么想要找一个居家型的妻子,对我的工作有诸多意见,认为我不应该这样不应该那样,应该留在家里等,这种类型跟我也不合适,我需要一定的自由空间和另一半的尊重;要么在沟通中表现出对我强烈的依赖,过度欣赏我的坚强和能干,这会让我没有安全感,毕竟我要找的是爱人,是并肩同行的人,他可以欣赏我的优势,但也必须接纳我的软弱,而不是一个狂热的粉丝。经过沟通之后这些关系就都没后文了。

不是每个人都能理解我的"挑三拣四",事实上不是我多么清高去挑选谁,而是吃一堑长一智,知道婚姻并非儿戏,随意敷衍地选择伴侣,结果可能会苦涩不堪。爱和婚姻不能将就,将就的结果就是两败俱伤,甚至殃及子女。

但我的亲友并非都这样想,当我拒绝了好不容易出现的那个追我的人,他们会觉得我犯了一个天大的错,甚至会劝我说:"你都这个条件了,还挑三拣四的干什么?"

妈妈因为我过去的情感经历非常痛心,她认为那时候忽略了我的情感需求,现在要弥补过来,便精心寻觅了一位年龄比我大一轮的老师,认为年龄大一轮一定很懂得疼爱我。第一次见面我就知道不合适,我们的沟通困难到可以用代沟来形容了,我完全没办法把对方看作是未来的爱人。妈妈很失望,觉得她的一番好心白费了。

许多人还是会用一种世俗的观念来看——"你就是一个残障的女

性,又有过婚史,这样一个条件而已,你能期待找一个什么样的人,过得去就行了。"

所以有一段时间我也挺困惑的,加上我知道自己性格率直果断、敢于争取,不少男性并不欣赏这样的个性。我想可能真的是这辈子就要单身了。如果真的没办法遇到一位被我欣赏又懂得欣赏我的男士,还不如享受单身生活,所以,我要把单身的日子过得精彩一点。于是我就接了很多外出的工作,整天四处奔波,用赚来的钱安置父母和关怀有需要的人。

可是有一段时间我觉得很孤单,找谁谁都在忙,曾经的好朋友们基本上都已经成家了,有孩子有家庭要顾及,我一下子落单了。我的世界好像就只剩下自己,于是就给一直辅导我的L老师写了一封电子邮件,内容大概就是:我最近每天都忙,工作以外参与了很多公益活动,感觉自己一直处于付出的状态,却没有人来关心我的感受和需要,生活仅仅如此,好没有意思⋯⋯

老师隔天回了邮件:你想谈恋爱了。

我立马否认了:才不是,我不想恋爱。

他很快打电话过来,一接通就哈哈哈哈笑个不停,说:"廖智,你想谈恋爱了。"

我继续嘴硬:"没有想谈恋爱啦,我很享受单身。"

我觉得一个人耐不住寂寞是一种羞耻,还是想要伪装,老师说:"谈恋爱是很美好的事啊,二十几岁正是谈恋爱的时候,也是因为我想要恋爱,才遇到了你师母啊。"

于是在老师的心理疏导之下,虽然内心还是有一种奇怪的羞耻感,但我开始尝试去表达自己,是呀,我就是想谈恋爱了。因为会在意别人的目光，所以"你一个残障的女性，不安稳点找个差不多的将就将就过过日子得了，居然还想谈恋爱？"这样的声音确实会让我产生是不是真的不配的那种感觉。我虽然内心深处在坚持自己认为很重要的底线，但并没有坚定到说完全不受一点来自外界的影响，也会偶尔怀疑自己所坚持的到底是对是错。我问老师："如果那个人出现，我怎么才知道他是对的人？"

他说："等那个人出现你就知道了。"

他跟我分享了他第一次见到爱人的过程，他以前也不知道那个人是谁，但当他在人群中一眼看见某人的时候，就感觉屋子里其他所有人都黯淡无光了，只有她散发着温柔的光芒。从那以后，她在哪里，他就会想出现在哪里，这大抵就是爱情初来到的感觉。

老师说："你有为自己的婚姻祈祷吗？"

我心想，婚姻还要祈祷吗？那上帝也太没事干了。那时候我觉得上帝如果觉得我值得拥有好的爱情，我迟早会拥有，如果他没给我预备，我也不需要去强求；无论如何，我不想非要缠着上帝给我一个如意郎君。老师却一针见血地指出："你就是没有信心，所以你不敢。如果现在你是个小孩子，你想找爸爸要个东西，你会不敢跟爸爸说吗？说了，说得对不对有什么关系呢？爸爸始终会按照他的爱来给你最适合你的。"

老师见我还是走不出这一步，于是帮我祈祷。当他一开始祈祷，我就开始笑，因为他祈祷的第一句话是："天父，创造宇宙万物的主宰，求您赐给廖智一个高大英俊的男生。"什么？我又不是在意外貌的肤浅之人，老师平常都很成熟严谨，怎么今天的祈祷词这么幼稚？

但他这么说我心里还是窃喜的，谁又不喜欢高大英俊的男生呢？

接着他说："求您赐给廖智一个可以帮她制作假肢的男生。"因为2009年我初次在一个基金会的帮助下出国安装假肢的时候,是老师全程陪伴照顾我的,他知道我的假肢制作和调整有多考验人的耐心和专业能力。

最后他说："求您赐给廖智一个有多元文化背景、可以做她的翻译的男生。"哈哈,关于这一点我知道,因为老师再也不想帮我做翻译了,我的英文不好,之前我出国演讲都是老师做翻译,可是我每次讲的内容都不一样,他就觉得特别的头疼——这个翻译工作太难了。他希望有人代替他做这个工作,后面还说了其他的条件,比如希望他是一个很专一的男生,是一个正直诚实的男生,等等,还有很多其他美好的祈祷。

整个过程我都一直在电话另一边笑,老师不解地问:"你到底在笑什么?"

我说:"我觉得太好笑了,因为我根本不敢去想会有这样一个人存在,这完全是为我量身定制的啊,怎么有这种好事落到我身上?"

老师说:"你又怎么知道这偌大的宇宙中间不会有这么一个人?"

我说:"不可能,这也太神奇了。"

……

挂掉电话前老师说的最后的几句话深深戳进了我的心里:"廖智啊,我认识你才不过几年时间,但是我看到你很努力地生活,经历这么大的挫折你还是勇敢地走过来了,不仅如此,你还常常关注别人的需要,如果我是你的父亲,那么作为一个父亲我是欣慰的。如果你是我的亲生女儿,我是真的希望你遇到这样一个伴侣,这一点也不奇怪,难道做父亲的不能为自己的孩子祈祷一位适合她的良人吗?"

就在这一刻,我的眼泪涌出了眼眶,老师懂我,他理解我,其他那些劝我将就、打击我自信的话又算什么呢?

当你鼓起勇气要去追逐属于自己的幸福时,总有一些来自魔鬼的声音对你说:"就凭你?你也配?你不值得!"

面对这类声音时,不用费力去反驳。

你只要做一件事:不要相信这些声音。

——廖智手记

Chapter 13
是你吗？是你来了吗？

"是呀，你遇见我就是命中注定的，2008年我在四川因地震截肢，而你刚好在那一年因为拥有了全新的信仰而决定重新寻找人生方向；

"2009年你决定学假肢康复，而我也在加拿大换了假肢并拥有了属于自己的信仰；

"今年我来上海录节目，你又那么巧来上海工作了；

"导演让我去换一个可以穿高跟鞋的假肢，那么多假肢公司，我恰好联系了你所在的公司，而你恰好被公司派来为我做假肢，成为我的专属假肢工程师。

"原本是在地球两端的两个绝不可能相遇的人，但是命运轨迹这么奇妙地重合了。这不是巧合，就是命中注定。"

我一边想一边说，越说越觉得很神奇。

你好，终于见面了！

2013年我在上海录制《舞出我人生》，导演问我可以穿高跟鞋吗。我说我很想穿，但截肢以后就再也没穿过了。导演让我去联系一下假肢公司，看看能不能安装一对能穿高跟鞋的假肢。

我好多年前在美国收到过一张假肢公司的名片，公司地址就在上海，为了节目的需要，我就发短信给对方询问可不可以为我提供更换假肢的服务，结果他们立刻就回我了，因为他们也在看我录制的舞蹈节目，也正好想要联系我问问能否做他们其中一款产品的代言人。

那天我们相约见面。到了公司，接待我的是一位以前认识的工程师，我以为是他帮我更换假肢，但他告诉我："廖智，今天会有一个新来的同事为你服务，是一个刚刚从国外回来的学霸。"

紧接着，从他背后远远走来一个男生，高高的个子，清爽整洁的短发，穿着深色的工作POLO衫、深色长裤和黑皮鞋，戴着一副黑边眼镜，走路的样子慢慢稳稳的，略显儒雅，本该是温柔亲近的，不过因为面无表情而略微让人感到有些距离感，胸前晃荡着一根银色的十字架项链。握手的时候感觉他的手瘦长温暖，他递给我一张名片，我稍微扫了一眼职位和名字：亚太区技术培训经理，王××/Charles Wang。

他没有多做介绍，便开始蹲下来检查我的腿，仔细地摸着我残肢上曾经受伤的每一个留色不均匀的地方。我和他的同事们一直在聊天，一起同去的两名记者也跟着有说有笑。而他就在我的脚边帮我做检查和研究我过去用的假肢，后来好像还用石膏给我的腿取了个模型，不过印象都不深刻了，因为我太开心地和大家谈天说地。我和他几乎全程零互动，印象中就只记得他递来名片时的那句"你好"。

没过两天我要去复旦大学演讲，候场的时候有些紧张，因为那阵子太忙了，我没有充分的时间做准备。暗自希望如果现在有人能跟我一起祈祷该多好，把紧张说出来，这样我的压力会小很多。

就在这个时候，从远处走来一个超级阳光的男孩，浅蓝色的长袖衬衫挽起来到手肘处，一条卡其色五分短裤，小腿线条年轻而健美，脚上是浅色系的帆布鞋。他笑脸盈盈地朝我走来，一副打招呼的模样，我也笑着跟他点点头，然后咧着嘴不露声色地问身边的妈妈："这个人是谁啊？"我妈也咧着嘴说："不知道，学生会的吧。"

当他走到我面前时，我站起来跟他握手，他可能从我的表情看出来我已经不认得他，于是又一次递了名片过来说："你可能不记得我了吧，没关系，我今天也带了名片。"

我一看名片一下子就想起来了："哦，原来是你，你怎么来了？"

"我来听你的演讲啊。"我以为他是公司派来拍摄一些照片、视频什么的。

我说："你来得正好，我现在很紧张，你可以跟我一起祈祷吗？"

他说："没问题啊，我就是来陪你祈祷的。"

虽然这番对话在旁人听来有些莫名其妙，但更莫名其妙的是，我们都懂彼此在说什么，并有一种不需要解释的默契。我拉着他到大厅的门背后，我们躲在那里安静地祈祷。演讲很快开始了，他找了一个座位坐下来，在台上激情演讲的我时不时能瞄到他，他很认真，眼睛亮晶晶的。

演讲结束的时候，我们一行人就要坐车离开，我看见他站在车外面看着我，就礼貌性地把车窗摇下来说："你还没走啊，你要去哪里？"

"都可以啊。"

我心想，什么烂回答，都可以是哪里。

"你要回家吗？"

"不想回家。"

"你要回公司吗？"

"也不想回公司。"

那一刻就觉得他很怪，但碍于礼貌，我只好说："那……我们现在去吃饭，你要去吗？"

真的就是非常客气地问了一句，我觉得一般人肯定会说"不用了，你们去吧"。但是他说"好呀"。紧接着，他一下打开车门就挤上来了，我当时就震惊了，这也太不客气了吧，却也莫名觉得这人很有趣。

吃饭的过程中，我们终于有了多一些的交流，席间他跟另外一个女生聊天，女生提出几部电影问他喜欢吗，他都说"我不喜欢"。

我很好奇，问他为什么。他说："我不喜欢完全脱离现实而过于理想化的电影，我喜欢有想象力但同时也能带来对生活思考的电影。"紧接着他提到一些影片的名字，恰好也是我喜欢的，我于是开始跟他聊起了电影这个话题，当时正好《悲惨世界》上映，我说挺想去看的，就是没时间。

他认真地听我讲话，认真地思考，认真地表达自己的看法。那次

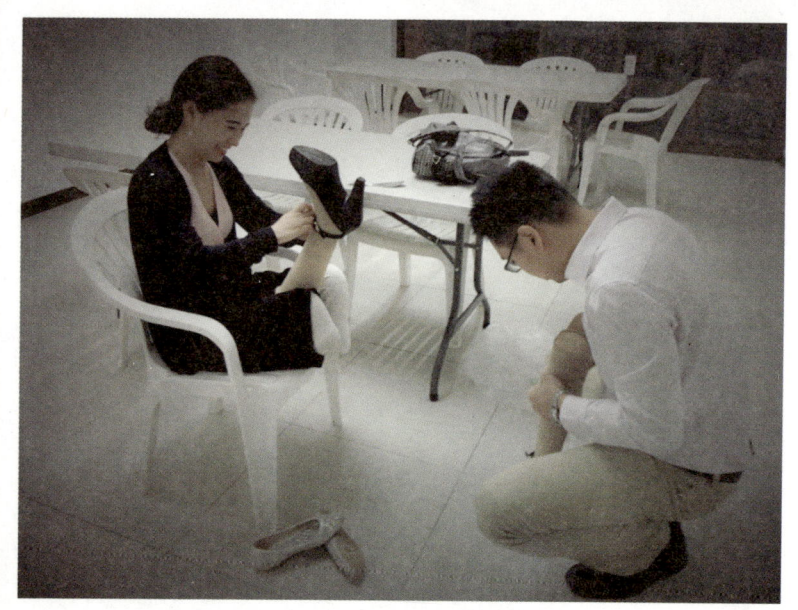

吃饭他给我留下了很好的印象。

　　Charles虽然话不多,但有主见,他待人友好却也可以不带犹豫地说"不",尊重别人,也相信自己——这是我欣赏的品质。

天哪,你居然看我的屁股!

　　第三次见面的时候,便感觉亲切多了。

　　之后每次见面都是调试我的假肢,他蹲下来帮我做各种调整,话不多,但彼此都觉得轻松舒服。我以前也换过好几次假肢,但只有他会这么认真地捣鼓我的腿。有时候调试完各个组件的螺丝以后,我在训练室走来走去感觉挺不错,他总是能看出一些新的问题,说"不行,你再走两步给我看"。

几次三番后,我就开始烦了,感觉这个人特别较真,而我是个急性子。

那期间我一直在上海参加排练和录节目,一旦正式录制通常就是通宵,白天拖着疲惫的身体再去练习使用新假肢,感觉累的时候就只想回去好好睡一觉,但他还一直调试来调试去,劝说我要认真训练,当我不耐烦地在训练室思绪恍惚地走来走去时,他会突然跳到我面前,像个顽固老头一样跟我念叨说:"你的屁股肌肉用力不对啊,这样走下去骨盆就要变形了,屁股!用力!"

而我所想的却是:天哪!你居然看我的屁股。

虽然在认识他的时候我已经使用假肢五年了,也自认为自己走得很不错,假肢康复得非常成功。但他却会一直叮嘱我说,你的大腿用力不对、屁股用力不对、核心没有控制好、膝盖踩踏不稳会受伤等。刚开始我还听着,到后面就很容易失去耐心,心里也很骄傲地反驳他:"我都站在舞台上跳舞了,还用你来教我怎么走路吗?"有时候也会怀疑他的指导方法,因为身体的感觉是往左倒一点更舒服,但他偏要我往右靠,我一度以为他故意刁难我。走着走着不耐烦了,就走得歪七扭八的,但他似乎有用不完的耐心提醒我认真走每一步,指导我正确的发力方式。

有一次我坐在椅子上用手机听音乐,他提着我的假肢走过来说:"再试一次。"我忍不住说:"你年纪轻轻,怎么比我爸还烦人呢,你学的专业就叫烦死人专业吗?"他眼神很犀利地看着我,我以为他生气了,有点惶恐,心想:"是不是玩笑开过头了,跟他还没熟到这个地步。"我的眼神都被他看飘忽了,心里酝酿着该怎么把话圆回来。

正在尴尬紧张中,他扑哧一下笑了,然后指着我的右腿残肢说:"你仔细看过你的腿吗?"我呆呆地摇摇头,他说:"第一次见面检查你身体情况的时候,我就发现你的右腿外扩了,跟你过去四年都没更换接受腔和没有定期复检有关,估计你当时也没有系统地接受过步态训练吧,继续这样下去你的膝盖就要受伤了,紧接着就是骨盆变形,再来就是脊柱,你那么爱美,骨骼变形到不可逆转的时候恐怕就要伤心难过了。"

听他这么说,我才想到,好像的确是右腿膝盖时不时会不舒服,左边股骨头好像也会不太舒服。我问他这两处不舒服是不是跟假肢有关,他说:"当然了,所以从第一天开始我就已经想好怎么帮你定制一个新的康复方案,你身体受伤不是你的错,但如果不好好训练照顾好身体,就是你的错了。"

我莫名觉得怎么有点羞愧呢,又想挽回几分面子,于是跟他说:"我还是很照顾我的身体的。"

他说:"把专业的事交给专业的人来做,你听我的话,我保证一年内把你外扩的右腿矫正回来。"

他这句话说得非常自信肯定,那一瞬间我好像认识了一个全新的他,不由自主地服软了说:"好吧。"

后面的训练我就认真多了,也开始对着镜子按照他的指导练习核心力量和迈步技巧。当他帮我调整假肢对线的时候,我会认真感受力量的分布,尽可能表达清楚来配合他的调试。

后来我终于拥有了一双可以穿高跟鞋的假肢,我穿着它蹬上了12厘米的高跟鞋,那是我截肢后第一次穿上高跟鞋,穿着它参加了舞蹈比赛、走上了红毯,并最终在舞蹈大赛中斩获亚军。而这一切的背后都有一个人在默默守候着。

一段时间后我回到重庆见闺蜜，我们去商场吃饭，她忽然说："我发现你现在走路走得越来越好了。"那一刻，我想到了Charles，想到那个下午他看着我的眼神，想到他安静又执着的坚持。

过去没有对比，我一直以为自己的假肢使用得已经很好了，不知道原来右腿外扩还会给身体带来潜在威胁，以为截肢的人只能将就一些不太舒服的感觉，但是没想到在Charles的训练下还可以再进步，穿假肢的感受还可以更舒服，曾经那两个被摩擦到色素沉淀的地方，颜色慢慢还能变浅……

我意识到他对我的训练是有用的，我开始不由自主地敬佩他，也认同了他作为专业人士的权威，他专业的科学精神和执着的态度使我折服。

原来是冤家

尽管如此，他有时候也还会让我心烦，因为他似乎不断在挑战我的舒适区，让原本满足于现状的我总是不得不去面对一些令自己不适的问题。

比如他会说："你为什么要在假肢外面包个仿真皮壳，你觉得这个仿真皮真的好看吗？你觉得别人看不出来它是假的吗？再仿真它也是假的。"那是在英国定制的仿真皮壳，做成了接近我肤色的颜色，还有一些细节的血管突起等，隔着些许距离，不仔细看的话确实可以以假乱真。我还挺为它骄傲的呢！

但Charles这么一说，我就觉得好好的一个现状又被搅乱了，这种局面下，可真是"别有幽愁暗恨生"，对我而言，宁愿此时无声胜有声。

因为我那时候还没有勇气在大街上向每个人展示真实的自己，我并不知道自己表面自信昂扬，其实还没有真正接纳自己，觉得用一双很真的假腿可以掩饰我本来的样子，会更好看，更轻松地融入大家。

当他质疑这一点的时候，我好像被针扎了一样，立马生气地反驳："你凭什么跟我讨论美不美，你懂什么审美，你只是一个理工男而已。"说完似乎还不解气，又接着说，"而且我跟你有那么熟吗？你凭什么对我的选择指指点点？"

他倒是不慌不忙："我没有质疑你，只是提出我的观点，我也很愿意听听你的观点。"

看他这么沉着的样子，我也不想自己显得太小家子气，于是又耐着性子跟他解释："节目里我要穿礼服去走红毯，希望自己美美地走上阶梯这也是人之常情吧，如果我的假肢没有腿壳的话，穿着礼服就很难看啊。"我希望用自己的观点碾压他的想法，尽快结束这个话题。

他却继续很认真地说："我觉得你本来就很好看，好看的人穿礼服自然也好看，这跟你假肢长什么样是没关系的。"

因为他的话说得又礼貌又好听，我还真不想继续怼他了。虽然有一种不辩驳成功不罢休的叛逆在脑海翻滚，但我还是决定结束这场没什么意思的辩论。好女不与男斗啰！并且不知为何，尽管他像个冤家，每次口吐惹恼我的话，但我竟然还是期待见到他。

右腿外扩的骨头在他做的新假肢接受腔里慢慢被矫正，有时会感到些许不适,他总会轻柔地按压我的皮肤耐心地问:"是这里吗?是这种感觉吗?我的形容对吗……"他不会给我任何敷衍的回答,一定会确保我明白自己的身体发生了什么变化,可以怎么去解决这些不适。

这是我在任何假肢工程师那里都不曾得到过的安全感,他不仅愿意帮我完成假肢的康复,也愿意提供给我一切关于康复过程中需要明白的知识点。无论我表现出没耐心或质疑是不是他调整的问题,他都眼神坚定,语气温柔地回复我,直到他确认我听懂了为止。

有一次我赞美他"你做的工作很像一个艺术家在雕刻自己的作品",他当时正半膝跪地在看我步态是否标准,我以为他听了这样的赞美会很开心,谁知道他严肃地说:"我不是艺术家,我的工作不是靠感觉和艺术天分,我是工程师,不相信直觉,只相信科学的数据和精准的人体力学和工学。我做的每个判断都是有依据的,我清楚知道思路里每一条线的逻辑,不会似是而非,不受患者的感觉影响,确保按照科学的指导完成每一次康复。"

我开玩笑地说:"那你岂不是一个没有感情的机器人。"

他很难得地笑了:"你可以这样认为,但我摸得到你身体的温度,看得到你的表情,所以我比机器人高级。"我被逗笑了:"说你谦虚吧,你很多表达又显得很自恋;说你骄傲吧,你确实又很愿意谦卑地倾听别人,你真是个怪人。"他有些得意地敲了一下手里的工具说:"我怎么样不重要,重要的是让你保持健康和养成好的步态习惯,专心走路吧。"

很奇怪,这些细节没有让我逃避他的"古怪",反而使我一天天地愈发尊敬他、信任他,或者说,他用有些固执的坚持和认真赢得了我的尊重。

他被丢在人群中未必是那种很讨喜的人，但绝对是可靠、可信任的，他永远不会为了讨好别人而背叛他的专业和他的心。

好一个命中注定

虽然每一天都很平常，但我还是慢慢地感受到自己的情感在发生细微的变化。

可以穿高跟鞋的假肢做好之后，我提出想要做一双日常穿平底鞋的假肢。Charles搬了一张凳子到窗边，说："难得好天气，取模型需要一些时间，你坐在这里晒晒太阳吧。"听了这话我忍不住翻了个白眼，暗暗地想"我才不想晒太阳呢"。于是我抬着腿，拿他们公司的例刊挡住脸，感受着阳光忽而穿过云朵照进来，忽而又被浮云遮挡的惬意，时不时看看手机消息，或是看着眼前的这个理工男坐在小板凳上对着我的腿做着各种测量。

他为了固定我腿的位置，便拉起一根线，一边绑在我断肢外面戴的硅胶套上，一边绑在他自己的腿上。

这只是假肢取型流程里很普通的一件事，但正在这时候窗外的阳光像是放了慢动作，晃悠悠地斜过来，刚好照在我和Charles之间这根线上就停住了。那根线绷得紧紧的，阳光很亮，他低着头在评估测量，拿起文件夹记录着测量的数据，似乎丝毫没有注意到眼前的女人心醉神迷的模样。是的，那一瞬间我被这个画面迷住，心里生出莫名的感动，忍不住用手机偷偷拍下了这个瞬间。

他并不知道有一个画面在那天定格在我心里。我自恃理性冷静，但恋爱脑还是一发而不可收，对这种偶像剧般的情景完全没有抵抗力。那束光和那根线，就像一粒种子种进了我心里。

从那天起，我看他就不再只是把他当作一个为我调试假肢的工作人员，他在我眼里成了一个"足够特别"的男人。再见面时，我的脸变成了花痴脸，一看见他就会笑得很灿烂。有一次他说："你笑的样子看起来有点可怕。"我在心里暗想："哈哈，难道你怕我会吃掉你吗？"我都惊讶自己居然会有这么油腻的想法。

他对我也越来越信任，会跟我讲很多关于他自己的事，有一天他主动请我吃晚餐，我想这应该就是约会了吧，于是换了美丽的裙子应邀前往，谁知道他在餐桌上一直跟我讲他跟初恋女友的爱情故事。他在杜克大学学生物医学工程时因受到初恋女友的影响第一次去了教会，虽然后来他们还是因人生方向不同而分手，他却因信仰的缘故而放弃了小时候买豪车、买豪宅的梦想，决定读完研究生之后转向残障人士康复专业；在这期间他祈祷希望可以来亚洲，结果真的找到一份可以到上海的工作，他觉得一切都是冥冥中最好的安排。我以为他讲这些是因为还没走出失恋的阴影，于是就一直安慰他、鼓励他。

他看着我忍不住笑了说："你该不会以为我还在为初恋女友难过吧？"我说："是呀，要不你跟我讲你们的爱情故事干吗？"他哭笑不得地说："有时候你很聪明，有时候你很傻，我只是想说我能来到上海是命中注定的，我觉得这是命运最好的安排。"

"是呀，你遇见我就是命中注定的，2008年我在四川因地震截肢，而你刚好在那一年因为拥有了全新的信仰而决定重新寻找人生方向；2009年你决定学假肢康复，而我也在加拿大换了假肢并拥有了属于自己的信仰；今年我来上海录节目，你又那么巧来上海工作了；导演让我去换一个可以穿高跟鞋的假肢，那么多假肢公司，我恰好联系了你所在的公司，而你恰好被公司派来为我做假肢，成为我的专属假肢工程师。原本是在地球两端的两个绝不可能相遇的人，但是命运轨迹这么奇妙地重合了。这不是巧合，就是命中注定。"我一边想一边说，越说越觉得很神奇。

"难道你的意思是，我来上海就是为了遇到你？"他脸上飘过一丝平常很难看到的狡猾。

"是呀，就是为了遇到我。"我心里这样想，但没好意思说出口，只说："也许吧，你觉得呢？"

"嗯，不排除这种可能啊，认识你我确实很开心。"

接着我们便继续吃吃喝喝，聊过去、聊未来，聊得忘记时间。那天是我们在工作场合以外第一次深入交谈。很明显，那天过后，我们再见面，彼此都觉得更为熟悉亲切了。我渐渐开始习惯每天会见到一个叫Charles的人，和他说上几句话，看着他忙忙碌碌的身影。

有一天他特地到我排练的地方找我，说："我要去参加一个退修会，要离开上海几天。"我们已经连续一两个月每天都会见面，忽然听到接下来有几天见不到他，我觉得很不舍，一时之间竟不知道该说什么。

他说："我马上就要出发了，专门过来跟你说一声。"说完匆忙跑走了，看着他跑掉，我的心里很失落。可一分钟后他又跑回来了，我以为他不去了，好开心。谁知道他跑过来给了我一个U盘，说"你之前说过这是你喜欢的，给你"。我接过U盘看着他，他也看着我，我知道他也舍不得，我恨不得走过去抱住他，但只是站在原地一动不动。门外有人叫他，他转过头回应了一下又转过来对我说："等我回来。"接着就跑走了。

当天排练结束已经很晚了，我回到酒店拿出他给我的U盘，里面装着《悲惨世界》。

发芽路上的挫折

Charles离开那几天，我觉得度日如年，这样的心情让我确定自己喜欢上他了。

等他回来以后，我迫不及待地约他见面，那天他看起来不是很开心，脸上神情很严肃，好不容易等来重逢，我们却似乎找不到什么合适的话题，有一搭没一搭地聊着，后来我要去排练了便跟他道别。

他送给我一本他外婆送给他的书《最美的祝福》，他说："这本书很棒，但我看中文太慢，就一直没看完，希望你会喜欢，看完后可以跟我分享。"在他口中，他外婆是一个有爱且智慧的老人，在他幼儿时期给予他很多的陪伴，也对他产生很多相伴一生的影响。他跟我讲过一个小片段：他每次坐出租车下车以后给了钱就走，但外婆每次都会多给司机一点钱，说"零钱不用找了"。他说："外婆你干吗？人家也不缺这个钱。"外婆就敲他的头，说："我们做人要多体谅别人的辛苦，即便人家付出的是你看来很小的事情，也要懂得感恩，然后能多给就多给人家一点。"他说这些小事他都记得很深。

这也是我在心中为他加分的小事，从一个人最在乎最牵挂的人和事，也能看出这个人的价值观。

在道别当即，我突然跟他说："我们现在是在恋爱吗？"我以为他会说是的，结果他说："我想我们现在还是普通朋友。"说完有些不安地看着我："你觉得呢？""是呀。"我当时就感觉好失望，但还有一丝倔强，心里立刻就有一些东西碎掉了。那天分别后，我比往常更卖力地练习舞蹈，想把心里不舒服的感觉通过汗水排出来。

一天下午排练结束后，我们相约去参加一个聚会，一些跟他一样有多元文化背景的朋友聚会。虽然刚经历了表白失败，但因为大家提前约好了，所以我还是要硬着头皮去参加，在楼下他居然又对我说："我们只是朋友，对吗？以后会怎样我们现在都不知道，但现在应该还是这样的，我会这样把你介绍给我的朋友们，告诉他们我们是好朋友，请他们为我们未来的关系祈祷。"我说："我觉得没问题。"但其实那一刻我在心里就很想踢他，用我的假肢狠狠地敲他的头。

因为他之前给我发过一条消息，说："你是一个很好的姊妹，我真的好喜欢你。"当时我便以为这就是表白了。有这句话，再加上后面的朝夕相处，我以为这就是恋爱了，但他现在却站在我面前如此认真地说我们只是朋友，这种期待的落差会带给我一种被戏弄的感觉，所以在聚会中，我的情绪有些不可控制地低落着。他也看到了，一直不停地问我"还好吗？"但我并不想再去讨论这个话题，就控制住自己的情绪，投入到大家的聚会中，努力把飞走的思绪不断拉回现场。

努力还是有用的，慢慢我发现心里的孤独感消失了，开始认真思考和参与大家的讨论，在这些思想的碰撞中，心里那些不舒服的感受也慢慢消减了很多。听见一位女孩讲述她的经历，我似乎找到了共鸣,听得很投入,旁人怂恿我也分享一下自己的故事。

于是我开始讲述,其间不断回忆起自己一路走来的种种值得感恩的事,越讲越来劲,后来所有人都停下来很认真地听我讲,大家眼睛闪闪发光,我们好像都被某种神奇的东西点燃了。我也在那一刻忘记了所有的不开心。分享完之后,我发现Charles充满羡慕地看着我。忽然就想通了:单身的日子本来就很精彩,如果遇见好的伴侣自然是值得开心的事;如果没有,也可以继续单身的精彩,没有理由患得患失。可能我的确擅长(或习惯)看到事情好的一面,几乎是一瞬间,就释怀了。

如果一个人在情感关系中感觉到自卑,因为别人的拒绝就否定自己或对对方感到不满,这种反应在一开始是正常的,可是如果允许这种负面的情绪一直绑架自己,任由心灵陷入泥潭,那实在是得不偿失。可以尝试着去做一些能让自己开心的事,最好这件事还能在一定程度上使用到你的优势,你一旦去做了,就会发现人生还有很多可能性,完全不需要执着于一段感情。

所以聚会结束的时候,我真的很释怀,脸上神采奕奕,和刚开始判若两人,Charles反而觉得奇怪,他一直问:"你还好吗?你心情有没有受影响吧?你没问题吧?"

"我很开心。"

"你一点都不难过吗?"

"我为什么要难过?"

"我以为你会有点失落。"

"你希望我失落吗?如果你是我的好朋友,应该希望我开心才对。"

送我回酒店的路上,他略显沉默,但仍然紧跟着我,而我却叽叽喳喳一副没心没肺的样子。他大概觉得女人实在是很难琢磨吧!

一直到酒店楼下的时候,他站在我对面,一副欲言又止的样子,然后说:"Kate,我跟你说我们只是普通朋友,不是说永远只是普通朋友,我希望我们不要太快,而是有足够的时间去了解彼此。"

我说:"你不用跟我解释,我尊重你的感受和决定,做朋友也挺好的,你是个很棒的男生,有你这样的朋友我也很开心。"

然后他的表情就显得超级懵,感觉就像在说:"就这么容易放弃了?"

不是放弃了,是愿意接受任何一种可能性。

亲爱的,等他自己情愿

从那以后我对他就没有花痴脸了,和喜欢过的人即使做普通朋友也是一件快乐的事。能喜欢上的人,身上一定有自己欣赏的地方,和欣赏的人在一起相处又没有多余的负担,这种感觉很轻松,没有额外的期待,自己的情绪也不会那么容易被牵动。这样的状态很舒服没压力,"他不是我的一切,我的人生还有很多种可能性",还可以憧憬谁会是我的另一半,世界变得好宽广。

Charles似乎却比之前表现得更积极了,每次见到我就主动凑过来聊天。我们分享各自过去的情感经历,互相询问:"现在还会觉得伤心吗?"然后回答:"真的没什么大不了,一切都好遥远了,甚至都记不清了。"再一起哈哈大笑，有一种笑看人生的豪迈感。我们可以尽情地聊自己的"前世今生"，那些不为人知的挣扎和曾经踏过的坑，不会强行要求对方做出什么言不由衷的反应，彼此尊重，认真聆听。哈，还有比这更舒服的关系了吗？我很满足。

如果能在沟通中得到接纳和尊重，能被认真地聆听，朋友这种关系实在是可以很大程度减轻人的孤独感，甚至对像我这样重视友谊的人来说，有了朋友也不是非要有爱情不可。当然，很多时候朋友之间这样亲密地陪伴到其中一方成家，也就戛然而止了，所以爱情还是珍贵的存在，它让世界上有一个人完全属于"我们"这个主语。

这段时间我和Charles除了谈论彼此私人的经历，也会一起讨论很多社会议题，尤其是关于残障群体在整个社会中的"消失"，他感到奇怪："为什么上海这么大的城市，走在街上很少看见残障人士，中国很少残障人士吗？"

我说："不少，有8000多万呢，即使在我生活的小镇上，从小也知道周围邻居中是有一些残障人士的，我家隔壁就有一位盲人叔叔，但的确他们很少出门，大概是害怕给别人添麻烦吧。"

"所以我觉得你很特别，第一次见到你的时候，你的脸上没有被残障标记过的烙印。"

"只能说我很幸运，上帝在我心里放下很多阳光和眼光，在我刚经历创伤时就叫我遇到好的良师益友，他们从来不特殊对待我，他们表现得那么有智慧，以至于我深受影响，所以也从来不小看自己。"

"难道你从未遇到过歧视你、打击你信心的人吗？"

"当然有，不过他们在我眼里没有分量，所以他们说的话影响不了我。我是个内向型人，发自内心尊敬的人不多，只有那些少数受到我尊敬的人说的话才对我有影响力。其余人说的话会被我自动过滤掉。"

"你还叫内向?"

"哈哈,内向的人也可以性格开朗,这二者不冲突。"

"怎么说?"

"就是说心里是阳光明媚的,但个性是害羞内向的,给人感觉似乎很外向,但其实并不容易受到外界影响,有相对稳定的内在世界,不轻易被他人的观点打动,除非我内心真正认可这个观点。"

"新奇的观点,但我认可。"

"所以关于残障,我的眼光是不一样的,我很感恩自己有机会过两种不同的生活:有腿的生活和没有腿的生活,哦,哈哈,或许是三种,还有假腿的生活。"

"你把这种在一般人看来是'悲惨'的改变看成是一种'机会',这样的认知我还是头一次见到。"

"也许是射手座独有的人生哲学吧,做当事人的时候会非常俗气地去经历人生,但回到思考层面,就变成冷静抽离的旁观者。"

"你还研究星座啊。"

"读书时候太无聊,受同学影响了解一些,你是什么星座?"

"我不为自己不相信的事浪费时间。"

"你这样说会有很多人觉得你封闭固执吧?"

"我不为自己不在乎的人浪费精力。"

"哈哈哈哈,你哪有那么酷,你对每一个陌生的截肢者都很在乎。"

"因为他们是我在乎的对象,如果我所学的知识不能被应用于切实地带给截肢者帮助，解决他们的问题，这对我来说，是一种否定。"

"那我就不跟你谈星座了，实际上我也不相信，不过对这种类似'统计学'的东西感到好奇，它似乎比较容易拉近人和人的关系，但我讨厌它会带给一部分迷信它的人先入为主的刻板印象。"

"比起你来说，我身上完全没有任何孩子气。不过我有时候也会假想，如果我失去双腿，要怎样给自己安装假肢。"

"哈哈哈哈，那我希望你还是最好不要发生这样的事，我可以扛得过的事，你未必可以，上帝给我信心和恩典扛过去。"

"嗯，对，我还没准备好，哈哈。我只是从专业的角度去思考这件事而已，心理层面的确没有思考过。"

"对于失去肢体的人来说，这是一个漫长的自我重建的过程。"

"你有过自我怀疑或自卑的时候吗？"

"对你我才这样说，有的。"

"为什么对我才这样说？"

"不是每个人都有这样的智慧和眼界去接纳别人的软弱，而世界上更多人是愚蠢的，他们既不承认自己的软弱，也喜欢轻视别人的软弱。但你不是。"

"嗯，是的，我不是，我知道自己软弱。"

"看，这就是我欣赏你的地方。"

"哈哈，说说看你那些自卑的时刻，是什么让你自卑了。"

"在感情里吧，我曾经试图深入交往的男生，会在某个瞬间表露出他们对能否接受我的身体的疑惑。别人怎么说不重要，甚至骂我死瘸子我都可以无动于衷，可是在试图交往的人面前，我觉察到自己变得很敏感。"

"这样的人配不上你,那后来怎么度过的?"

"他们疑惑着能否接受我的身体的时候,我也质疑了他们的信心和在爱情里的能力。所以没有度过,哈哈哈,我就麻利地远离他们。我不会去讨好一个不够喜欢我的人,不管是朋友还是伴侣。"

"那你是个很自我的人吗?"

"嗯,自我,但不以自我为中心。我觉得勉强的关系,到最后还是会分崩离析,不如洒脱地告别,我只是不喜欢自欺而已。"

"那如果你真的遇到一个非常非常喜欢的人呢?"

"嗯,可能会很怂。哈哈哈哈,不过就像你说的,如果一个人仅仅看外表来审视我的高低,他在我眼里是俗气的,我也会认为他配不上我的感情。"

"我觉得你表面看起来很刚强,但你的内心很柔软,耳根子也很软,你没有自己形容得那么强悍,在世俗面前你懂得的东西不多,因为你活在一个理想的世界。你对坏人的理解很浅薄,甚至不觉得有真正的坏人,你只是本能地知道哪些人好,所以躲过了坏人,但如果一个坏人伪装得很好,他可以很容易伤害到你。其实你很需要周围人的保护。"

"莫名有点感动呢。"

"难怪你妈妈说,你还是个小女孩。"

"我妈才是个小女孩呢,她都是被我保护的角色。"

"你们俩差不多,只不过你智商略高一点。"

"怎么感觉你这句话像是在骂我。"

"那你太小看你妈妈和你自己了。"

"你挖了个坑给我。"

……

我们俩似乎可以天南海北地聊，聊到地老天荒。

关于人生、对人生的看法，关于自我、对自我的看法，关于他人、对他人的看法，关于世界、对世界的看法，关于信仰、对信仰的看法，等等，广而杂的话题，每一个话题我们似乎都可以聊上几天几夜。而在这些话题上，我惊讶地发现我们很多看法高度一致。有趣的是，这些底层的逻辑如此一致，但我们的表达方式却相差甚远。他是个讲话几乎不太会有任何表情的人，而我却手舞足蹈、眉飞色舞；他讲话一就是一，二就是二，而我却会添油加醋，带入很多自己的想象。我们的本质如此相似，但他更像个大人，而我更像小孩；我被他里面的大人吸引，他被我里面的小孩吸引。

Charles看我的眼光，在这些交流的过程中越来越炙热了，我能感受到。我相信，我也是的。

　　爱是美好的。爱没有错,错的是:我们自以为是地爱着,却做着和爱无关的事。

　　爱是成全,不是索取。爱使人改掉以自我为中心,成全对方的同时,也成全自己,使自己变得更完整。就像一粒麦子落在地里,它并没有死去,而是结出更多更饱满的籽粒。

　　永远不要放弃对爱的信心,在对的人没有出现之前,我们仍然可以拥有爱的能力。

——廖智手记

Chapter 14
如果是为了遇见你，等多久都值得

质的飞跃终于出现了。那天我们在衡山路的一间国际礼拜堂的小礼堂约会，那里灯光昏暗、蚊子四处飞。我们原本在一起祈祷，可是闭着眼睛的我却一直被他啪啪打蚊子的声音吵到，忍不住眯缝着眼睛说："你就不能忍忍吗？"他龇着牙说："我曾经在危地马拉做志愿者的时候被蚊子咬过，那一次很惨，我也差点被截肢了。"紧接着我的手臂也被蚊子咬了，我使劲地抓。Charles猝不及防地抓住我的手说："我帮你吧。"
"你帮我干啥？"
只见他麻利地用手蘸了自己的口水，迅速把口水涂在了我的蚊子包上面。
"啊！"我条件反射般地打了他的手。
"这样很有用的。"他把手在裤子上擦了擦继续说，"你该不会嫌弃我的口水吧，我的口水很珍贵，一般人我不给他。"
实在是觉得这个人太可爱了，我一下子抱住了他，很快，我感受到他的心跳变得很激烈了。

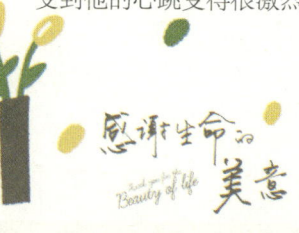

拥有性感胸肌的表白

6月19号,Charles跟我表白了,在我即将离开上海的前两天。

"你为什么突然表白?"

"因为Daniel告诉我如果再不表白,就要永远失去你了。"

"等等,Daniel是谁?"

这个时候,我才知道他有一个朋友叫Daniel,新加坡人,在上海工作,已婚,有三个孩子。在我们相处的这段时间里,他一直在帮助Charles和我相处,是Charles的恋爱导师。他会告诉Charles:"这一步你们不可以有身体上的触碰,因为你还没有确认你们之间的感情。""这一步你可以跟她多聊聊你们的过去,你们需要有一个机会看看是否可以包容彼此的过去。""这一步你可以真诚地跟她讲讲你对婚姻的看法。""这一步,你可以讲讲对未来的向往和计划,看看你们步调是否一致。"……

而在6月19日约我见面的最后一次谈话前,Charles跟Daniel说:"我有点着急了,因为她就要离开上海,我担心会失去她。"

"那你还有什么顾虑的地方吗?"

"我有很多害怕,她的经历太丰富,我怕她有一天发现我苍白得像一张纸;她那么温柔,我怕她看见我发脾气的样子会害怕;她有过受伤的感情,我怕我不能贴心到可以让她快乐;她是我在工作中认识的,我怕周围人觉得我借着工作靠近她;她是个被公众注视的人,我喜欢安静,我怕将来我们的家庭生活会受到打扰;我不知道我们的父母会不会支持这段感情……"

Daniel一直笑着听他说完心中的顾虑,说:"那我问你一个问题,如果你向这些担忧投降,但从此人生中再没有她,你心里什么感觉?"

"我觉得难过。"

"你觉得这种感觉会持续多久?"

"很久很久。"

"相爱的两个人,只有相爱的这个关系是最重要的,而困难在任何一对夫妻间都会有,不是解决完所有问题才能在一起,而是两个人一起去解决过去、现在、未来的所有问题。你不可能一下子解决掉人生所有可能遇见的问题,但你只要牵着最爱的那个人的手,你们只要够坚定,这段关系可以战胜所有的挑战。你想要让这些还没发生的问题大过对她的爱吗?"

"我知道该怎么做了。"

在这番谈话过后,Charles形容他的心好像有扇门被打开了,他感受到喜乐和振奋。

那天晚上他便约我吃火锅,那时我还不知道有这些插曲。

那是在一家火锅餐厅,本来我们仍然像好朋友一样,聊得不亦乐乎。不过我发现那天在吃火锅的过程中他的脸一直很红,是辣椒的辣,还是心里的紧张,只有天知道。

作为气氛担当,我自然还是叽叽喳喳说个不停,我们也笑得很开心。突然,Charles非常严肃地看着我,很认真地对我说:"Kate,我可以正式邀请你做我的女朋友吗?"

我从来没听过这种表白,难不成我要说:"谢谢您的邀请,我感到非常荣幸?"

心里觉得又好笑,但又不太敢笑,因为他的神情看起来太认真了。我感觉自己原地愣住了。

他可能觉察到自己的严肃,于是稍微咧了咧嘴,大概是试图想笑一笑吧,最终还是没有成功。

他只好说:"我是认真的。"

我盯着他的脸,想要看出些什么东西来。

谁知道他说:"你不要看我的脸,你从我的脸上是看不出来任何东西的,我没有表情。你可以摸我的心跳,我是认真的。"

紧接着他以迅雷不及掩耳之势,不由分说地一把把我的手抓过去放在他的胸口,我摸到他的心脏跳得很快,但又觉得好奇怪,想缩回手的刹那却感受到了他的胸肌很结实,于是忍不住把手多放一放。就在那个瞬间,我俩都绷不住笑了。

我整个人笑得颤抖,他笑了那么一下又紧张兮兮起来:"你别笑啊,你同意吗?"

我心里想:谁叫你遇到我这个小气的人,以前你拒绝过我,现在我可逮着机会可以拒绝你一次了。

但不知为何,脑子虽然这么想着,但嘴巴却说了"好呀,好呀"。不要太信任你的大脑,因为你的心永远比你的大脑诚实。他终于开心地笑了。

表白完成后,我问 Charles 为什么会忽然表白,他跟我讲了关于 Daniel 的事,我一边听一边笑,却又一边感动得眼泪直掉。我跟 Charles 说:"请你替我谢谢 Daniel,他对你,对我们的感情所做的一切让我非常非常感动。"

"我会带你去见他的,你当面跟他说谢谢吧。"

（后来Charles带我去见了Daniel和他的太太以及三个孩子，他们一家实在都像是天使）

我观察到一些男性之间的友谊只是酒食、吹牛、烟雾缭绕，谈起婚姻、妻子、家庭满面轻视，好像对另一半的轻视与奚落会显得自己很有价值，尽显鲁莽地说着消极取笑的话，还为此感到沾沾自喜，误以为这是男子力的表现。但在我看来，像Daniel和Charles这般的男性友谊，才是真正的男人之间会做的事，他们的友谊祝福着自己所爱的人和周遭人的生命。他们真诚地分享，认真对待跟彼此有关的重要的人和事，他们足够成熟，能够关心彼此真正的福祉。这样的男性友谊是令人尊敬的——我听了关于Daniel的事后，忍不住对男性友谊进行了一番属于自己的审视。

看着表白成功的Charles，他的脸还红着，不知道是被火锅辣的还是仍旧紧张，眼里有喜悦的笑意。我说："你可以摘下眼镜让我看看你的眼睛吗？"

他说："我是高度近视，摘下眼镜就看不清你的样子了。"

"没关系，我看得清你就好。"

他便摘下了眼镜，我发现他的眼睛好大啊，好像我小时候参加摄影班时在山坡上拍过的小牛的眼睛，淳朴、清澈、无辜、透亮。忽然，我想起来一两年前老师为我祈祷的时候说的那些话，一下子特别兴奋，老师祈祷的那个不可思议的为我量身定制的人不就真的出现在我面前了吗？我特别激动地跟Charles说了这段经历，还把老师的祈祷词都告诉他，他说："那个人就是我啊！"

我又大笑起来：哼，就喜欢你这么自信的家伙。

奇怪的是，在这番表白之后，气氛忽然变得很尴尬，确认关系以后，竟一下子也不知道聊什么了。

晚餐后他照旧送我回酒店。在上海的街上压马路，有时候手臂不小心就会撞一下，我心想："现在我是要主动牵一下他的手，还是不牵？"可他那么严肃一个人，万一我贸然牵了他的手，把他吓跑了怎么办？

唉，我们俩到底现在要干吗？

在一步一步向前走的尴尬中，来到了一个十字路口，我们停下来等红绿灯。对面绿灯亮了，我迈开步子要跨出去那一瞬间，Charles一把抓住了我的手。

他牵着我的手，依旧面无表情，目光朝向前方说："干吗呀，都是成年人了，不搞这些小把戏。"

说着，他就拉着我的手往前走了。

他的口极其甘甜,他全然可爱

虽然跨过了正式的表白,但我俩还是有一种觉得彼此还没有那么熟的感觉,作为朋友已经熟悉了,可是作为恋人,似乎又很陌生。

Charles 常常会主动找话题来打破这种陌生感,他说"和喜欢的人聊天,是最幸福的事"。这可能是一种心理暗示吧,让我也慢慢放松下来。我们的约会基本上就是聊天,几乎每天除了吃饭就是聊天,吃饭的时候也在聊天。我们没有去看电影或做任何会把注意力从彼此身上转移的事,只是不停地聊天。

从彼此的上一辈到下一辈,父母是如何相恋的,小时候父母是怎么跟我们互动的,甚至连外公外婆爷爷奶奶怎么谈恋爱的、有什么样的信仰我们也聊了;我们过去的每一段感情,我们在感情中犯过的错,我逝去的孩子……所有我们在乎的人和事,都聊过了。有时候我们聊得很开心,有时候会激烈地辩论,有时候我会靠在他肩头默默流泪。

这种互动让我觉得又踏实又浪漫,好像要把从前错过对方的部分都补回来。

有一天,我们俩聊到一个很重要的话题:将来要不要孩子。他说:"Kate,你将来想要孩子吗?"

我说:"为什么这么问?"

"我不知道你想不想要,我希望你知道,如果你不想要的话我也可以接受,我们可以领养,反正世界上有很多需要爱但没有得到爱的孩子。"

他没有把话说得很破,但我们俩是属于默契度很高的人,我懂他的意思,他怕再次生育的过程会勾起我伤心的回忆。他知道我走出最艰难的日子后,一直希望自己活在阳光里,但日常看起来大大咧咧无所畏惧的样子只是我的一部分而已,其实那些最在乎、最刻骨铭心的人和事,我反而最少提及,也不喜欢别人提及,似乎任何多余的提及都是一种冒犯。他只字不提,但我却从他眼睛里看到了全部的意义。

那天我坐在他对面,看了他好久,有一种说不出来的感动和惊讶,我不知道自己为什么会遇见这么好的一个人,我从未想过世界上有这么善良的伴侣,一直看到他说:"怎么了?"我一把抱住了他,他也紧紧抱住我,拍着我的背说:"在我面前,你做自己就好,永远不要勉强自己。"唉,我不争气地又哭了。好像和Charles在一起,我常常忍不住会掉眼泪,不过都是因为感动,而不是伤心。

从前,当一个男生说喜欢我的时候,他的意思其实是喜欢我的坚强、乐观、自信、阳光、开朗、积极,这样的男生无法理解每个站在光里的人,身后都有影子。曾经有一个喜欢我的男生,我在一个特别珍贵的日子,带着诚恳的心和需要帮助的姿态,告诉他:"×月×号是我孩子的生忌,我很思念她,可不可以跟我一起祈祷?"他立刻非常生气,问我:"这跟我有什么关系?"他觉得我提及这件事是冒犯了他对我的感情;还有些男生会一番"好意"地劝我不要提过去的感情经历,说这对我不好,影响我的形象,他们似乎有意识地排斥我的过去。他们一边表达着对我的喜欢,一边又抗拒真实的我,他们想要的只是我的一部分,而另一部分他们想要的是自己想象中的圣洁女神,但我并不是。他们的幻想都放错了地方。

我只是一个有血有肉的普通女人,一个经历过重创艰难站起来的女人,需要一个可以爱我的灿烂也可以爱我的晦暗的人,但极少有人懂得我是个什么样的人,他们误解我,高估或低估我,狂热地爱着他们骄傲的心把我美化过的样子(或厌恶着他们骄傲的心把我扭曲过的样子)。他们爱的不是我,而是他们自己做不到也得不着,却希望在我身上可以得到的光明。我不想做任何人眼里的神或鬼,这一切都是他们自己的想象,这不是我的意思。我只是一个普通但一直在努力生活的女人。

只有 Charles,他拥抱了我的全部。

他甚至在我开始思考以前,就替我思考了:在我们未来的日子,他要如何陪我去面对心中最深的软弱和破碎。

在那一天,我做了一个决定:我要让眼前这个男人成为世界上最幸福的男人,我要嫁给他,用一生去爱他。

可以说比起起初的喜欢,这一天才真正意义上奠定了我们之间爱的基础。

亲密关系中的领导力

男生

在恋爱后,无论是身在一起,或身在异地,我们寻找一切可以聊天的机会。而我们关系的再度突破,是聊到关于财务的问题。

那阵子他常常请我去吃西餐，以前在川渝生活的时候，我一直对西餐无感，每次吃都觉得难以下咽。后来虽然每年出国演出演讲，但每次到一个城市都会先买上几瓶老干妈，西餐总是在我毫无选择余地的情况下的最次选择。

但不知是不是因为坐在对面的人是他，他带我去的每一家西餐厅做的菜都好好吃，以至于扭转了我对西餐的坏印象。尽管如此，我还是忍不住在心里纳闷："这些餐厅都挺贵的，他花钱这么大手大脚，和我向来奉持的勤俭节约似乎背道而驰，如果将来真的结婚在一起，我们可以合拍吗？"倒不是我喜欢自虐或自命清高，过惯了简单日子的人真的会对"高级"不适应，也许我就是个乡下人，即便是在后来拥有了更多选择、更好的条件，我宁愿多给其他人，也不习惯任何奢华享受。

我怕我们会因生活习惯不同而难以兼容，在心里犯着嘀咕，但也不好意思问他，有好几次晚上睡觉前，我都默默祈祷："不知道我们是不是真的合适在一起，希望能看见一个方向和指引。"

没几天，他仿佛看出了我的心思，竟主动问我："我在上海没有买房也没有买车，以后也没有打算一定要回美国，我不知道上帝会带我到哪里去，我从未曾在一座城市待超过十年。我对生活的要求不高，日常消费也不高，只希望一直保持着弹性的人生。哪里有人需要我，我就去哪里，我可能会随时去不同的城市或者是不同的国家。就像吉卜赛人，又像以色列人，一般的女生都不会喜欢这种不安稳的生活，你考虑过这一点吗？我不希望你对未来有一些幻想，我却给不了你。

"当初来中国的时候，本来是应聘一个公益机构，要去少数民族居住的山里，但是人家没有要我，因为他们不要单身的男性，就没有去成；后来才通过朋友的介绍来到上海，遇见了你。"

听他讲这些话的时候，我的心都快跳出来了：这不正是我对人生的期待吗？我可太害怕遇到一个只想追求买车买房，老婆孩子热炕头的男生了，我正想要过一种更有力量去面对未知、改变和挑战的人生。

他正是这样的人！

我激动到语无伦次，跟他说："你知道吗？在单身的时候我曾经设想，最美好的，我最想要的婚姻是什么样子？我的头脑里常常有一个画面——我和另一半一起去服务有需要的人，有老人有小孩，有男有女，当我们忙得满头大汗，或是在人群中团团转的时候，突然抬起头来看到了彼此，我们相视一笑，很有默契。那个对视就是我对婚姻最最期待的样子。"

他说："你每次讲话的时候，我都觉得很惊奇，你怎么能把放在我心里的想法从你口里变出来，而且让它变得那么动人？"

我说："其实之前我很担心你常常带我去吃很贵的西餐……我怕你是个铺张浪费，只管自己享受生活的人。"

他说："我的确很愿意享受生活，那是因为和你在一起，我想把我知道的最好的都分享给你。但是大部分时候，我会做饭给自己吃。"

我说："你会做饭？"

他说："做饭很简单啊，牛肉切四块，胡萝卜切三块，土豆切两块，加水全部丢电饭锅里，几个小时开锅撒盐就可以吃了。"

我说："哈哈哈哈，那很难吃吧。"

他说："很好吃，你以后做我老婆的话，就这样做就好。"

我说:"那我一定可以学会。"

忽然,我们俩眼眶都红了。

我说:"你怎么哭了?"

他说:"你怎么哭了?"

然后我们边哭边嘲笑对方的感性……

直到现在为止,我们在一起快十年了,仍时常聊着聊着就眼眶红了,有时候什么都不说,仅仅对视,就会很感动。大概真正的爱,就是会常常在凝视对方的时候,凝视到忍不住落泪,因为灵魂深处好像有个声音:好感恩,宇宙这么大啊,而我们相遇了。

我觉得很奇妙,原本心中顾虑的问题很多,可是在还没有讲出来前,他仿佛就从某个神秘的地方听到了,隔几天就会主动提出来这个话题,打消我的顾虑。

我们还聊过一个重要的话题:将来会跟父母住一起吗?

我说:"我不希望跟父母住一起,我喜欢拥有独立的小家庭,我不想把属于自己的责任推给父母。不过我们可以常常去看望父母,或时不时一起短聚。"

"我也不会,我想要我的家就是我自己的家。"

"我们将来有了孩子,你会考虑给父母带吗?"

"不会考虑,我一定是跟我的妻子一起养育孩子。"

"如果我的意见和你父母意见不同,你会怎么做?"

"你会怎么做?"

"哈哈,我会无脑站在老公这边。"

"我也会无脑站在老婆这边。"

我觉得我们都收获了完美的答案。这些沟通肯定会无形中加深我们对彼此的信任。是的，信任！信任才是亲密关系的基石，信任让人与人建立起足够充分的安全感。真正的爱情是因为渴望合一而愿意给予这段关系的百分之百的信任。相信我们在一起，就是世上发生过的最正确的事！

这些话题百分之八十都是他主动提出来的，结婚后聊起这些"奇妙的事"，他告诉我他默默做了很多功课，每次见我之前，都会提前想好当天要讲什么话题，要如何和我一起来探索人生重要的课题，增加我对这段关系的安全感。

而我的思路是发散式的，有时候只是感觉心里有不舒服或不安，但是我不知道那个令我不安的东西是什么。他能提出来那个点，我就会瞬间觉得，他太懂我了！懂我的快乐，不是真的懂我；懂我的担忧，才是真的懂我。这些聊天真是我们之间最宝贵的事了，帮助我们一步一步建立起紧密的关系。

所以，喜欢很容易，但是爱，是需要用心又努力的。喜欢属于每一个人，这是我们天生自带的能力；而爱，只属于虔诚而刚强的人。

我也想借这本书给恋爱中的男生一个鼓励：在关系还未稳定之前，女生可能有一些担忧却不好意思或不知道该怎么说出来，需要男生细腻敏感地去察觉这些担忧。要主动去问，要仔细思考，一切和女生未来福祉相关的话题都要一一聊过，要不嫌麻烦地去确认彼此的心意和计划是不是相通的。如果是，那么恭喜你，你们成为夫妻的话大概率会相处得很和谐，如果不是，要及时做一个选择：坚持自己的选择分手，还是改变自己，继续这份感情。

做一个负责任的决定——这很重要。如果你选择了一个人做人生伴侣，你可以努力成为亲密关系中的领袖，你要做的就是用心灵和诚实去爱你的另一半，去思她所思，想她所想，体恤她的软弱，察觉她的需要。这并不容易，但通过舍己的爱去爱你的伴侣，这会成就你自己的生命，你在亲密关系中付出的爱会促成你的生命圆满。

女生

在和Charles的交往中，他常常赞叹："你真的是一个很棒的朋友和恋人。"每当他说出这类话的时候，我都忍不住说："如果你早几年遇见我，你一定不会喜欢我。"他憨憨一笑："如果你早几年认识我，应该也不会喜欢我。"

为什么这样说？因为知道自己并非生来就懂得如何去爱。从青春期开始，我在感情上便一直处于蒙昧无知的状态，不了解自己，也不了解自己想要什么和适合什么，稀里糊涂随波逐流地跟着周围人的脚步走，别人恋爱我也恋爱、别人结婚我也结婚、别人为感情落泪我也苦叹遇人不淑……

你无法逼一个从未见过大象的人，去想象大象具体长什么样子——如果一个人成长过程中从来没有见过美好婚姻的模样，他（她）经营不好自己的婚姻，这是可以预见的。这样的人生在某一方面是破碎的，只有当自己意识到这种破碎时，才会愿意去寻找缝补的出路。

我正是这样的人。很遗憾，我的父母并不能很好地经营他们之间的关系，尽管他们很疼爱我，对外人也非常友善，他们待人大方慷慨，却对彼此苛刻又冷漠，不惜向对方说最恶毒的话、做最野蛮的事。

这是我在青春期懵懂向往爱情时，心里一直有种难以抹去的自卑且在选择上稀里糊涂的原因之一,除此之外,便是受到当下流行媒介所宣扬的爱情观的影响。年轻人在成长路上如果身边没有现实中的榜样,就只能靠电视剧、电影、书籍去了解爱情的模样,而流行媒介宣扬的爱情观都是不切实际的,这导致他们对爱情也拥有不切实际的幻想。正因如此,我的情感经历总是很糟糕,在前一段感情结束后,我有过强烈的自我怀疑,为了不再重蹈覆辙,我终于开始认真去了解何为"亲密关系"。

有很多书对我有帮助,比如《亲密关系》《爱的五种语言》《为婚姻立界线》《婚姻的意义》《但愿婚前我知道》《爱与罪》《更深的合一》等等,其中一些书对我实际帮助很大,一些书让我发现亲密关系的规律,一些书使我产生对婚姻的敬畏,一些书叫我发现婚姻的有趣之处……没有一套完美的婚姻教程,不过我可以通过不同作者的描述,拥有对婚姻更综合的思考,或者说更客观、更成熟的思考。

阅读跟婚姻有关的书籍很大程度上更新了我和异性相处的惯有模式,这些书籍使我变得比过去更有智慧,意识到即便是在最亲最近的关系中也需要合理的界限和尊重,而且无论何时都不必在亲密关系里矫揉造作——做真实诚恳的自己,再没有比这更有利于彼此认识的事了。尽可能替对方的益处着想,在与人沟通时要有节制,加上基本的识人能力,大概率可以拥有还不错的亲密关系。唉,言情小说和偶像剧实在是给予了年轻女孩,尤其是像我这样没有辨别能力的女孩太多对爱情错谬的期待。而好的书籍,使人活在真相中。

除了阅读,我和以往交友非常随机的样子也做了诀别,我开始选择性交友,会和那些生活简单、作风清爽、家庭稳定的朋友深交,常常来往于彼此家中,我找到久违的家庭温暖,也因此更向往找到并维持一段和睦的关系。

在这样的背景下我遇到了 Charles，有书籍的熏陶和前辈的榜样，我已经学会了怎样向爱的人表达关注、接纳以及解决冲突。所以这时候他认识的我已经从各个方面脱胎换骨了。他面对我，可以很安心地做自己，即使诉说自身的软弱也不怕会因此被轻视，这帮助他在我面前建立起必要且重要的安全感。

Charles 是一个很有爱心的男生，他来到上海工作不久，遇见一小群年轻人开办读书类的聚会，但他们没有合适的地方聚会，Charles 便开放自己的家接待他们。有一次聚会结束，我心里很快乐、很感动，想着这么多来自异地他乡的人在这座城市相遇相聚实在是很值得感恩，刚好快要到感恩节，于是我提出要在 Charles 家烤火鸡招待大家。所有人都很期待，唯独 Charles 不开心，因为他知道我即将去外地出差，感恩节正好在我出差回沪的当天，他担心这样的安排会太累，让我身体吃不消，也担心由于时间紧迫我的承诺无法兑现。那天他一直闷闷不乐，责怪我考虑不周，在听见我说"过去从未烤过火鸡"之后，他更生气了。

我和 Charles 最大的不同是：他细腻、谨慎；我大大咧咧、无所畏惧。结婚几年后，我们曾经在一个夫妻工作坊中和其他夫妻一同接受性格测试，我们俩的性格测试结果刚好是两条完全相反的抛物线，连老师都惊奇地拿着我们的测试结果在讲台上当经典案例讲。所以我一贯认为性格相似并不是爱侣间最重要的事，如何看待及调和彼此的不同——决定了一对爱侣能携手走多远。

如果换作过去被人这样责怪和不信任，我早就发飙了，因为很不喜欢别人不信任我。不过还好，我已经不再是那个幼稚的我。看到

Charles如此不快,我过去拉着他的双手,看着他的眼睛说:"我马上要出差了,不想离开前看到你不开心,如果我的飞机失事了,我不希望我们最后一次对话是不开心的。我知道你担心我太累,不过我很期待今年的感恩节,我可以搞定的,相信我。"他在理性上虽然还是不放心,不过感性使他忍不住骂了我一句"白痴",然后抱住我说:"你怎么那么笨,诅咒自己飞机失事。"我也紧紧抱着他,狡猾地想:"那有什么办法,总要用另一个担忧让你忘记你本来在担忧什么吧。"(偷笑)

我在网络上买了一只巨大的火鸡,邀约了一位姐妹在感恩节当天下午到Charles家协助我,然后就去出差了,出差的间隙都在恶补一切跟烤火鸡有关的知识,整理出一份简洁有效的烤火鸡方案,做了一个时间预算,我相信傍晚跟大家分享烤火鸡完全没问题。感恩节那天我坐最早的班机回到上海,一路狂奔到Charles家,然后迅速开始解冻火鸡,清洗,把配料和水果全部预备好……

晚上小组的年轻人们都来了,一进屋子就闻到了香甜的味道。为了让火鸡肉质不干不柴,除了每隔一段时间刷一次黄油,我还在火鸡表面用牙签插了很多苹果,苹果被烤过后汁水流进鸡肉里,让整只火鸡变得无比香甜(尽管这样一来使它看起来像一只变异的刺猬)。Charles回到家看着烤好的火鸡和我得意的脸,撕了一块鸡肉放嘴里,难掩笑意地说:"嗯,不错。"

那是个美好而感恩的夜晚,至今想起来都觉得很幸福。

在恋爱中我们时不时会遇到一些不太开心的事,很多不开心是由两个人的"不同"引起的,这一点在任何一段亲密关系里都是存在的。不过让我觉得很惊奇的是,思维的转变可以带来那么大的改变。

过去每当我在亲密关系中感受到不快乐不顺利的时候就很痛苦地想"我和这个人真的不合适",而现在我却会想"太好了,我又更了解他了"。

我已经明白一点:这个世界上并没有一个人只为我而来,我不需要去期待一个方方面面都跟我百分之百契合的另一半,就连我自己也做不到总是喜欢自己;而我却被赋予了自由意志,可以在人群中选择一个互相喜欢、价值观接近、彼此欣赏的人,然后,和这个选好的人同心、共进退。这样的思维转变,使我总是能在这段关系里发现有趣的地方,并且始终以发展的、积极的眼光来看待所有挑战。

一次 Charles 提供他的屋子给一些朋友进行洗礼,我们下午一起在房子里为晚上的洗礼做预备工作。那天他的心情似乎不太好,我们忽然为一些小事争执起来,老实说我自己都忘记是什么事了。只记得心中的怒火在升级,而我在气头上的时候是很不能接受争执戛然而止的,不过那时候我心里有个声音在提醒我:"愚妄人怒气全发,智慧人忍气含怒。"唉,有时候真想放弃操守,做个愚妄人。不过比起心中的怒气,我还是更看重我们的关系,果然是"爱比深渊更深"(《密室》),从爱而来的最后一点点理智驱使我闭嘴了。

我带着怒气跑进浴室想一个人待着,也不知该如何释怀,看见面前的浴缸便开始闷声刷起来,好像要把心里的憋屈洗刷掉,也不知这浴缸多久没刷过了(那时候 Charles 的房子是两室的,他把其中一间房免费借给另外一个男生住,这就是两位男士的小家)。刷完浴缸又去拖地,房间虽然表面看上去还不错,但床底下积累了厚厚的灰尘,我一次次清洗直到地板每个角落都被拖得锃亮。当我看着通过自己的"努力拼搏",一块块污渍被刷洗干净,浴缸一点一点变得雪白光洁,地板也形同初生时，心情也变得很好。

于是想：靠着一双勤劳的手去过好眼下的生活，可以解决多少不必要的烦恼啊，人活在世上有衣有食有爱相伴真是莫大的福分了。这样一想，就觉得为了琐事跟爱的人赌气实在是没必要，于是我对Charles说："今晚洗礼用的浴缸都刷干净了，我知道你对清洁浴缸有压力，现在不用担心了。"他听完跑去洗手间，问："你刚才用清洁液的时候没有戴手套吗？"我说："没有。"他的眼神看起来很心疼的样子，我说："没关系啦，下次我会戴的。"他还是站在原地，不知道是不是在懊恼自己刚才不应该跟我闹别扭，表情怪怪的，我就笑了："我做了这么棒的事，你还不来抱抱我吗？"他忽然眼眶就红了，走过来抱住我说："对不起。"

傍晚时分，参加洗礼的朋友们陆续都来了，桌上摆着各种零食点心，房间整洁温馨，受洗的人浸到水里的时候大家都很感动……我和Charles站在旁边，他搂着我的肩膀，我把头轻轻靠在他的胸口，没人知道下午的小插曲，但我们对此刻的温馨感受比其他人都深。我也因此了解到，Charles是个吃软不吃硬的家伙，与其在道理上跟他争个对错，不如帮助他解决问题，到那时不需多说什么，他一定会带着满满的感激和爱意。

很多争吵了大半辈子的老年夫妻，都不是为很严重的事，都是些生活中的琐事。哪怕他们当中有一个人跳出以自我为中心，真实地看见对方的需要和感受，婚姻幸福度就会提高很多。可惜的是，那些婚姻不幸的人坚持认为自己是对的，对方是错的。是这份固执，导致了越来越破碎的婚姻关系。

鉴于上一篇给予了男生一些鼓励，在这里我也鼓励女生们：不要

把内心的感受当作判断是非的唯一途径,男生没有我们想象得那么坚强,他们无法时刻在意我们的感受,我们需要为自己的感受负责,如果有了另一半之后便把感受的好坏寄托于一个男人,注定会在彼此之间增添很多愁恼。尽管男生很愿意成为爱人的英雄,可是当他们发现自己做不到时,其实会比女生更沮丧、更自卑,这时候女生如果能够有智慧地助他一臂之力,他会感激在心的。女性力量的展现,也会于无形中加深两人的感情。

当你发现自己有能力带给伴侣鼓励和安慰时,你会感受到比被爱更深的满足和甜蜜。

突破柏拉图式的爱情

我和Charles在聊天中陪伴彼此度过了一个又一个美妙的约会日,言语、思想、选择上的和谐一致使我们在精神上形成了高度的统一和互相欣赏,不过这种柏拉图式的恋爱却始终好似缺少了一些东西,缺少了一些可以被叫作"亲密感"的东西。我们彬彬有礼,有如谦谦君子般礼让包容着彼此。我不知道他怎么想,不过对我而言,总还有股若隐若现的陌生感会时不时袭来。

质的飞跃终于还是出现了。那天我们在衡山路的一间国际礼拜堂的小礼堂约会,那里灯光昏暗、蚊子四处飞。我们原本在一起祈祷,可是闭着眼睛的我却一直被他啪啪打蚊子的声音吵到,忍不住眯缝着眼睛说:"你就不能忍忍吗?"他龇着牙说:"我曾经在危地马拉做志愿者的时候被蚊子咬过,那一次很惨,我也差点被截肢了。"看他那样"楚楚可怜",我也不忍再责怪他。

紧接着我的手臂也被蚊子咬了,很痒,那蚊子很毒,立刻肿起来一个大包,我使劲地抓。Charles猝不及防地抓住我的手说:"我帮你吧。"

"你帮我干啥?"

只见他麻利地用手蘸了自己的口水,迅速把口水涂在了我的蚊子包上面。

"啊!"我条件反射般地打了他的手。

"这样很有用的。"他把手在裤子上擦了擦继续说,"你该不会嫌弃我的口水吧，我的口水很珍贵的，一般人我不给他。"

他看着我，好似被大人冤枉的小孩，两只眼睛又让我想起来小时候参加摄影班时在半山腰拍下的那头小牛的眼睛：朦胧、无辜。我忽然忍不住大笑起来，他也傻乎乎跟着笑起来。

实在是觉得这个人太可爱了，我一下子抱住了他，很快，我感受到了他的心跳变得很激烈。

我便更用力地抱着他，他也用力抱住我。我知道我们都很渴望彼此亲吻，但他忽然冷静了下来，说："我还没正式见你的父母，跟他们讲我们的事，我不能亲你。"

"为什么？"

"因为我要见了你的父母，才可以跟你进一步发展。"

"这么传统吗？那好吧，我帮你约我妈。"

我就约妈妈吃饭了。

那天吃饭的时候气氛一直很尴尬，他和妈妈东聊西聊，我坐在那儿，着急得很：你们俩倒是聊正题啊！

我时不时传递一个眼神给Charles，他意味深长地笑一笑，接着跟我妈闲聊，话题还是完全跟我俩的关系无关。后来我不得不跑到厕所去给他发消息：快点聊正题！并加上一个恶狠狠的表情。

回来的时候就发现他们之间的气氛有些剑拔弩张，他说："阿姨，你知道吗？我很喜欢廖智。"

我妈说："我也看出来了，你有什么打算？"

"我会很珍惜跟她的感情的。"

"你们打算结婚吗？"

"我觉得现在还不是立刻做决定的时候，但我们肯定是奔着结婚的方向去的。"

"不以结婚为目的就不要谈了。"我当时就在心里翻白眼了,什么年代了,至于吗?

也许我的白眼从心里翻到了脸上,我妈瞪了我一眼,接着问他:"你有没有考虑过什么时候回美国?"

Charles说:"我不确定,但短时间应该没这个打算。"

"嗯,要回美国也就不用谈了,我们这个是独生女,不能离父母太远了,人生地不熟万一被欺负了,找个帮忙的人都找不到。"

"阿姨,不管在哪里,我都会保护廖智的,不会让人欺负她。"

"最有可能欺负她的人,就是你,因为你是跟她过日子的。"

"哈哈,不会,我会维护她的。"

"那谁说得准,现在是很喜欢,日子久了,谁也说不好。"

"谁可能说不好,我说得好,我是一个说到算到的人。"

我忍不住笑场了:"你的意思是不是说到做到,或者是说话算话,额,没有说到算到这个词。"

Charles脸红了,无视我说:"希望阿姨相信我、尊重我。"

我妈很有辩论气势:"那既然这么肯定,为什么不能决定结婚?"

"结婚是两个人一起做出的决定,我们刚开始交往,廖智自己也还需要考虑吧。"

啊!怎么球又踢到我这里了?

我妈看着我说:"廖智如果不想结婚,就不会跟你谈恋爱,她,我很清楚,她直肠子,遇到想要在一起的人,就奔着结婚去的,妈妈说得对吧?"

我感觉耳朵好烫,像是被谁揪了一把,想:我从前恋爱,甚至结婚都不跟父母讲的，总觉得这两个大人整天忙于生计和吵架，根本顾不上我的爱恨情仇，于是我也习惯了把"独自用力"当作人生主旋律，但是现在……我忽然发现周围人愿意给我的关心比我想象的其实更多，这倒叫我不习惯了。如今在这个男人的怂恿下，我竟然要像一个待嫁姑娘那般接受父母来判定这段感情可不可行，实在太有违我的人生常态。正在思考怎么回答时，Charles说："如果廖智真的考虑清楚了，我非常愿意跟她结婚。"

天哪！这就屈从了吗？还是丈母娘式逼婚？我被绕得头晕，于是又去了趟厕所。

我妈继续很犀利地问了他很多问题，又聊了很多稀奇古怪的事……我从一开始的兴致勃勃，到后来发展成基本上嘬着玻璃杯里的饮料开始走神，思考着宇宙大事。中途忽然一段很窝心的话把我从外星球拉回了现实，是妈妈在说："其实说这些呢，不是故意刁难你，因为廖智跟别人家女儿是不一样的，她受过很多伤，但是她不喜欢对外说自己受了伤，她不哭也不闹，从小就是这样，她才三五岁的时候哭都不发出声音，她不是个多事的人，不多事到我和她爸爸有时候都会忘了她的存在。我们后来就特别后悔，很多方面都忽略了。你不要看报道都说她很坚强怎么样，她只是不想成为任何人的负担，但其实她比你想象的要敏感、脆弱，很多人不懂她，她是付出型的人，她是劳累命，你懂她吗？"妈妈说着就哭了。

Charles的眼眶也红了，说："是的，我懂她。"

我听着，眼泪吧嗒就掉杯子里了。

餐后Charles送我和妈妈一起回酒店，妈妈脸上的表情看起来很满足、很快乐，一路上他们还在聊。到酒店楼下，我说："妈，你先上去吧。"妈妈也很有默契地上楼了,看来她对这个男生满意度还挺高。

Charles看着我说:"现在我可以亲你了。"似乎从来没有遇见一个男生如此尊重我的感受,尊重我的身体。

我窝在他怀里,紧紧贴着他,恨不得钻进他温暖的胸膛,当我抬起头的时候,他亲吻了我,也许我盯着他的目光太犀利,他的脸又红了,我哈哈大笑着跟他说了晚安,就跑上楼了。

回到房间,看到他发给我的消息:好喜欢你,晚安。

感情在情义中升温

过了不多时,妈妈接到电话说外公病重,腿肿得厉害,已经无法站立和行走,小姨说"可能撑不住多少天了"。外公已经80多岁,向来硬朗,离世前两年身体忽然猛地衰退得厉害,一直住在妈妈老家那边。那时候我和妈妈都在上海,非常挂虑,一面是看似难以推卸的工作责任,一面是至亲病重,迟迟无法斩钉截铁地做出回老家的决定,亲戚们也劝我们再看看情况如何,不着急回去。

那天Charles下班来找我,见我情绪低落,问清缘由后,就跟我说:"我们现在订机票,明天就回去看你的外公。"我说:"你是说会陪我们一起去吗?"他说:"是的。"然后就打开电脑开始订机票。我真的好感动,问他:"明天你不上班了吗?"

"我请假。"

他一来就替我做了这个决定,心里的石头似乎就在刹那间一下子被人搬开了,踏实了,好像萦绕在头脑里混沌杂乱的思绪忽然有如烟花爆竹般炸开了,轰隆之后只剩下安静的意念:回老家看外公。人在思绪混乱的时候真的好需要有一些坚定的声音帮忙把头脑的混沌炸开,好理出一条安宁的轨道来。

我们当天就去商场买了很多吃的穿的用的,第二天便回了妈妈的故乡。

外公看见我们回来了,特别开心,还一直问我:"你不是在上海嘛,干啥子跑回来,耽误你们的正事。"我赶紧哄他:"你就是正事。"外公虽然腿肿得不能走了,坐在轮椅上,但眼睛仍然炯炯有神,我向他介绍Charles,外公开心极了,一直呵呵乐。Charles走到外公的身边,俯下身子凑近他说:"外公,我可以为你祷告吗?"因为我曾告诉他外公听力不太好。外公很惊讶地看着他,眼神好像变回了小孩,点点头说:"要得啊。"

于是我们推着轮椅带外公进了就近一个小房间,Charles先是过去抱了抱外公,然后在轮椅旁边跪了下来,拉住外公的手。他让我先祷告,为了让外公听得清楚明白,我用的是四川的方言,但一开口就难过得哭了,一想到外公可能就快要离开,想到我一直忙于自己的事都没有好好陪陪他,觉得又伤心又懊悔又不舍。

祷告完我睁开眼睛看到Charles也哭了,然后他开始为外公祷告。他祷告完了我们俩就站在外公身边默默落泪。我借此机会轻声对外公说:"家公,好舍不得你。"外公鼻尖也红红的。

这时候妈妈走进来了,看到Charles在擦眼泪,妈妈也哭了。当我们一起往外走的时候,妈妈问他:"你是不是觉得外公好可怜?"

Charles说:"不是的,我不觉得外公可怜,我觉得我很爱他。"妈妈那一刻的眼神看起来很复杂,似乎感到不可思议,但更多却是感动。后来妈妈告诉我,就因为那天Charles的这一句话,她的心里生出了一个意念:从此以后这就是我的儿子了。在我家基本上都是妈妈说了算,所以过了我妈这关就等于过了父母关了。

从四川老家回上海的飞机上,我问Charles:"你一直都这么博爱吗?一个对你来说完全陌生的老人,也会这样爱他吗?"

"不知道我是不是这样的人,但这一次我就是这样想的。"

"你好奇怪哦。"

"那你喜欢吗？"他斜着眼睛看我一眼，很迅速地又把目光收了回去，尽管还是那副毫无表情的样子，我却从他眼里看到了狡猾，"还可以吧！"不想有种被他拿捏住的感觉，我也狡猾地回他。

沉默了两秒钟，他说："你知道吗？我们俩有一个地方是最合拍的，你猜是什么？"

"不知道，你告诉我。"

"我们的审美都很不错，而且品位一致。"

"哦？怎么说？"

"因为我和你都觉得我很帅。"

……这下子轮到我沉默了——他真的是我认识的那个铁面无私的理工男吗？我忍不住用手去扒拉他的脸，他一边躲一边说："你干吗？"

"我想看看你这张脸皮后面究竟藏着一个什么样的自大狂。"

"哈哈，抓住你了。"然后他紧紧地把我的手包裹在他的手里面，我乖乖地坐着。

啊，他的力气好大啊！如果有幸走入婚姻，他要想欺负我那还不是分分钟的事吗？如果我这一生都没有一次被他欺负，那只有一个原因：他真的爱我。爱一个人，所以舍不得。

这样一边有些犯傻地想着一边瞄着身侧的他，回想着回老家看外公的点点滴滴，我的心又踏实又安稳，原来被爱着是这样的感觉：他会关心我关心的人，会由衷地爱我所爱；他不会去欺压任何人，他所做的都是保护。

当我们遇见挑战

在我们刚生出爱情的苗头时,我恰好接到一个工作机会去夏洛特演出。

那时候他跟父母说我们是好朋友,在尝试着了解彼此。叔叔阿姨知道儿子是个谨慎的人,如果已经是被正式介绍过的"好朋友"了,那么关系必定不一般。于是在得知我要去美国的消息后,便通过Charles跟我约在夏洛特见面。

抵达夏洛特之后我的心情一直很忐忑,没有Charles的陪伴,我究竟能不能从容应对和陌生但又亲切的"新朋友"的会面呢?Charles在电话里说:"做你自己,你可爱到足够让他们喜欢。"

公婆从纽约开了12个小时的车来见我。我到现在都清楚地记得跟他父母第一次见面的情形,仿佛那一天从未离我远去。当时我住在一个当地人家里,虽然英文一塌糊涂,但还是勉强跟女主人讲清楚了要跟什么"重要人物"见面的事,女主人也跟我一起非常期待新朋友们的到来。

时间到了,我穿戴整齐,对着镜子仔细检查有没有不够得体的地方。头发的卷过于蓬松,于是用夹板刻意整理过,让它自然但不凌乱,一对小小的珍珠耳钉让整个头部看起来既不寡淡也不夸张;选了肉粉色的上衣,稍微露出一点肩膀,但领口是系紧的,脖子后面系了个蝴蝶结,配搭黑色的包臀裙,看起来有亲和力但又比较正式,希望给我的新朋友们留下美好的第一印象。

当门铃声响起,我的思绪冲也似的飞奔去门口,不过我的身体还受着理性的驱使,不断在心里跟自己说"不要着急"。打开门第一眼看到Charles父母时我有些怀疑:他们看起来很年轻,真的是叔叔阿姨吗?两人个子高高、身姿笔挺、衣着端庄,真是郎才女貌。他们的相貌看起来都比实际年龄年轻很多,我几乎有点愣在门口,大概就1秒吧,可这1秒钟好像在我心里跑了好久,以至于变成无法抑制的恍神,直到他们跟我打招呼"Hi,Kate",不知为何,我一下子便扑进了他们怀里。

Charles的父母和他的形象很不一样,Charles很随意,不工作的时候喜欢穿拖鞋配短裤衬衣T恤,给人敦厚踏实的感觉,而他的父母看上去有种令人难以忽视的贵族气质,并没有穿金戴银,而是明明看起来寻常大方的装扮,却又让人觉得每一个细节都是精心考量过的,就连拥抱时候的姿态都刚刚好,既不让人感觉疏离,也不让人感觉讨好。所以,我在恍神时脑子里便想:"怎么有这么典则俊雅的长辈?"

紧接着叔叔回到车上拿了两盒巧克力给我,而阿姨给我了一盒她亲手制作的麻辣小鱼干,他们说这是Charles告诉他们我喜欢的东西。我却感到很不好意思:该死,Charles干吗要在未来的公婆面前把我形容得这么贪吃!

叔叔阿姨约我去咖啡厅坐坐。在咖啡厅,他们不问我过去,不问我现在,只是开心地和我分享Charles小时候的趣事,每一桩每一件,听得我大笑不止;然后他们又专心认真地听我讲述对"残健共融"的畅想,虽然那时候一切想法都还很遥远,他们不但听,还笑得很开怀。

而我印象最深的一段对话是在听到他们讲起孩子们的懂事和成熟

时，我说:"你们真的很棒，养育出两个这么优秀的儿子。"叔叔立刻回应:"那都是妈妈的功劳，我没有做什么，妈妈很有智慧，做全职妈妈很难的，但妈妈做得很棒。"阿姨却说:"哪有，是爸爸辛苦地工作，对家庭负责任，让我们没有生活的忧虑，我们才有这么幸福的生活啊，爸爸为家庭付出了很多。"他们说这话的时候，作为旁观者的我仿佛看到他们心里的深情流了出来，铺到整个咖啡桌都是……最后他们的总结是:"是两个儿子自己优秀啦，我们也没做什么。"

那一刻我心里很感动，夫妻间爱的维系难道不正是要拥有一双看得见对方付出的眼睛吗？我见过太多互相抱怨和给自己揽功的夫妻，却第一次见到这样互相感恩的夫妻。果然，智慧的人口吐恩言，愚昧的人满口抱怨。喝一次咖啡，未来的公婆便透过这些小事向我展示了他们的智慧。

我也主动讲起和Charles的相识过程，分享了我们共同经历过的趣事，惹得叔叔阿姨开怀大笑，我跟他们说，我们希望未来可以帮助到更多的截肢者，我们在各自优势上的结合是1＋1＞2的，他们也听得频频点头。第一天深入交流，我们对彼此的印象都非常好。Charles的父母很懂得尊重年轻人的想法，也支持孩子去做想要做的事情。当天结束后，他们打电话给Charles说对我印象很好，也觉得我的谈吐举止自如、阳光、自信。

第二天刚好有一个演出，我在候场的时候开始紧张，因为观众几乎都是美国本地人，我的舞伴也只会讲英文，我的英文还不够好，导致语言交流上有一些障碍，我很怕舞蹈表演会缺乏默契。正紧张的时候，叔叔阿姨也来了，他们走到后台来看我，一看见他们我就感到非常亲切，跑过去扑在他们怀里，叔叔阿姨一起抱住了我，说:"不要紧张,我们会在台下给你加油的。"

我很感动,在异地他乡能够有长辈给予的这种温暖和支持,是非常幸福的事。在演出的台上,我那天真的发挥出了超常的水平,演出一结束,阿姨就捧着一大束花过来送给我。

之后短暂的相处也都顺利愉快。我想,嗯,搞定了,这段关系没问题了!

回国以后,我兴奋地跟Charles讲:"你父母真的太赞了。"

"对,我爸爸妈妈也给我发了消息,说你是一个很棒的女生。"

"太好了。"

过了一段时间,我们相处十分愉快,并且有些难分难舍,Charles说:"为什么一定要恋爱很久才结婚呢?如果互相都认定了,恋爱和结婚的差别不大,都是和爱的人一起生活。"

"是呀。"

"那我们结婚吧。"

"太好了。"

"我们今年年底就结婚吧。"

"太好了,太好了。"

然后就开始筹备婚礼了,结果就在那时候出了岔子。

有媒体来采访我时问起感情生活,特别问到了有没有计划结婚。我说:"我们计划今年底结婚。"结果报纸被叔叔阿姨的朋友看见了,朋友问起的时候他们感到非常惊讶,于是立刻打电话来问:"你们要结婚这件事我们怎么没有听说过?现在媒体报道了才知道,这才刚刚谈恋爱,怎么就要结婚了呢?"阿姨问Charles:"你觉得你足够了解Kate吗?Kate足够了解你吗?婚姻不是儿戏,现在不可以结婚,三年内都不要结婚。"

爱情之树结出果实

　　Charles从小就是一个很沉稳的人，向来比同龄人更稳重成熟，他走每一步都是有计划的，从没有做过这么冲动的事，所以叔叔阿姨会觉得儿子这次认识了一个女生，竟然这么快就要结婚，做出这么反常的决定是不是被爱情冲昏了头脑？

　　之前积累的正面印象，突然就变成了负面印象，再加上空间距离的限制，无法近距离了解真实情况，以至于做父母的开始担心挂虑。那一次Charles接到电话后和他爸妈聊了很久，但最终双方都不快地挂断电话。我看得出Charles挂掉电话后很难过，而我也只能安静地看着他。

　　我们恋爱时就约定好婚前先不同居，等结婚以后再同居，我搬去上海时Charles替我租了间屋子，和另外两个姐妹住在一起，她们都是从国外来上海工作的。那时我才刚开始学着做饭，虽然笨手笨脚，却每天都很幸福地做好饭等Charles下班过来吃，那天煮好了水饺和Charles正准备吃的时候，接到了叔叔阿姨的电话。电话结束水饺都冷了，即便不冷，我们也一口都吃不下去，坐在餐桌前对着饺子很忧伤。以为距离结婚已只剩临门一脚，没想到这一脚竟把自己踢得那么痛。

　　他很生气："我一直以为我们一切都OK了，两边父母都开心，我们是受祝福的，但是我现在感受非常不好，我觉得不被信任。难道我不知道自己选择了怎样一个妻子吗？"他讲话很少连续用很多个"我"，用的时候就代表他真的很不开心。我的心情也莫名沉重。

他接着说："我要马上写一封Email过去，我认为他们错了，你就是我认定的人。"

当他打开电脑要写Email的时候，我的心里不安，就拉住他说："你先不要写，我们来祷告吧。"

我们就跪下来祷告，祷告完了起来我心里好像澄明许多：这事不妥，我们不能这么做。于是，我站起来抱着Charles说："如果这点考验都通不过，我们怎么过一辈子呢？你让我想一晚上，想清楚再决定怎么做。"

那晚我睡得不太安稳，思绪万千，我想如果我是一个妈妈，遇见这样的情况会怎么想：在异地他乡的孩子遇见一个全家都不了解、不熟悉的人，这个人有过婚史，还双腿截肢，见过一面之后再没有更深的交流，两边家庭也无任何沟通，忽地一下，连商量都没有就说两人要结婚……看起来的确很草率和冒险，换位思考便能体谅叔叔阿姨的难处了。

第二天早上眼睛一睁开，好像灵光乍现般，"噔"一下一个创意出现在我头脑里。我兴奋地翻身起来打电话给Charles："你千万不能写这封信，因为这封信不能让你来写，是要让我来写。"我挂了电话就写了Email给阿姨，自此，我们开启了长达数年的属于婆媳之间的"鸿雁传书"，成了情谊深厚的"闺蜜"。

叔叔阿姨之前在电话里有提到尽快结婚这个想法太不成熟了，最好三年内先不要结婚，给彼此足够的时间深入了解，这个提议被

Charles认为是对他判断力的不信任，因此感到难过。经过思考后我决定尊重他父母的建议，我相信这是唯一可以建立彼此关系的选择，于是写信的时候除了分享Charles和我在上海生活的点滴，同时也表达了心意：我相信长辈的出发点是爱和关怀，这是珍贵的，不应该用敌对的态度去看待，虽然我们年纪不小了想尽快结婚，但美好的婚姻需要来自家庭的祝福，如果是真心相爱的话，三年并不长，就算是三十年也应该等得起，最重要的是，我们重视父母的感受，也渴望得到来自全家的祝福。

我想打消彼此的误解，我和Charles在一起并不是为了要让他们和儿子产生嫌隙，而是让他们多一个女儿，所以我愿意以女儿的心去尊重和体谅来自长辈的善意。从那封信开始，生活中便多了一个新的期待，期待收到婆婆的分享信，也期待工作结束后找个安静的角落回信。原本只是为生活增添了一点点小事，但却惊喜地发现自己成为一个更幸福的人——除了收获爱情，更慢慢收获了全新的友谊，来自爱人父母的友谊。这真是意外得到的礼物！

果不出我所料，叔叔阿姨是善解人意的长辈，他们的顾虑主要来自于不了解。当我主动跨出这一步去沟通时，他们也欣然敞开心扉和我互动。尽管奔向结婚的路上似乎遇到了一些挑战，但我的内心还是很感激叔叔阿姨养育出温暖有爱的Charles，也深知自己从Charles那里得到的每一份爱里都有来自他们过去多年来的付出和影响，而现在分隔两地，Charles也不善于分享表达，我理应充当互通有无的角色。

每一次误解的背后都是沟通不善，在两边产生误解的时候，我就是那座促进关系的桥梁。在通信的过程中我得到了珍贵的友谊，慢慢发现最初是因为Charles的缘故才建立了和他父母的关系，但通过长时间的书信往来，我已绕过Charles和叔叔阿姨建立起了属于我们之间的情谊。有一天在祷告的时候，我想：无论和Charles最后能不能结婚，我已经和他的父母成为好朋友了，就算和Charles不能走到最后，也希望他们永远幸福。

也许在那一刻我才真正明白了爱的意义，爱不是占有和强夺，而是成全和给予。就这样一来二往，一个简单的开始却一发不可收，信件从"叔叔阿姨"写到"爸爸妈妈"，再从"爸爸妈妈"写到"爷爷奶奶"，一写就是好几年，直到弟弟都两岁了我们才用微信代替了写信，这些信见证了彼此生命中珍贵的岁月点滴。在一年我生日的时候，由婆婆负责整理、公公负责打印，他们把所有的来往信件打印成册，当作生日礼物送给我，看着厚厚的家书，我的心满是感动，从此后每次搬家都带着这套家书，这是爱的凭证。

爱把人历练得成熟，如果按照以前的个性，我可能在遭遇"拒绝"的时候表现出叛逆的一面：你不稀罕我，我也不稀罕你。这样的心态会使我错失一段美好的姻缘，也会错失幸福的家庭。

我感恩的是，过去的失败和痛苦使我学会珍惜，人这一生能遇到无条件善待自己的人不容易，当遇见的时候要把"自我"放下来，让爱心顶上去，为了爱，一切的隐忍和等候都是值得的，在爱里坚持的人一定会得到诚恳的回应和真实的幸福！

2014年1月31日，我和Charles飞去加拿大，找到当初为我的婚姻祈祷的L老师做证婚人，我们在当地一些爱我们的人和整个宇宙的注视下，结婚了。

走的路多了，见的人和鬼多了，就知道，此生不需拥有那么多喜爱。愿得一人心，用真心还真心，足矣。

就像三毛和荷西，有人说："有什么可羡慕的？贫困交加而已。"那是没有真遇到过以真心还真心，没有体会过相爱的滋味，都是你需要我、我需要你而已。的确，不过是互相需要的关系，就不要说什么爱情。

有的人只想做货物，要一个标价而已。

有的人配得起更好的感情，配得起的人才能在看不见未来的时候，也依然拥有相信爱的心。

——廖智手记

Chapter 15
婚姻，是两个50分的人，把日子过成100分

自从我认识Charles之后没有一分一秒停止爱他，就算是在被他气哭的时候，就算是在感到灰心失望的时候，只要一看见他就知道我爱他。爱是无法掩藏的，就算在上一秒气得牙痒痒，只要一看见他，就知道：哦，我爱他。

是爱让人渡过一个又一个难关，爱是人生一切努力中最大的值得，深邃、复杂、丰盛，是永恒，是生命。

婚姻不是爱情的坟墓。是在细水长流的日子里丢掉了相爱的心，是互不相让地斤斤计较，才让婚姻成了坟墓。

而婚姻真正的意义却是成全更丰盛且永恒的爱情。

婚礼

一开始我和 Charles 并不打算大操大办婚礼,我们对在加拿大小小的祝福礼已经很满足。

后来了解到双方父母都对婚礼有所期待,出于对长辈的尊重,也希望有一个充满仪式感的开始,我们决定举办正式的婚礼。我们的主婚礼在上海举办。

以前虽有过婚姻,但未办过婚礼,只是草草领证而已,所以这竟是我第一次举办婚礼。

主婚礼由我全权计划安排,每一个流程都是精心设计的,每次我问 Charles "你有什么想法",他都说"我没有想法,都听你的"。

这让我可以尽情地发挥想象力,挽起袖子自由地策划安排。我准备去掉婚礼主持这个"摆设",因为我不喜欢婚礼上有一个跟自己关系不大的人说着一堆和我们的婚姻本身关系不大的话。

要去掉主持,就需要各个流程之间有巧妙的衔接,否则就容易冷场。于是我先设计了婚礼的整个流程,再去找各个环节需要的人来帮忙负责。从大屏幕的每一幕转场的画面到音乐到我们的路线更换都缜密计划,再来就是桌椅怎么摆,我精心计划每一张桌布和小摆件,还特地制作了不同的视频穿插在婚礼当天的不同环节里。等所有事宜都仔细安排好后,我在头脑里把流程过了一遍又一遍,确保没有错漏,直到对所有安排都十分满意,胸有成竹为止。

我乐在其中,但可能好姐妹看我每天跑东跑西很辛苦,有一位姐妹问我:"怎么都是你在安排,Charles都不操心吗?"言语中有替我打抱不平的意思。我开心地对她说:"他对仪式没有追求,是我有追求,所以我很开心他可以全权给我来安排,我感谢他不插手,这样我可以完全自由发挥。"姐妹说:"你真有意思,是个付出型的人吧?"我说:"我和他都是付出型的,不过我们只在自己擅长的事上付出,在不擅长的事上选择信任和感激。"她若有所思:"还可以这样想啊?我爸妈老是为一些小事斤斤计较,害我也开始凡事都要去看看值不值得了。"我说:"为了爱的人,为了自己想要的幸福,一切都是值得的。"

婚礼即将来临的前一个礼拜,Charles忽然跟我说:"老婆,我可以申请在婚礼上做一件事吗?"

看他神秘兮兮的样子我不禁笑了:"什么事啊,别太吓人就都允许。"

"我想在婚礼上替你洗脚。"

"替我洗脚?哈哈哈,我都没脚啊。"

"替你擦洗残肢上的汗水,然后穿上我为你做的假肢。"

"为什么要这样做?"

"替一个人洗脚是很具体的爱,我对你有这样的爱,我提醒自己要具体地来爱你,希望一辈子都对你有这样的爱。"

"哈哈,那你这一下子对自己的要求也太高了,恐怕婚后'压力山大'。"

(他笑)"另外,你知道我很多亲戚从不同地方来上海,第一次见到你,还不太认识你,我不想刻意去介绍,也不希望以后你去拜访任何我的亲友时都还有心理负担,有不安全感,我不希望你还要对任何人解释自己,我希望他们亲眼看到我要娶的女生是什么样子。"

"是什么样子?"

"就是在我眼里最完美的样子,没有任何需要隐藏遮掩的样子。"

说这话时我站着,他坐着仰头看着我,我走近他,将他的头揽到我怀里:"好的,我允许。"

尽管我们已经尽量低调简朴地举办婚礼,但还是来了上百名亲友齐聚上海。婚礼开场时Charles的弟弟吹着黑管,我的同居室友(一位来自泰国的女孩)弹着钢琴,他们合奏着幸福的乐曲,引导来宾入座。伴娘团人数众多,是爱我的姐妹们,伴郎团人数相对较少,却是诚意满满地从世界各地飞来的。

伴娘唱着动听的赞美诗迎接我们进入婚礼的殿堂。

我在长廊后面,坐在轮椅上,爸爸站在身后,我握住他的手,他的手有些抖。我好紧张啊!

仪式正式开始了,盖着头纱的我任由爸爸推着向前,我感觉到爸爸比我还紧张,走每一步都带着因紧张而来的迟疑,似乎生怕自己走错了方向。走过长廊,穿过一列嘉宾席,Charles站在长廊对面嘉宾席前方的白色纱棚里等候着,看到他那一刻我鼻酸了,可是考虑到化了那么久的妆,一直努力忍着不哭。

爸爸把我的手放在Charles手里,随即他们紧紧拥抱。

Charles转过身来半蹲在我面前,他的弟弟递来盆和毛巾,他拿起毛巾沾湿了水替我擦洗双腿,擦干后协助我穿上假肢,扶我站起来。穿着12厘米的高跟鞋,站在他亲手制作的假肢上,我和他看起来终于没有那么明显的身高差了。在这个仪式过程中,我听见人群中有亲戚发出哗然的声音,还有不了解内情的亲戚对Charles娶的人竟是残障者感到愤愤不平。Charles悄悄跟我说:"不用管他,是你太美了。"

我们挽着手走向小礼堂,嘉宾也跟着到小礼堂入座。

来到那位为我的婚姻祈祷的L老师面前,我一看见老师的笑脸就哭了,Charles也哭了。老师为我们祈祷,我们眼泪不住地滴下来,轮到Charles说话的时候,我哭得听不清他在说什么。可是居然还有比我哭得更厉害的,我听见背后有人大声抽泣,一直好奇那是谁,但我不方便转头去看,后来才知道原来是伴娘团里那位最爱我的姐妹。

我们牵着手给予彼此婚姻的承诺,他说:

1. 除了信仰以外,你是我生命中最重要的,比事业、钱财、我们未来的孩子,甚至我的性命还要重要。

2. 我和你中间完全没有秘密或任何隐藏,所有事情,无论好的坏的,都会跟你坦白分享,一起庆祝或一起承担。

3. 我会扛起家庭的经济负担,让你自由选择如何使用你的各种才华去践行信仰生活。

4. 我不会忽略你的感受,在你需要我的陪伴和安慰时,无论我有多忙、多累、在世界的任何角落,我都会耐心、真诚地聆听。

5. 我会尽力做好家庭的引领者,不是靠着我自己的意愿或能力,而是按照信仰的引领而行。

6. 我会支持你做的所有决定,不会反驳你、取笑你、轻视你,我会认真和你探讨你在意的每一个话题。

7. 你是我唯一的爱人,我会以全部的忠诚,真诚地保护你、爱惜你。

我说：

1. 我承诺，除了信仰以外，你将是我的最爱，超过世上的一切，包括我的生命。

2. 我承诺，将以信心来尊重你的决定，你的方向就是我的方向，你的理想就是我的理想，你所爱的也是我的所爱。

3. 我承诺，无论在任何场合、遭任何境遇，我必尊重你、信任你、接纳你，打开家门迎接你。

4. 我承诺，在家庭中我会留心你的需要，保持自己的口多有良言，让我的陪伴时常带给你安慰、鼓励和支持。

5. 我承诺，常常按照信仰的引导与智慧操持家里事务，珍爱我们的家庭，遇见分歧时体谅你的软弱和难处，给你足以让心灵安歇的温暖家庭。

6. 我承诺,当你工作或服事的时候,我必全力支持你,成为最令你信任的伙伴。

7. 我承诺,无论发生任何事、遇到任何挑战,你是我今后唯一的伴侣,我必永远尊重你。

感恩!阿门!

从小礼堂出来,我们邀请嘉宾一边跳舞一边移步大堂预备用餐。

餐前,我们播放了提前制作好的向父母表白的短视频,借此分别向双方父母表示感恩,彼此拥抱。Charles的弟弟当时还在斯坦福大学读博,为了参加哥哥的婚礼专程请假赶到上海,在这个环节他也向我们献上祝福语,是提前写好的稿子,由表哥来作中文翻译。在这时,Charles再次哭得很厉害,我也跟着不停地流泪。

有一些爱我的兄弟姊妹特地从重庆赶来,也献上了他们录制好的祝福视频,我们再次感动落泪……

餐后,我们一起到外面的泳池见证了几位兄弟姊妹的浸礼,我和Charles非常荣幸地见证了他们的受洗并为此献上祈祷。

婚礼结束后,一位外国的前辈说:"这真是我参加过的哭得最厉害的婚礼。"

是呀,很多人的婚礼都是笑语满堂,为什么我们的婚礼一直在哭呢?

我想,这段感情太难得、太不可思议,看似几乎没有可能相遇、看似要冲破多么大的难关才可以走到一起,但偏偏又如此奇妙、如此蒙恩相爱了,这真是有一双隐形的手在导写这故事吧?

我们不是被彼此感动,而是被爱感动了……

婚姻成就了爱情

恋爱很重要，如果婚前的约会只是吃爆米花看电影的话，大抵到结婚的时候都还不清楚要与自己相伴一生的人究竟是怎样一个人。

而我和 Charles 在恋爱期间有很多专注的相互陪伴，有充分的时间来聊天，很多人生重要事项都聊过了，这使我们很大程度上相互了解，所以要进入婚姻不是一时冲动，而是信任和信心。信任是基于有充足的了解，确认彼此在重要的事上价值观高度契合；信心是认定的决心，我们确认要爱的人就是这个人，即使未来发生任何分歧、遇见任何挑战，这个人都是不变的爱的对象。

有了信任，再加上信心，进入婚姻便不是进入围城，婚姻更不是爱情的坟墓，它只是继续带我们进入到爱的更深处。

尽管几乎每一个认识我们的人对 Charles 的第一印象都是一张面无表情的冷漠脸，但只有作为妻子的我知道他有一颗多么温柔的心。

我的脆弱

在刚刚结婚的时候，我一反单身时的自信满满和自得其乐，变得患得患失，亲密关系会激发人的脆弱面。过去情感中留下的伤痕和破碎还有些许残存没有被时间消磨掉，单身一人生活的时候那些痕迹被掩盖了，不触碰就不觉得痛；但是现在又要直面亲密关系，忽然掩藏的不安又跳了出来，搅动我的心绪。

我有阵子时不时会做噩梦。因为过去破碎的亲密关系里遗留的伤害还在，曾经的伴侣会当着我的面跟别的女生眉目传情，出轨的恋情总是爆发在我意想不到的场合，导致我后来变得很敏感且易怒。单身时日子过得太自由，以至于我以为这些创伤早已销声匿迹，但新婚后便惊讶地发现自己仍然是脆弱的，那些未被好好包扎的伤口又被撕裂了。

时不时我会梦见Charles做着和前夫一样的事——跟别的女生调情。有天在梦里被气哭了，我忽然醒来，醒了还是很生气，忍不住拍了一下旁边的Charles，他说："什么事？"

"为什么那个女生靠近你，你还很开心地贴过去，为什么我让你过来，你还反过来凶我？"

"我没有啊？"他一脸无辜，不过也反应过来我做噩梦了，于是抱住我说，"我不会做这样的事，你知道的。"我立刻就哭了。他逗我说："如果有别的女生对我有不好的想法，她敢靠近我，我就说滚开，死女人。"我又忍不住笑了："你那么凶干吗？""因为我讨厌任何会伤害你的人，包括我自己，所以我不会。"

在结婚的第一年我莫名被卷入脆弱中时Charles给了我很多安全感，他从来不会因为我做什么说什么而怀疑我就是那个值得他爱的人，他不会觉得我在无理取闹，他接纳我的应激反应，他常常跟我说："你有什么心事都告诉我，我是你最好的朋友。"

在做全职太太的时候我也会时不时接受一些有意义的社会活动的邀约，通常是公益类的活动。由于Charles工作繁忙，于是我经常邀请身边的好姐妹陪同，每次陪我出去的人都不同，但她们都会在几天后忍不住告诉我，Charles在出发前一天晚上偷偷给她们发了长长的信息，消息内容通常是：Kate不喜欢麻烦别人，但她有时候可能需要帮忙，请你留意一下；Kate晚上睡眠不好，但她不会拒绝别人，9点之后就尽量不要跟她讲话了；Kate忙起来会忘了喝水，请你提醒她记得多喝水；Kate血压、血糖低，请你帮忙放两颗糖在包里；Kate不喜欢被人围着，活动结束就带她赶快离开……

原来他看起来憨憨的样子，却将我的一举一动都牢牢记在心里。原来爱是，不管在不在一起，都牵挂着对方。

我的沉默

另有一次我们发生了争执，我不想跟他说话，因为当时争执的内容是无果的——这让我感到很无力。平常遇见分歧时我们似乎都可以讨论出一个彼此都认可的决定，但那一次怎么讨论都无果，越讲越气馁。于是我想：既然讲来讲去也没有结果，倒不如闭嘴。我沉默地收拾完客厅就自顾自回房准备睡了，Charles也整理好自己的东西准备睡了，那一刻我心里很难受，好像粘了一块发霉的泡泡糖在心上，怎么扯也扯不干净。

就在我以为那晚注定是个无眠夜的时候，Charles过来跟我讲话了："你还好吗？"我却感到嘴唇沉重不想开口，就说"还好"。他却一直苦苦追问，直到我烦闷地说："为什么一直问我呢？我不想说话。"他搂过我的肩膀说："你知道吗？你必须跟我说话，因为我躺在床上两分钟就可以睡着，可是你不行，你会一整晚都睡不着，我不想让你睡不着。"看着他诚挚又紧张的眼神，我忽然笑了，这个身高186cm的大男生怎么会有一颗这么柔情似水的心？

看到我笑了，Charles眼眶红红的，落泪了，我也鼻酸了，问他："你怎么哭了？"

"看到你笑了,我好开心啊。"当他这样说的时候我才知道他是强忍着心里的难过来努力带给我安慰和快乐。我抱住他说:"对不起,让你担心了。"

"我爱你,你知道吗?"

"我知道,我也爱你。"

我的伤痛

在怀孕期间我常常心里难受,为什么会这样我也不明白,好像很多感受说不出来,只是夜半时分会忽然坐起来流眼泪。他几乎总是会适时醒来,然后安静地坐在一旁默默地陪着我,摩挲着我的背,帮忙拿纸巾擦我的眼泪,等到我情绪平复下来后问:"你想跟我聊聊吗?"有时候我觉得语言无法表达出心里的伤感,就告诉他"我只想要你抱着我"。他就紧紧抱着我,让我尽情地去感受在昏暗的夜色中另一个身体的温热,让我确定确定再确定,哦,现在一切都不一样了。

有一次我问他:"如果我保护不了自己的孩子,是不是很无能?"

他说:"我不知道,因为我也常常有很无能的感受。"

"什么时候?"

"当你难过了,而我不知道该做什么的时候。"当他说这句话的时候我觉得鼻子很酸,把头靠在他肩膀,他又说,"做父母的就算有无能的时候,对孩子的爱还是坚强的,人会死亡,爱是不会死亡的。"我的眼泪就流了出来……

我们的孩子

怀老大的初期我们都不知道是男是女,我问Charles:"你希望是儿子还是女儿?"

"都可以,你生的我都喜欢。"

我说:"那一定要选一个呢?"

"嗯……儿子吧。"

"哈哈哈,没想到你还是个重男轻女的家伙。"我开玩笑逗他。

"才不是,我都喜欢。"

后来我们在准备给孩子购置衣服的时候不知道该买男款还是女款,于是找一位在妇产科工作的好朋友帮忙看了一下性别,听说是个女儿的时候我非常激动,转头看Charles,他悄无声息地看着彩超显示屏眼泪直流。我想:明明就是很爱女儿嘛,为什么当时选了儿子。

过了两年老二也出生了,是个弟弟,护士一边帮他清理身体一边开玩笑说:"真是个男子汉,哭声这么响亮。"我刚生产完,气息有些飘,但还是很开心地拉住Charles的手跟他说:"你现在有一个儿子了。"他稍微俯下身子悄悄说:"这个儿子是我为你祈祷来的。""啊?""以后我们老了,就有个儿子可以替我背你了。"

那一刻我才知道他原来打的是这个主意,虽然刚生产完,我却忘记了痛,抚摸着Charles的手说:"傻瓜,说不定到那时候你都要坐轮椅了,我还得推着你呢。"

他翻了个白眼就去给儿子拍照了。

……

像这样让我难忘的小事有很多,分分秒秒都留存在了心上。我们的婚姻除了爱情、友谊、亲情,还多了一份恩情,得要多好的爱才能接纳和拥抱我全部的伤痛啊!我为此常常感谢上帝。

婚后头两年,我的心情时好时坏,直到怀了女儿后终于稳定了。

不知为何，好像很多忧伤和不安不知在哪一天就都过去了，我感受到了安宁和踏实，相信这是爱带来的医治。自此以后我也再没有梦见有Charles的噩梦了，梦里有他的时候都是好梦。

他勇敢而坚韧地陪我走过了婚姻中最脆弱的时光，他向我展示了一个丈夫的力量——即便在自己也感到无助无能的时候，仍然以诚挚的爱对待妻子。

经历了新婚头两年的心灵挑战，我的生命似乎又重新被铺展开来，Charles的好日子也来了，我可以有更多力量去爱他、照顾他。

他的强迫症

婚后我做了5年全职太太，刚结婚的时候就惊讶地发现，Charles的衣柜整理得非常整齐，比我这个女生的还整洁，他说他看不得屋子乱七八糟。

而我却是个随性散漫的人，婚后第一次在家做家务，洗完衣服替他挂好后就开开心心去拖地、开开心心做饭、开开心心等他下班，可是他回家换家居服的时候，我一下子就不开心了。因为我期许着他看到光洁整齐的家和餐桌上热腾腾的饭菜一定很开心感动，谁知他进卧室之后说的第一句话是："为什么我的衣服没有分类挂？"

我过去问他什么意思，他说："我的衬衫有扣子的一面要统一面向左边，短袖、长袖、休闲服和衬衫要分开挂，毛衣要卷起来放在下面的筐子里，裤子要挂在另外一格。"按照旧有的习性，我可能直接就生气了：衣服帮你洗了挂了还不满意吗？那就自己做吧。

但那一刻我似乎懂了他的强迫症，就忍耐着心里的不舒服说："好吧，我重新帮你挂。"于是我挨个帮他重新挂，他有些愧疚地抱着我说:"谢谢你,老婆。"

除此之外,他对吃的也有强迫症,在餐厅吃饭时就什么都可以吃,但是在家里吃饭就一定不能放太多油,不能放辣椒。我问他:"你在外面都没什么节制,怎么回家那么健康?"他说:"外面用餐是用来犒劳自己的,家里的饭菜是长期需要的,长期的需要就得健康可持续。"讲话一板一眼。从此我开始留意市面上有哪些更健康的油类,把家里的辣椒油全部扔了,久而久之,我这个辣妹子也习惯了吃清淡的食物,虽说看起来像是一种"牺牲",竟也因此得福,多年的肠胃毛病,不知不觉好了。

他说的每句话我都会用心记住,所以婚后很快就摸准了他各方面习性,他每天回家都很开心,成为一个吃得好、睡得好、心情舒畅的已婚男子。直到怀弟弟后期实在做不了太多家务就请了阿姨,我把家里一切都按照Charles的喜好交代给了阿姨,一开始阿姨还不熟悉,Charles有很多不适应,常常偷偷跟我说"还是喜欢你做的菜,还是喜欢你打扫的屋子……"但很快我把阿姨也培训成了他喜欢的样子,他又可以知足地过日子了。

如果说女人需要很多情感上的支持,那么男人可能更需要生活上的后顾无忧,我想要给Charles一个让他感到自在快乐的家,他很满足于有这样一个家。

他的脆弱

Charles很少表现得脆弱,他总是一副情绪稳定的样子,也许对他而言:允许他不笑,允许他做自己,就是最快乐的事。他说和我在一起很舒服没压力,因为我允许他做自己。

仅有的几次见到他很脆弱都是和家人有关，Charles 非常爱自己的家人，是愿意常常花上一两个小时的时间和家人通电话的晚辈。有一年他的外公病重，那时正值我刚生完孩子，他非常矛盾：又想回去看外公，又放不下我一个人在家照料新生儿。我得知消息后非常肯定地说："你现在立刻买机票去台北，我自己在家没问题。"

在台北，Charles 给我打视频电话，他正在外公的病房里，用毫无波澜的声音和我讲着话：外公是一个好乖好讨人喜欢的病人，不管叫他做什么都很配合，医生护士都夸他；外公好像时而有幻觉，会用手一直在空气中撕一张他看不见的网；吸痰的时候，外公看起来好难受……我安静地听他把这些小事一件一件讲出来，一句话也没说，只是对着手机不停地落泪，流着眼泪等 Charles 把想说的话都说完，我没有安慰他，我知道他平淡的语气下，有多难过。

Charles 从台北回上海不久外公去世了，Charles 一直没有哭。有一天我哄孩子睡着后在电脑前坐下来，写了一篇文章《老绅士，等候我们再相聚的那天！》，这是我写给每一位爱外公的人的悼念文，写下了外公一生的缩影，那些我看到的、听到的所有关于外公的故事。

Charles 下班回家吃完饭后，我把这篇文章读给他听，他哭了，等我读完后已经泣不成声的他把我紧紧抱住，我们就这样静静地流着眼泪相拥着哭了很久。他说："谢谢你老婆。你知道吗？在病房陪护的时候，外公常常都在昏睡，有一次忽然醒来好像变得很有精神，他说'这一切不是太好了吗？'说完没多久又昏睡了。"说着，我们又哭了。

我说："因为他知道我们都爱他。"

"是的，他都知道，他离开前想告诉我们一切都太好了。"

为什么在爱的面前好像眼泪比笑更多？因为爱，让一切都太好了。

他的浪漫

他真的完全没有浪漫。

从恋爱到生儿育女到如今（2013—2023年），十年漫漫人生路，他给的浪漫都是让我"惊喜过头"的。

恋爱时，有一次他神秘地说："明天带你去一个非常棒的约会地点。"我好开心啊，当天盛装打扮，还穿了高跟鞋，想象着他看到我时眼里放光的神情。谁知，我们见面时，他看见我依旧面无表情，只说："干吗穿高跟鞋？"我立刻就在心里翻白眼了，不过还是耐心等着他带我去那美好的约会地，谁知我们打车停在一个看起来乱七八糟的地方。

"这是哪里啊？"

"哈哈，你开心吗？这是上海最大的工具市场！"这下子他真的双眼放光了，牵着我的手快步向前，带我走进一个小店铺，对着一个个布满灰尘的货架翻找起来，高兴之情简直溢于言表。

"Kate，你看！"他指着一排放螺丝的货架，"你见过这么多不同大小的螺丝钉吗？"我甚至不知道该怎么笑出来。接下来他拉着我逛完一个店铺又一个店铺，直到我感觉自己快要中暑。

到现在还记得当天受到"惊吓"的心情，如果不是真的很爱他，可能我们当时就没有以后了。

随着结婚日子渐长，慢慢我习惯了Charles注意不到我好不好看以及毫无浪漫基因这件事，刚开始还会失落和生气，慢慢地越了解他，也就释怀了——这就是我嫁的人啊，他没有的我有，我没有的他有，正因为如此，我们的不完整才因彼此结合而闪闪发光啊。用这样的眼光看彼此所没有的，"残缺"就变成了有趣。很多事，一旦想通了就是自由。

后来我不仅接纳了他的不浪漫，有时还会故意逗他。有次烫了头发回家，我问他："老公，你看我今天有什么变化？"他听了这话头脑开始飞速运转，我忍住笑催他："干吗发愣，你看我今天的变化，好看吗？"他似乎找到一个比较有把握的答案："老婆你今天好漂亮啊，你买的新裙子很好看、很适合。"边说边盯着我的脸看自己猜对了没，我说："老公你太有眼光了。"他立马松了口气，估计心里在想"太幸运了，一下子就猜中了"。我又说："这条裙子去年就穿过了，你眼光的确不错。"他立马沮丧地说："那你到底哪里变了？""头发！我直头发都变卷头发了，这都看不出来吗？"他似乎还想扳回一城："谁看人会注意到头发这种可有可无的物质。"

又是一年结婚纪念日，那天Charles神秘兮兮地蒙着我的眼睛说要送我一个纪念日礼物，我想：哟，开窍了！他带着我向前走，松开手的时候我发现站在厕所里，他指着马桶上面的一个置物架说："你看，喜欢吗？"我说："这是什么？""你的化妆品把洗手台都摆满了，我都没空间放东西了，给你安装一个置物架在马桶后面，这样看起来是不是整洁多了？"他一脸得意，我掐了他一下："你可真聪明，这是你送自己的礼物吧。"

……

尽管有很多人会因为知道我和Charles的故事而过度美化我们的爱情，但我知道我们只是平凡夫妻中的一对，每个家庭会遇到的挑战和冲击，我们也都在经历着，会因为幼稚而伤害到彼此，会因为无知而犯错，会因为自大而表现鲁莽，也会因在婚姻中感受到忽视而受伤心痛……只是，这一切大不过相爱的心。如果一定要说有什么使我们的婚姻不一样，那大概是：我们从不怀疑这份爱，也坚决不放弃。

不得不承认身边有很多人会因为和我们接触、共事、合作、相识，近距离地了解我们而开始渴望婚姻。我听到过不少这样的声音，"每次看看外面的世界就觉得结婚没意思，可是看到你和 Charles 又很想结婚了"。这并非我和 Charles 很特别，而是我们对爱有坚定的信仰。婚姻，就好像在人生风浪中找个人一起坐在船上做伴依偎，当波涛一波波冲击而来时，只有敬虔与刚强的灵魂可以不断调整方向，继续速度一致地往前行进。

自从我认识 Charles 之后没有一分一秒停止爱他，就算是在被他气哭的时候，就算是在感到灰心失望的时候，只要一看见他就知道我爱他。爱是无法掩藏的，就算在上一秒气得牙痒痒，只要一看见他，就知道：哦，我爱他。

是爱让人渡过一个又一个难关，爱是人生一切努力中最大的值得、深邃、复杂、丰盛，是永恒，是生命。

婚姻不是爱情的坟墓。是在细水长流的日子里丢掉了相爱的心，是互不相让地斤斤计较，才让婚姻成了坟墓。

而婚姻真正的意义却是成全更丰盛且永恒的爱情。

孩子们

姐姐

姐姐出生后的前两年基本上是我一个人在照顾她，那时候我是全职太太。

生她的经历有些波折，因生产过程使用了无痛麻醉，注射麻药时硬脊膜穿刺失误，导致脑脊液外漏，引起低颅压性疼痛，我不能坐和站，产后不得不平躺在床不能移动三周之久，直到破口愈合。那三周不仅是身体上的折磨，更是心灵上的折磨：作为新生儿妈妈，实在是太想好好抱着自己的孩子仔细看看她的脸、小胳膊、小腿、小肚子，可惜每天只能平躺着的我唯独在喂奶的时候可以欣赏一下她的头顶。于是，头顶的黄毛是我对她出生后三周的唯一印象。哦，还有，她喝奶很有力气，是个爱吃爱睡的乖宝宝。

姐姐从生下来就很乖很听话，虽然有点自己的小脾气，但因为我陪她的时间多，很了解她，所以总能很快找到方法和她达成一致，她也非常愿意配合我，以至于我常常对她表示感激。

生完弟弟后刚出月子，Charles有重要工作需要出差好几天。那时候月嫂也已离开，我一个人晚上要照顾两个小的，感到"压力山大"。很怕半夜弟弟哭的时候把姐姐也搞哭了，姐姐嗓门本来就大，她要是哭的话，弟弟肯定哭得更厉害了，那我怎么一个人哄两个娃睡觉呢？

于是提前和姐姐商量:"爸爸这几天不在家,妈妈一个人要照顾你和弟弟,你可以做妈妈的小帮手吗?晚上如果弟弟哭了把你吵醒,你不要害怕,那是他想吃奶了,妈妈会给他喂奶,你不要哭,乖乖在妈妈身边躺下来继续睡,妈妈会一直陪着你,不用担心。"那时的姐姐才刚过了两岁生日,甚至小到还没办法说很多话,她似懂非懂地点点头。

Charles出差的第一天,弟弟半夜哭果然把姐姐吵醒了,姐姐也哭了,我一边把弟弟从旁边小床抱过来喂奶,一边对姐姐说:"姐姐不怕,妈妈在这里给弟弟喂奶,你躺下来睡吧。"她眨巴着眼睛擦擦眼泪,果真乖乖躺下去自己睡了。第二晚弟弟再醒来的时候,姐姐只是半起着身子看看就又继续睡了,那一刻我的心里好感动啊,我的女儿从小就能体谅妈妈,真是妈妈的天使。

姐姐才七八个月大刚学着认物和咿咿呀呀说话的时候,我问她:"鼻子在哪里?眼睛在哪里?小手在哪里?肚子在哪里?"她都指着自己的身体回答,我问:"腿腿在哪里?"每次她都会指着我的假肢说:"腿腿。"她知道妈妈的身体和家里其他人不一样。有时候我在家里取掉假肢坐在地板陪她玩,玩完了起身的时候,姐姐就会迅速去帮我拿假肢,还会试图帮我穿假肢,她不只是接受妈妈的照顾,也是个懂得照顾妈妈的好孩子。

上幼儿园以后,我去学校接姐姐的时候常常有别的小朋友围过来,很好奇地看我的假肢,每次我都很开心地跟他们讲"阿姨是机器人",一边和孩子们玩一边回答他们各式各样的问题。"是呀,阿姨以前受伤了,所以后来需要安装假肢来让生活更方便。""你们要好好学习啊,长大后可以研发出更厉害的假肢,帮助有需要的人。""是呀,阿姨晚上都会回家充电,因为阿姨是最厉害的机器人。"……半开玩笑半科普地打消孩子们对"残障"的畏惧和顾虑,也给孩子们机会知道如何与残障人士相处,鼓励他们珍惜学习的机会去造福有需要的人,让他们感到安全有趣不排斥。

姐姐刚开始都旁观着,后来便统统学会了,慢慢地再也轮不到我去介绍自己了,她会主动向同学们介绍:"这是我的妈妈,她的腿是假肢,她是个很厉害的机器人妈妈。"很多问题都轮不到我回答,她会开心地替我回答,也让幼儿园的小朋友对她刮目相看,成了班级里的"万事通"。事实上,小朋友们都会因为发现我的"不同"而更愿意靠近我,我相信驱使他们靠近的一开始也许是对假肢的好奇,但很快他们就发现假肢也挺没趣的,可是阿姨很有趣。

所以每次有人问:"小朋友看见你的假肢还是会害怕吧?你的孩子会不会担心同学看到妈妈的假肢?"对这样的问题我的回答都是否定的。

我不认同这样的观点,人生来是不懂得害怕的,恐惧是经由环境塑造教育而成。正是因为一直以来人们对"残障"避而不谈或羞于启齿,媒体对"残障"相关的报道极尽煽情渲染,才导致社会大众对真实情况知之甚少,以至于很多人真的经历"残障"的时候会痛不欲生,因为没有过来人告诉他们"如何伴随残障继续精彩地过一生",只听到和看到"残障导致了多么悲惨的人生",是这些案例和声音吓坏了人们,越不被人所知的领域越容易产生恐惧。所以,不是残障本身,而是社会对残障的解读给人们增添了恐惧。

"残障"作为人类世界的事实,已经被污名化很多年了,但当它走到我这里,我要为它正名。我不仅是为自己正名,更是在向我的孩子们展示一种生活态度：我永不以自己及自己所拥有的为耻。无论我所拥有的在别人看来是好或不好，我无须为他人的看法和评论负责；这是我的人生，我要为自己的人生负责，所以，我会带着珍惜和感恩的心度过属于自己的这一生。

当我对自己所拥有的没有表现出畏畏缩缩、唯唯诺诺的时候，周围的人也就有机会大大方方地参与讨论，盲目的恐惧和无知就此化作理性和知识——这也是我要给孩子们的生活态度。让每一个事实都自然地出现在生活中被大众所知，以阳光、有趣、坦然、诙谐的方式。如果成年人面对儿童询问时所采取的回应方式是令他们喜爱的，他们又怎么会害怕呢？成年人言辞刻薄、行事不端，这才是真正会令孩子们感到害怕和痛苦的。

以此为例，也许世界上大多数人不会经历"残障"这么大的事，但也会经历其他的丧失和创伤，如果能以更坦然敞开的心态去看待一切，周围的人就会受到积极的影响。

当我对生活没有抱怨，并以自己所拥有的为乐时，我的女儿也会成为这样的人，她不需要我刻意教导，就会懂得知足和感恩。常有朋友一同逛街时会夸她："你们女儿去店铺看玩具，从来都不哭着闹着一定要买什么，太乖了。"我说："对呀，她心里没那么多缺乏的感受，看见喜欢的，如果得到很开心，如果得不到也可以接受，所以从来不为这样的事哭闹。"朋友就好奇："你怎么教的？"说实话，我从来没有教过她，不会制止或命令她，也许是我很幸运得到一个懂事有智慧的孩子，也许是我对生活的态度也正如此。

我们常常会带上孩子们到我们创办的工作室"晨星之家截肢者康复工作室"，去认识来自五湖四海的人，在工作的场合不仅可以见证很多生命的"差异性"和改变,也会开拓孩子们的眼界。"晨星之家"是一个特别的地方,这里有男有女、有老有少、有健全的人也有残障者,从小就生活在一个多元融合的世界,在一个没有"区别对待"和歧视的环境里成长,姐姐才可以大方地说出:"我喜欢你的假肢,和你的衣服很配。""给你轮椅绑一根丝带让它变成可爱的飞行器可以吗?""你真的要我说吗?我觉得你今天的衣服不太好看,不过你这个人很好看。"……诸如此类的童言童语。

我们鼓励孩子们表达,但更会鼓励他们带着爱和尊重去表达。让孩子从小知道美丑并非一种狭义的标准,会让"不同"得到应有的尊重和接纳,这样孩子成年后,他们面对世俗的审视时,才能继续坚定地热爱着自己的生命,也接纳他人的差异。

姐姐出生的时候手腕处有一块红色的胎记,上到幼儿园中班的某天她似乎忽然发现了这块胎记的特别,那天回到家以后她直奔洗手间用香皂使劲搓手,我问她:"你怎么了?"她不开心地说:"我不喜欢这个红色的。"我说:"这是你的胎记,洗不掉的。"她说:"我不喜欢这个胎记。"我知道肯定有人问她关于胎记的事了,于是调整了一下情绪,以略神秘兴奋的语气对她说:"宝贝你知道吗?你这个胎记有一个非常神奇的小秘密,你想听妈妈告诉你吗?"她果然被诱惑到了:"什么秘密?""你擦干手,到卧室里妈妈悄悄告诉你,只告诉你一个人哦,因为是很重要的秘密。"她脸上的阴霾消失了很多,开始期待了。

我坐在床边拉起她的手说:"你知道为什么世界上这么多人,偏偏是你的手上有一块胎记吗?"

"不知道。"

"因为啊，上帝在天国查看，他是一个富有创造力的主宰，创造了不同形象的人，有高的矮的、胖的瘦的，他使每个人都不一样，让人们可以去享受自己和他人的独一无二。看来上帝一定是太喜欢你了，他喜欢到把你抱在怀里亲啊亲啊亲不够，后来有一个妈妈向上帝祈祷要一个孩子，上帝看这个妈妈情深意切就怜悯她，要把他心中最可爱的小女孩送给她，可是在最后一秒还是舍不得，就一把抓住小女孩，在她手上狠狠地亲了一口，于是这只手上就有了一个红红的吻痕。"我绘声绘色地讲述着，拉着女儿的手吧唧亲了一口，女儿也跟着嘻嘻笑起来。

"所以我的胎记是上帝亲过的吻痕吗？"姐姐抚摸着她的胎记问。

"是呀，他太喜欢你了。"女儿听着眼眶都红了，她用很大力气抱住了我的脖子，我也很用力地亲她的脸和脖子："宝贝，这个秘密妈妈只告诉你一个人哦，如果以后再有人问你胎记的事，你就说这是一个秘密就可以了。"她使劲点头，笑得好开心。

……

【最让我感动的事】

有一天遇到一件难过的事，难过到我完全无心做任何事，坐在床上发呆。姐姐看到了，先是拿了一个洋娃娃过来告诉我怎么玩，"洋娃娃的手会动哦。"虽然我知道她是想哄我开心，可是当我接过洋娃娃的瞬间还是忍不住哭了。姐姐看到后凑近，确认我流眼泪了，一下子抱住我，把头埋在我的肩膀上说："妈妈，我爱你。"一边说一边也哭了。我哭得更厉害了，可这眼泪已经从悲伤变作感动，很幸福，我说："谢谢你宝贝，妈妈感受到你的爱了，谢谢你。"姐姐说："妈妈，我会永远爱你，等你老了也会一直一直很爱你的。"

【姐姐语录】

姐姐："弟弟，你知道吗？你的妈妈就是我的妈妈，所以你的玩具就是我的玩具。"（神逻辑）

爸爸："老婆，我最近看了一个悬疑片。"姐姐："咸鱼片吗？爸爸，你说要吃咸鱼片吗？"（贪吃猴）

姐姐："弟弟，如果我们遇到什么不好的事，你一定要跑得比姐姐快哦。"（姐姐的爱）

外公："快去送妈妈，不然妈妈生气了。"姐姐："妈妈不会生气的，妈妈只是去上课，下午就回来了。"（淡定、有安全感）

……

在一个小女孩慢慢长大成人的过程中，除了遇见温柔、良善、信仰和成功，也一定会遇见挫折、伤害、怀疑和失败，但我希望在有限的陪伴中，多给她爱和阳光。

希望我所给她的可以成为一份礼物，有助于她成为一个勇敢的人，勇敢地直面内心，勇敢地直面世界，勇敢地追寻信仰，勇敢地爱人如己。

弟弟

弟弟的出生十分惊险，因为姐姐的出生从发动到生产经历了12个小时，我以为弟弟也差不离。于是肚子刚开始有反应的时候，我还慢吞吞地和Charles说："那我再去洗个澡吧。"他说："你昨天不是刚洗过吗？""对呀，万一今天就生了，再洗一次更干净。""我看我们还是先去医院吧。""啊，才刚开始发动，还早着呢。""去医院稳妥点。"

尽管我嘟嘟囔囔不太愿意，不过还是听了老公的建议，于是简单收拾叫了车大步流星地朝网约车走去,边走边想:"男人就是矫情,没生过孩子,这么胆小怕事,我完全可以再洗个澡的。"

还好听了Charles的话。就从家里到医院那20来分钟里,阵痛加剧,到半路时连司机大哥都听出我哼的声音不对劲了,忍不住问:"你还好吧,要不要我再开快点?"Charles说:"不要,安全最重要。"司机很紧张,生怕我把孩子生在他车里。

下车之后我坐了孕期唯一一次轮椅,当时身体已经痛到伸不直了,心里想:"该死,生姐姐的时候没这么猛啊!"医生本来也慢吞吞、笑嘻嘻地走过来(是接生姐姐的同一位医生,我们已经是好朋友了)说:"哟,这次怎么坐上轮椅了?"可一看我的脸色和表情,她知道这一胎可不能像上一胎那样慢慢等了,遂转身去拿接生的工具。我刚躺上手术床,床上面的一次性床单都还没铺好,护理工具包也还没整理好,只听见医生"啊呀!"一声,弟弟已经从肚子里跑到医生的手里了。"哎呀,还好我这床单拉着接住了。"医生都迷茫了。

Charles见状从兜里掏出手机,一时之间不知道该拍哪里,就对着我的脸说:"老婆,感觉怎么样?"语气中充满了不确定、不自信,我说:"太快了,太快了,你拍我干吗,拍孩子呀。"护士们估计一下子也都没反应过来,听见医生叫了才赶紧从医生手里接过弟弟开始清理起来:"爸爸过来看看,是个弟弟!"直到弟弟哭声响起,乱七八糟的场面才终于开始恢复秩序……

弟弟就是这样的急性子吧,连出生都急不可耐,热爱速度与激情的孩子;也或许他热爱这人世间,想要快点出来结交新朋友。

当初怀弟弟其实不是在计划内的,毕竟姐姐才一岁出头,我们还没考虑那么快就要老二,不过我的确也常常想姐姐一个人太孤单了,家里除了爸爸妈妈就没有别的玩伴了，如果有弟弟妹妹就好了，有个人陪伴她一起长大，所以当我得知有了老二之后，最大的心愿是孩子们彼此相爱。

很感恩，弟弟很听姐姐的话，很爱姐姐，姐姐也被激发出更多责任感和爱心。

弟弟一岁的时候我和Charles就出来创业了，创业路上事务繁重杂乱，工作日的白天都没办法照顾两个孩子，好在有外公外婆帮忙料理家里事务和接送小孩上学。很多工作的场合我们也都带着孩子们一起去，尽可能多地让他们跟在身边，但弟弟当时太小了，在需要保持安静的场合没办法管束自己，于是在弟弟一岁到三岁之间不少场合我们只能带姐姐一个人出门，每次看到跟在外婆身边的弟弟眼巴巴地看着我们三人离去，我的心里都很难过。

有阵子我感觉到弟弟缺乏安全感，当他单独跟我和Charles在一起时会有些胆小，不太敢表达自己的需要，从幼儿园回来后夜晚会做噩梦、会哭，有时候生闷气就使劲扯手、扯被子，不愿意沟通（不知道怎么沟通）。过去都是Charles陪弟弟睡比较多，我陪姐姐较多，但那天我意识到弟弟缺乏安全感后，决定陪弟弟睡，妈妈表达爱的方式跟爸爸不太一样，我相信在这个阶段他很需要妈妈的爱。

睡前我会抱着他在房间走来走去，在他耳边讲一些温柔的话、祝福的话、鼓励的话、安慰的话，让他尽情享受被拥抱被亲密对待，这样一段时间后他的情绪稳定了很多，会讲的词句也多起来。

有一天他因为一件小事被外婆说了，我也过去请他收敛，他忽然发很大的脾气，用力地关门，边哭边说："我讨厌你们，我讨厌这个家，我永远也不要在这个家里了。"我原本很生气，可是听见他说的话，看他哭得歇斯底里的样子，我知道他心里很多感受讲不出来，这是真的很伤心、很无助的表现，我也难过得哭了。

我走进卧室，跪在床边一边轻轻帮趴在枕头上的他擦眼泪，一边陪他流眼泪。弟弟看我哭了，似乎很惊讶，也用小手擦我的眼泪。

我抚摸着他的手，先对他这次的愤怒表示了理解和安慰，接着说出自己的心里话："弟弟，爸爸妈妈很爱你，每次我们不能带你一起出门的时候，妈妈的心都很痛，很难过很舍不得，我很伤心不能带你一起。我知道你也想一起出去，可是那些工作的地方不可以吵闹，你太小了，没办法懂得这些大人们的规矩，所以只能把你留在家里。可是妈妈觉得很对不起你，你愿意原谅妈妈吗？"他哭着点头。

我继续说："但是妈妈要告诉你，你是我们最爱、最爱的孩子，我们爱你和姐姐一样多，你永远可以相信爸爸妈妈，不管发生什么事我们都会和你站在一起，你每次伤心的时候我都想要拥抱你，相信妈妈，好吗？"我说这话的时候他的嘴一撇，哭得更伤心了，一边哭一边过来用力搂着我的脖子。

自从那晚我们一起哭过之后，弟弟明显更开朗快乐，睡觉也不会再哭醒了，我们的亲子关系变得更加亲密契合。

把内心的爱切切实实地表达出来，就让软弱中的人获得安全感，原来深情的告白和亲密的抚触与拥抱，可以带来如此神奇的治愈效果。爱就是看见对方的需要和软弱，用全身心的温暖去回应对方的需要，即使在现实情况事与愿违的时候，也始终选择继续包容、继续相信、继续努力。

每次下班回家，弟弟都会丢下手头的事飞奔过来拥抱我和Charles，给我们甜蜜的亲吻。弟弟很喜欢把我的右腿断肢抱在怀里说:"好可爱啊,妈妈的小小腿好可爱啊。"原来一开始是姐姐会这样做,他看到后也开始这样做。有时候洗完澡之后,他看着Charles把穿着睡衣的我从浴室抱到床上,就会扑过来亲亲我的腿,会帮我涂护腿膏,虽然年纪小,他却愿意用这样的方式表达对妈妈的爱,令我很感动。

这是个妥妥的暖男,是姐姐的资深小迷弟,任姐姐如何"欺压"也总是开心地跟随,只要在身边的那个人是姐姐就一副超级满足的样子。姐姐小一点的时候嘴巴很硬,会说"不喜欢弟弟",可是当有人要抱走弟弟,或是弟弟叫其他女孩姐姐的时候,她就会激动地站出来保护弟弟不被抢走,或者大声宣告:"这是我的弟弟!"

因为我在孩子的事上有伤心的回忆,所以对于会"失去孩子"这一点尤其软弱,内心有很深的恐惧,常常需要周围人体谅。

从小我就告诉姐姐:无论去哪里玩,玩得多开心,只要听见妈妈叫你名字就要及时回应,不然妈妈会担心的。姐姐很懂得照顾我的软弱。可是弟弟是个大咧咧的小男子汉,有时候会忘记我的叮嘱。有一次我带姐弟俩去商场玩,一双眼睛真是盯不过来两个动作迅猛的孩子,一会这个从眼前消失了,一会那个消失了,我的心情也上上下下。忽然,我发现自己找不到弟弟了,就大声叫他的名字,结果他在跟我们躲猫猫,好半天不回应(大概就两分钟这样子),我都快被吓疯了,他似乎意识到事情不对劲就跑了出来。

我很生气,拉着他的手问:"为什么妈妈叫你,你没有回答?"他说:"我在和你们躲猫猫啊。""妈妈一点也不觉得好玩,一点也不喜欢你在商场里跟我躲猫猫。"我的嗓门有点大,弟弟看我生气的样子愣住了,姐姐站在旁边也不知所措。我说:"下一次妈妈叫你名字的时候,你要马上回答,我在这里,可以吗?""可以。"我看姐弟俩被吓到的表情,心里很难过,为什么我这么神经质?

于是我深吸一口气说:"对不起,妈妈太害怕你跑不见了,妈妈害怕失去你。"弟弟走过来拉着我的手说:"妈妈不害怕。"他看起来好镇定,像个成年人一样的神情,恍惚觉得他不是个才三岁多的孩子。我说:"妈妈刚才生气的样子你们会害怕吗?"姐姐也过来拉住我的手说:"不害怕呀,妈妈这样子也不算很生气。"我说:"那妈妈真的很生气的样子是什么样的?"弟弟就笑了说:"妈妈真的生气的时候看起来像大猩猩。"姐姐也笑了:"大猩猩?是不是这样的大猩猩?"她比画了一个猩猩拍打胸口的动作,我跟着说:"你那是小猩猩,妈妈这才是真正的大猩猩。"于是我比画了更夸张的猩猩拍胸口的样子。我们一起笑得好开心啊。

从那以后每次外出,无论弟弟正在做什么,只要他听见我叫他名字,就会立刻朝着我边跑边说:"我在这里,妈妈,我在这里。"我会迎过去抱抱他,认真地跟他说:"宝贝,谢谢你。"

是呀,我的孩子们,谢谢你们顾念妈妈的软弱。我很感激孩子们愿意这样宽待我,也许有时候我的应激反应是不合理的、不明智的,但他们并不因此埋怨计较,反而因为爱我而包容顺从,我不认为他们必须要体恤我的软弱,也不认为他们必须要事事听我的话,但当他们愿意这样做的时候,我都忍不住想:成为他们的母亲,我是多么感恩、幸运。

【当弟弟还不到三岁时,写给他的一段短文】

弟弟很爱吃豆豆,吃了豆豆老放屁,一个接一个,全家人都笑,他也笑。

姐姐的脚丫子修长秀美，他的脚丫子又厚又宽，被外公取了个外号"王大jio"，他好像很喜欢这个外号，每天外公左一声"王大jio"右一声"王大jio"，他一脸得意，满屋子乱跑，一不小心踢到门框子，号啕大哭，让人又心疼又好笑。

每个人都喜欢他，奶奶说："就是长了一张好人脸。"他爸爸以前也被韩国公司的老板说："年轻人，你就是脸长得好啊！"这俩都不是大帅哥级别的，却也和大帅哥一样受欢迎。这算不算遗传？一看就是好人脸，真是老天赏饭吃。

弟弟听不懂姐姐讲的话，头疼，明明很爱她，喜欢她，崇拜她，却总惹她生气。一开始自己也偷着懊恼，两根食指搓搓，嘟囔着说"对不起"。久了，他也开始跟着发脾气，姐姐说："弟弟！你为什么不听我的话！！"他就站在那里有股子小男子汉初长成的勇气"啊啊啊啊啊啊啊"对峙着（我又不是故意不听你的话，听不懂而已啊！），虽然气恼了说不出一句连贯的句子，不过妈妈已经可以翻译出来了。

哎，人生真不好混。

一旦有机会脱衣服，那就是一天中的光辉时刻，穿着纸尿布挺着小肚子从这间房跑到那间房，大脚丫子啪嗒啪嗒，配上喉咙里发出的欢快声音，最好再来一杯水，把水拍地上就可以光着身子沾着水滚来滚去，简直不要太欢乐。额，这算不算另一种遗传，想当年他老妈也很喜欢脱光了在屋子里到处走，倒在地板上假装自己是章鱼，嗯，铁定是遗传。

一直觉得他是个baby。

每天出门工作，没办法带着两个孩子，偶尔外婆愿意去才两个一起，外婆不去就只能带姐姐一个。走到门口，他很乖很乖跟我们说拜拜，我们跟他说："爸爸妈妈带不了两个人，你在家里跟家婆玩好不好。"他说"好"，然后站在门口一句话不说，看着我们好久好久，我们挥手的时候他也会挥挥手，眼睛盯着我的感觉，让我觉得自己好像跌倒进他的眼里。

转身离去时，我觉得他不只是一个baby，他是一个男人，坚强又脆弱的男人。

我用了两个重复的词语，"很乖很乖""好久好久"，因为在写这两个词语的时候，有点想落泪……忍不住重复一次，如果不是为了句子正常点，希望重复一万次。

有时候，我们会忽然抓到深爱的心。

我喜爱的玛丽·皮弗讲过的一个故事，一位中年男人为自己忍不住流泪感到羞耻。她跟他说："当刀子划到皮肤时就会流血，你会因此觉得羞耻吗？""不会。""所以心里难过时会流泪是一样的，这是自然的反应，没有人需要为自然的反应感到羞耻。"

有位长辈曾跟我说，儿子更容易产生分离焦虑，更讨厌被威胁，更难以表达情绪，更容易坚持做好一件事，更容易顺服和忠诚于自己尊敬的人，也就是有更大概率成为一个破坏性极强或极具建设性的人。男人更倾向于视觉的观察，而不是听觉的说教。因此，男人需要榜样！

希望我们这一代的父母，可以珍惜天职，懂得培养这珍贵的种子，帮助孩子成长于健康的土壤，有阳光有雨露，可以成为大树，扎根稳固，还能为别人遮风挡雨。

我问儿子："你幸福吗？"他说："嗯！"他还不太懂幸福这个词，可是他知道爱的感觉是什么，爱的感觉就是幸福。

有些事确实不值得努力，比如想要"达至完美"，但我相信有些事是值得努力的，比如去学习如何更有智慧地爱自己的孩子。

因为这是见证一棵小小的种子长成大树的机会。

尾声
让爱和希望尽情生长

到这里,这本书就到完结的时候了,还有种意犹未尽的感觉,很多人和事来不及被写进来,不是不珍贵,只是一本书实在写不完人生旅途中所有的风景,世上所有的书加起来也写不完一个人的生命,复杂、深邃、神圣,矛盾与统一共同存在的生命。向我生命中的一切及赐予我这一切的主宰,献上深深的感恩。

如果你能从开篇一路陪我到现在,我为此深感荣幸。漫漫长路,有人愿意友善地走近我的生命,站在离我更近的位置,对我而言这都是恩典。希望穿越我的文字,你可以看见内心最柔软的地方,深植于那里的你才是最真实的你,在那里,让爱和希望尽情生长吧。

如果我的缺乏让人懂得珍惜,那么缺乏就是好的;

如果我的软弱让人学会感恩,那么软弱就是好的;

如果我的哀恸让人心变得柔软,那么哀恸就是好的;

如果我遭受的伤害让人明白宽恕,那么伤害就是好的;

……

我是什么样不是最要紧的,重要的是人们从我的生命中经过,会变成什么样子。

感谢上帝选择我去历经一切的美意。

我们的生命就像一颗小小的种子，原本渺小、毫不起眼，然而上帝因着爱，亲手将一颗颗无助微小的种子栽种于他那肥沃的土地。于是有一天我们和路人都亲眼见证了种子的蜕变——然而永远不能忘记的是，我不是自己强大，而是被栽培浇灌、在上帝手中开出绚烂的花来。

　　我不觉得人的心智成熟是越来越宽容，什么都可以接受。相反，我觉得那应该是一个逐渐剔除的过程，知道最重要的东西是什么，知道不重要的东西是什么。

　　而后，做一个纯简的人。

　　——摘自《阿甘正传》，我最喜欢的电影之一